Zu diesem Buch

Janwillem van de Weterings Stories gleichen spiegelnden Facetten, die den ganz alltäglichen Alltag erkennen lassen, mit Menschen, die auf dieses monotone Leben ganz unkonventionell reagieren. Ebendiese Mysterien des Alltags versorgen den Autor mit immer neuen Stoffen, und nur so kann er seine erzählerische Spannbreite entfalten: Von der platonischen Liebe zu Cathérine Deneuve bis zur erotischen Aura einer Harley-Davidson, immer gewinnt van de Wetering dem Gegenstand der Betrachtung überraschende Aspekte ab. In über zwanzig Jahren haben sich unzählige dieser literarischen Kabinettstückchen angesammelt, die doppelbödigen Parabeln gleichen. Aus dem privaten Fundus hat Janwillem van de Wetering seine besten Erzählungen zu einem persönlichen Lesebuch zusammengestellt, das nichts anderes als das Beste aus zwei Jahrzehnten präsentiert.

Janwillem van de Wetering, 1931 in Rotterdam geboren, reiste fünfzehn Jahre durch die Welt, bevor er zu schreiben begann. Er lebt heute in Maine und in Florida.

In der Reihe rororo thriller liegen u. a. vor: Outsider in Amsterdam (Nr. 2414), Eine Tote gibt Auskunft (Nr. 2442), Der Tote am Deich (Nr. 2451), Tod eines Straßenhändlers (Nr. 2464), Ticket nach Tokio (Nr. 2483), Der blonde Affe (Nr. 2495), Massaker in Maine (Nr. 2503), Ketchup, Karate und die Folgen (Nr. 2601), Der Schmetterlingsjäger (Nr. 2646), Der Commissaris fährt zur Kur (Nr. 2653), Die Katze von Brigadier de Gier (Nr. 2693), Rattenfang (Nr. 2744), Der Feind aus alten Tagen (Nr. 2797), De Gier im Zwielicht (Nr. 3082), Straßenkrieger (Nr. 3184) und «Ölpiraten» (Nr. 3291).

Janwillem van de Wetering

Mein Lesebuch

Das Beste aus 20 Jahren

rororo

Rowohlt

rororo thriller
Herausgegeben von Bernd Jost

Originalausgabe
Veröffentlicht im Rowohlt Taschenbuch Verlag
GmbH, Reinbek bei Hamburg, Juli 1998

Redaktion Peter M. Hetzel
Umschlaggestaltung: Walter Hellmann
(Foto: VISUM / Michael Lange)
Satz Garamond PostScript
Linotype Library (PageOne)
Gesamtherstellung Clausen & Bosse, Leck
Printed in Germany
ISBN 3 499 43319 2

Inhalt

Bessere Bücher schreiben
Eine Art Vorwort

Dieses Lesebuch enthält eine Auswahl der besten Geschichten und Essays, die ich in den letzten zwanzig Jahren verfaßt habe. Als Schriftsteller arbeite ich allerdings schon viel länger. Ja, ich hielt mich bereits für einen, als ich noch nicht einmal schreiben konnte. Und ich hatte kaum das Laufen gelernt, da übte das gedruckte Wort eine große Faszination auf mich aus. Es ärgerte mich, daß meine Mutter und meine Schwester die Wörter von den Buchseiten pflückten und mit ihnen problemlos jonglierten, während sie für mich vollkommen unbrauchbar waren. Ich suchte mir dann ein Buch aus, damit meine Mutter mir daraus vorlas, doch wenn ich anschließend einen Blick auf die Seiten warf, entdeckte ich dort nur schwarze Tintenlinien. Also riß ich die Seiten aus meinen Büchern, weichte sie im Waschbecken gründlich ein und versuchte dann, die Wörter vom Papier zu schrubben, um sie anschließend zu neuen, interessanten Geschichten zu verarbeiten.

«Dieser Junge hat eine destruktive Veranlagung», meinten meine Eltern. Dabei zeigte ich doch nur Erfindungsgabe, versuchte an die intellektuellen Grenzen meiner Kleinkinderwelt zu stoßen. Doch ein Sohn, der glaubt, Wörter aus Büchern waschen zu können, um sie dann zu neuen, bedeutungsvolleren Mustern zusammenzusetzen, fand in jenen grauen Tagen nicht die gerechte Anerkennung.

Mein Vater erbarmte sich meiner und versuchte, mir das Alphabet beizubringen. Er war 53 und ich drei, als wir im Wald in der Nähe unseres Sommerhauses saßen und er für mich ein «A» aus drei Zweigen legte. «Das ist ein ‹A›», erklärte er, ganz offensichtlich war er verrückt geworden. Ich sah nur drei Zweige. Ein «A» hingegen war ein Laut. Mit dem «B» wurde es dann noch schlimmer, denn wir hatten nur gerade Zweige. «Wenn diese Zweige gebogen wären, könnte ich dir auch noch ein ‹B› zeigen», meinte mein Vater, während er das Holz zerbrach. Erwachsene können so dumm sein!

Endlich, im Alter von fünf Jahren lernte ich die Kunst, Laute in Form von Buchstaben auf das Papier zu bannen. Plötzlich konnte ich lesen! Und so schwer war es doch gar nicht. Um so schwerer war es allerdings, an geeignete Literatur zu kommen. Meine Vorlesebücher aus der Kleinkinderzeit waren definitiv zu simpel. Jetzt suchte ich nach richtig gutem Lesestoff. Doch in den dreißiger Jahren waren Kinderbücher in den Niederlanden moralinsauer und schwer verdaulich. Ich las Geschichten über einen kleinen dicken Jungen, der Dick Trom hieß und sehr brav war. Dann war da noch ein anderer, sehr dünner Junge namens Piet Bell, der war sehr ungezogen. Ich fand sie beide absolut lächerlich. Dick bekam Süßigkeiten zur Belohnung, weil er alten Damen geholfen hatte, Piet fiel in einen Graben, weil er Äpfel gestohlen hatte, und das war alles. Nie auch nur der kleinste Hinweis darauf, welche Befreiung in einer gewissen Distanz vom Alltäglichen liegt.

Ich aber wollte lesen, daß alles, was ich in meiner Umgebung wahrnahm, die furchterregenden Eindrücke des Krieges und danach die nicht weniger furchterregende Langeweile des Friedens, nicht der Realität entsprach. Die Erklärungen meiner Eltern waren mir dabei nie eine große Hilfe gewesen. Wie wichtig es wäre, auf eine Ebene des Unterbewußten vorzudringen, wo alles mehr Sinn ergeben würde. Ich war überzeugt, daß es einen großen Bedarf an Traumgeschichten mit surrealistischem Touch gab.

Der Fehler lag vielleicht an Holland selbst, glaubte ich, denn nichts Interessantes könnte jemals in Holländisch geschrieben werden. Mein Vater las sehr gern englische Werke über Religion, und ich durchsuchte seine Bibliothek. Doch das einzige Wort, das ich erkannte, war «of». Im Holländischen bedeutet es «entweder / oder». Was war los mit den britischen Autoren? Konnten diese Menschen sich nicht entscheiden? Endlich besorgte eine Tante mir die Übersetzungen von «Alice im Wunderland», «Der Wind in den Weiden» und «Pu, der Bär», und alles wurde besser. Meine Theorie war richtig gewesen. Es gab tatsächlich Kunst in der Literatur. Als ich dann Wilhelm Busch entdeckte, den ich im Original lesen konnte, da ich Deutsch noch vor Englisch lernte, und mich selbst im «Struwwelpeter» wiedererkannte, war ich außer mir vor Glück.

Mir war schon länger klar, daß ich die holländische Literatur verändern und bessere Romane schreiben wollte, besonders nachdem ich mich bei den Bibliothekarinnen in der Rotterdamer Bücherei beschwert hatte. Ich erklärte ihnen, daß nicht eines der Jugendbücher in den Regalen meinen Vorstellungen entsprach. Sie blickten mißbilligend auf mich herab und schlugen mir vor, nach Hause zu gehen und selbst etwas Besseres zu schreiben.

Ich versuchte es, doch im Alter von sieben Jahren war ich noch nicht soweit. Der Held meiner Horrorgeschichten war bizarr. Ein Zwerg ohne Vollbart, dafür aber ausgestattet mit einem großen, buschigen Schnauzbart, köpfte seine Lieblingspuppe. In einer anderen Geschichte hielt er einen schwarzen Panther in einem Plumpsklo gefangen, wo das Tier sehr glücklich war. Der Zwerg fütterte und besuchte den Panther oft. Wenn etwas schiefging, ließ der Zwerg den Panther frei, der dann jeden in der Nähe zerfleischte und so alle Probleme beseitigte. Mein Held, der seinen dunkelbraunen Kordanzug, eine Pfadfindermütze und knöchelhohe Stiefel trug und dazu einen knorrigen Apfelholzknüppel in der Hand hielt, war auch zu intimen Handlungen fähig – mehr als nur Küsse, doch zu der Zeit konnte ich mir weitere sexuelle Details noch nicht ausmalen –, mit einer ungarischen Magd, die sein teuflischer Onkel in einer Burg gefangenhielt. Der Zwerg war immer auf der Suche nach seiner wahren Liebe – es war aber nicht die ungarische Magd. Zu diesem Zweck unternahm er Expeditionen in seinem Kanu, das er nachts treiben ließ, und immer wenn das erste Licht den Morgenhimmel erhellte, wies der Bug des Kanus auf den Ort, wo sich die Liebste aufhielt. Er paddelte, so schnell er konnte, doch er schaffte es nie rechtzeitig. Alles, was er wußte, war, daß seine Angebetete langes Haar, eine weiche, melodiöse Stimme, volle Lippen, eine große Nase und Brüste und Hüften wie Fräulein Bakker, meine üppige Kindergartentante, hatte. In einer anderen Episode gelang meinem Zwerg die größte Leistung, indem er, Trompete blasend, seinen Knüppel schwenkend, auf einem weißen Pferd daherkam, um meine Mutter vor sich selbst zu retten.

Meine literarischen Ergüsse waren wenig subtil und von großem Humor. Ich beschloß, eine schöpferische Pause einzulegen, nachdem ich mich unter der Eiche in unserem Garten während einer kurzen Zeremonie, an der nur unser Hund Kira teilnahm, offiziell zum Schriftsteller ernannt hatte. Daran hielt ich mich, bis ich mit vierzig mein erstes Buch, «Der leere Spiegel», schrieb. Falls mich vor diesem Zeitpunkt jemand fragte, was ich beruflich täte, antwortete ich ernsthaft: «Ich bin Schriftsteller.»

Meine Frau und meine Freunde störte das nicht, aber meine Schwiegermutter beschwerte sich: «Warum behauptest du das? Du hast doch noch nie etwas geschrieben.» Ich antwortete ihr: «Ich bin ein Schriftsteller, der noch nichts verfaßt hat, und verkleide mich solange als Kaufmann.» Ist eine Raupe ein Schmetterling? Selbstverständlich.

Als Heranwachsender mußte ich erkennen, daß mein Vorhaben, bessere Bücher zu schreiben, arrogant gewesen war, um es vorsichtig auszudrücken, denn ich entdeckte sehr bald einen Schatz feinsinniger, erstklassiger Literatur aus Holland. Es ist eben gefährlich, schon in frühester, unschuldiger Jugend Wünsche zu haben. Sobald man sich über seine Wünsche im klaren ist und sie öffentlich macht, gehen sie ausnahmslos in Erfüllung. Zu der Story «Mangrove-Mama», die Sie auch in diesem Buch finden werden, wurde ich inspiriert, als ich eigentlich schon beschlossen hatte, mit dem Schreiben aufzuhören. Ich fuhr durch die Florida Keys in Richtung Key West, wo ich mich zur Ruhe setzen wollte, als ich irgendwo in der Wildnis plötzlich das Dach eines Restaurants aufleuchten sah. Darauf stand mit großen Buchstaben «Mangrove-Mama». Impressionen zahlreicher früherer Florida-Reisen stellten sich plötzlich ein, und ich mußte eine neue Serie beginnen, in der der in den Niederlanden geborene, im Ruhestand lebende Grundstücksmakler Jannie und sein ebenso verrückter Freund, der kahlgeschorene, schwarze Hilfssheriff Wekko die Hauptrollen spielten. Ich wollte wirklich keine neue Art Kriminalgeschichten erfinden. Die Arbeit am Computer ist schlecht für meine Augen, und die Schreibmaschine zu langsam und zu laut. Warum also sollte ich täglich vier bis fünf Stunden vor dem Computerbildschirm verbringen, wenn ich statt dessen schlafen, Boot fahren, Material für wertlose Collagen sammeln, an der Börse spekulieren, die Natur beobachten oder kubanischen Kaffee auf der Terrasse eines kleinen Cafés trinken könnte? Aber nein, ich arbeite!

Kürzlich in Arizona ging mir beinahe das Benzin in der Nähe eines kleinen hinterwäldlerischen Dorfes mit Namen «JACKASS ACRES» aus. Während ich den Tank meines Mietwagens füllte, die morgenfrische, klare Wüstenluft einatmete und mich auf ein Frühstück mit gebratenem Kaktus und Eiern auf dünn geschnittenem Roastbeef freute, überfiel mich dieser altbekannte innere Drang:

GUNFIGHT AT JACKASS JUNCTION!

Ein völlig neuer Roman war wie in einem Blitzlicht geboren und in mein sowieso schon überladenes Hirn eingeschlagen.

Einige hundert Ideen, die ich erst vor kurzem in Amsterdam in meine Kladde geschrieben hatte, sowie andere, die ich in den frühen sechziger Jahren, als ich in Kolumbien arbeitete, im Geiste notiert hatte, paßten plötzlich perfekt zusammen, wie ein von Zauberhand zusammengefügtes Puzzle. Mir fehlte nur eine weibliche Protagonistin, die ich noch am selben Tag entdeckte. Eine weiße Kellnerin in einem Straßenrestaurant, die langsam auftaute, weil ich sie mit Respekt behandelte, erzählte mir ihre Lebensgeschichte, eine völlig belanglose Biographie. Doch das war genau das, was ich brauchte. Denn in dem neuen Roman wird sie ihr Abenteuer erleben, das mit dem Tod des älteren Helden, eines holländischen Gentleman und Kriminellen, enden wird, der sie als Reiseführerin durch Amerika engagiert hat. Das Buch sah ich so genau vor mir wie die drei bis vier Monate Arbeit, die es kosten würde. Danach die Überarbeitung, dann mein Verleger, der meine geliebten philosophischen Betrachtungen streichen würde, der Ärger beim Übersetzen vom Englischen ins Holländische. Ich fühlte schon die Verspannungen in Nacken und Schultern, die ich mit Massagen und Medikamenten bekämpfen würde.

Aber zum Teufel, das war es, was ich wollte, und folglich mußte ich auch damit leben. In einem anderen Leben kann ich dann anderen, noch nicht ganz klar erkennbaren Interessen nachgehen. Schreiben werde ich dann nicht mehr. Aber vielleicht bin ich dann der Skipper auf einem Schoner und befahre die Gewässer zwischen Neuguinea und der chinesischen Küste, versuche mich in Kalligraphie, während ich Gedichte in Mandarin verfasse. Oder ich spiele an meinen freien Abenden in einem von Japanern geführten Nachtklub in Rabaul Jazztrompete. Ich könnte mich auch ein weiteres Mal in den buddhistischen Nihilismus vertiefen und dann schneller Fortschritte machen. Oder ich mache mich frei von all diesen Illusionen.

Schriftsteller zu sein ist allerdings auch keine schlechte

Sache. Die hinduistische Philosophie rät ihren Anhängern, sich zurückzuhalten und zu beobachten. Man soll sich lediglich als der amüsierte Zuschauer einer Vorstellung fühlen, die, sei sie auch noch so schlimm, hochgradig unterhaltsam ist. Unterhalten möchte ich Sie jetzt auch, indem ich von dem berichte, was ich gesehen habe, in der Hoffnung, daß Ihnen die schriftstellerische Version Vergnügen bereitet.

Und das Beste in dieser Anthologie? Mein Artikel über eine Marcel-Duchamp-Biographie, «Dadas Daddy». Er ist eines meiner westeuropäischen Vorbilder neben Hieronymus Bosch, Robert van Gulik, Charles Willeford, Rene Daumal und Nietzsche, deren Maxime ich zu verstehen und befolgen versuche. Duchamp ist sich selbst ein ruhmreiches Vorbild. Seinen letzten Rat habe ich an meinen Computer geklebt. «Es gibt keine Lösung, denn es hat nie ein Problem gegeben.»

Surry, Maine, USA 11/97
Deutsch von Kirsten Wolff-Grahl

Dadas Daddy

Wer in dem gepflegten Kunstmuseum in Philadelphia auf der obersten Etage im hintersten Eckchen des letzten Raumes durch einen Spalt in einer verwitterten Tür das dreidimensionale realistische Kunstwerk «Frau mit offenem Geschlecht» betrachtet, stellt sich schon bald die Frage, wer da über die Stränge geschlagen hat.

«Duchamp», sagt ein Museumswärter. «Wissen Sie, was auf ihrer linken Schulter steht? *La chute d'eau, le gaz d'éclairage.* Bitte nicht so schwer gegen die Tür lehnen?»

Der Name des Künstlers ist mir bekannt. Marcel Duchamp. «Dadas Daddy». 1887 französisch geboren, 1968 amerikanisch gestorben. Kein Mitglied irgendeiner Vereinigung, auch nicht der des Dada.

Duchamps Philosophie, Lebensstil und Happenings unterstützten die Dada-Bewegung, die während des Ersten Weltkriegs entstand, vielleicht als Reaktion auf die Gemetzel in den Schützengräben um Verdun. Niemand wußte mehr, weshalb gesunde, junge Männer einander jahrein, jahraus mit Senfgas, Granaten, Bajonetten, Kugeln und Stuhlbeinen ermordeten. Die Bürger waren entsetzt vom Anblick der Millionen von Leichen. In der durch dieses unakzeptable Elend entstandenen amoralischen Leere gedieh nihilistisches Gedankengut. An die Stelle des Expressionismus, Fauvismus und Kubismus, in denen es noch deutlich erkennbare Formen gab, traten die willkürlich entstandenen Abstraktionen und der Surrealismus, der nicht zueinander passende Elemente kombinierte. Eine riesige Woge junger experimenteller Kunst ergoß sich in die Leerräume der zerschlagenen Geruhsamkeit. Neue Gruppen miteinander konkurrierender und einander widersprechender, «sich von allem befreiender» Künstler bekämpften einander. Nur Picasso, Braque und Duchamp verfolgten ihre wirklich eigenständigen, von ihnen selbst entdeckten Wege. Unter diesen dreien scheint Duchamp der losgelösteste zu sein.

Marcel Duchamp, jüngster Sohn aus einer harmonischen, begabten und gutsituierten provenzalischen Notarsfamilie, hatte einen (älteren) Bruder, der an den Folgen des Krieges starb. Jener Gaston Duchamp, der sich selbst Jaques Villon nannte und ein berühmter Maler war, leistete seinen Militärdienst als Krankenpfleger ab, erkrankte, wurde achtzehnmal operiert und starb schließlich.

Der junge Marcel lernte durch die Werke seiner Brüder, des Malers Gaston und des Bildhauers Raymond, und zeigte sich interessiert an den neuesten Stilen. Er war ein schweigsamer, gutaussehender junger Mann, der Schach spielte und in stillen Pensionen seinen Gedanken nachhing. Eines seiner ersten Gemälde ist ein noch ziemlich realistisches Porträt seines Vaters. Er malte auch seine schachspielenden Brüder. Neue Schachgemälde, abstrakt, präzise, in Flächen aufgeteilt, zeigen, «was die Schachspieler denken». Seine Bilder haben absonderliche Titel, wie «König und Königin, von schnellen Akten umgeben», die stets groß auf die Leinwand geschrieben sind.

Im Alter von 23 Jahren erlangte Duchamp erste Anerkennung als Künstler. Er erntete mit subtilen humoristischen Zeichnungen, die in bekannten Pariser Zeitschriften erschienen, frühen Ruhm. *Sonntage* zeigt einen Ehemann, der verdrießlich einen Kinderwagen vor sich herschiebt. Seine hochschwangere Frau geht mutlos neben ihm her. Auf anderen Skizzen sind andere traurige Existenzen zu sehen. Duchamp hielt nicht viel vom normalen Leben. Er war weder für noch gegen den Krieg. Er war kein Mitglied einer Künstlergruppe. Er verschenkte seine Gemälde und Collagen. Er unterzeichnete keine Manifeste, selbst wenn darin gegen Unrecht protestiert wurde, unter dem er selbst gelitten hatte. Sein Vater schickte ihm monatlich Geld, nicht viel, aber für Marcel mehr als genug, denn er lebte sehr sparsam. «Je mehr Geld man hat, um so mehr Zeit kostet es einen.» Er konnte sich wochenlang in seiner jeweiligen Pension vergraben, wo er an merkwürdigen Konstruktionen herumbastelte, denen er merkwürdige Titel gab. Später kaufte er Kunstwerke von Kollegen und verkaufte sie mit minimalem Gewinn, einfach so, weil er Spaß daran hatte.

Er besaß einen «gepflegten» Anzug, den er selbst wusch und bügelte. Er trug einen modischen Hut. Er reiste viel, aber immer ohne Koffer, mit einem zusätzlichen Hemd und doppelter Unterwäsche bekleidet und einer Zahnbürste in der Innentasche seines Jacketts. Er war gern bei reichen Freunden zu Gast. «Ich habe mein Parasitentum zur Perfektion entwikkelt.» Als Gesprächspartner war er sehr geschätzt, und er hinterließ seinen Gastgebern gewöhnlich Geschenke – Zeichnungen auf Papier, das er irgendwo gefunden hatte, Konstruktionen aus Draht und Stöckchen, Blech, dem ersten Kunststoff. Er lernte nie, ein Auto zu fahren, und brauchte deshalb auch keines. Die Wände seiner gemieteten Zimmer waren seine Notiz- und Malflächen.

Über Duchamp sind mindestens 223 Bücher geschrieben worden, und es kommen immer neue dazu. *Duchamp: A Biography* von Calvin Tomkins ist so umfassend, wie man über einen halben Einsiedler nur umfassend schreiben kann. Duchamp war ein stiller, höflicher Herr, der in Parks mit Unbekannten Schach spielte. Und er war auch jemand, der die Frauen verrückt machte. Vielleicht ist jene zuletzt erschienene, gutdokumentierte Biographie deshalb 548 Seiten dick, weil es schwierig ist, sich wirklich gut zu verstecken, wenn man Affären hat. Calvin Tomkins (ein Kritiker, der unter anderem für *The New*

Yorker schreibt) vertiefte sich in die Memoiren von Duchamps Freundinnen.

Duchamp machte es mit jeder, die ihm über den Weg lief. Die Frauen brauchten nicht schön zu sein, im Gegenteil, «weniger schöne Frauen können es besser». Viele seiner Geliebten waren bekannt, als Künstlerinnen und Sammlerinnen, als Ehefrauen oder Freundinnen seiner berühmten Freunde. Manchmal sah er sich genötigt, vor seiner weiblichen Anhängerschaft Reißaus zu nehmen. Als junger Mann verschwand er einmal einige Monate lang in München, wo er sich, wie den Briefen, die er nach Hause schrieb, zu entnehmen ist, überglücklich fühlte, weil er kein Deutsch sprach. Er verbrachte seine Zeit in göttlicher Stille und Einsamkeit in Museen, Parks und preiswerten Restaurants. Tomkins weist darauf hin, daß Duchamp und Hitler einander vom Sehen her gekannt haben müßten. Denn Hitler streifte zur gleichen Zeit als Kunststudent durch München und versuchte – erfolglos –, seine Werke zu verkaufen. Doch während Hitler zuerst in Verzweiflung und später in Raserei verfiel, hatte der junge Duchamp erleuchtende Eingebungen.

La mariée mise a nu par ses célibataires, même ist der Titel eines der wenigen großen Werke Duchamps. «Die Neuvermählte, von den Junggesellen entkleidet, *même* – ebensogut». Wieso *même*? Man kann alles behaupten, wenn man mit *d'ailleurs* – «übrigens» beginnt und mit *même* – «ebensogut» schließt. *«D'ailleurs»* und *«même»* erlauben es, die Wahrheit umzudrehen. Verleugnete Wahrheit gilt ebenso. Die Junggesellen, abstrakte Figuren, in der unteren Hälfte des Gemäldes gefangen, wurden von Duchamp, als man ihn danach fragte, als mechanisch Masturbierende beschrieben, und die über ihnen schwebende Braut als unerreichbar.

Die Unmöglichkeit, das Göttliche (= Weibliche) zu fassen, wurde für den von Frauen völlig besessenen Duchamp zum

Dauerthema. In einem späteren Werk wird das Männliche als eine mit der Präzision von Escher *gemalte* mechanische Schokoladenmühle dargestellt. «Die ohnmächtig dahingetriebenen Junggesellen reiben ihre eigene Schokolade». Über dieses Bild gelangt Duchamp zu weiteren Einblicken. Er erklärt seinen Freunden und Besuchern, Kunst könne nur religiös/liebend verstanden werden. Der Zuschauer verliebt sich in das Unerreichbare, das er durch Betrachten eines Kunstwerks kurz zu fassen bekommt / be-greift – und durch diesen Augenblick gelangt er schließlich zur Einsicht.

Wie entsteht nach Duchamp «Einsicht»? Durch ebenjene alles umfassende, greifende, pressende und saugende Kraft, die die Vagina auf den Penis ausübt. Mit dieser Art erotischer Bilder beschäftigt er sich bis zu seiner letzten Stunde. Jahre später, während er zurückgezogen in einer kleinen New Yorker Wohnung lebt, hat er eine Affäre mit einer damals sehr berühmten Künstlerin, der schönen Maria Martins, Frau des brasilianischen Botschafters in Washington. Martins stellte zusammen mit dem nach Manhattan ausgewanderten Piet Mondrian aus, verkaufte ihre eigenen Werke zu hohen Preisen, ließ sich aber von den Kunsthändlern immer in Form von Werken anderer Künstler wie Miró, Ernst, Picasso, Ives Tanguy, Magritte und Dalí bezahlen. Die Martins-Sammlung ist heute in einem brasilianischen Museum ausgestellt. Zwischen den beiden kam es zu einem intensiven Austausch. Später schickte Duchamp Maria per Post ein Kunstwerk, eine amöbenartige Form auf Zelluloid hinter Glas. 1989 wurde diese Abstraktion wissenschaftlich untersucht. Das verwendete Material war Sperma.

Duchamp war gerade erst dreißig, als er erklärte, es «gebe für ihn nichts mehr zu malen». Sein Gemälde *Akt, eine Treppe hinabsteigend* wurde bei einer Ausstellung, die in Paris stattfand, abgelehnt. Die aus vielen Flächen bestehende Darstellung war den Kubisten nicht viereckig genug. Die Ablehnung überreichten ihm seine eigenen, für diese Gelegenheit feierlich gekleideten Brüder zusammen mit dem abgelehnten Gemälde. Raymond und Gaston waren der Meinung, ihr Bruder sei zu weit gegangen. Später in New York wurde das Werk von Kritikern als eine «Explosion in einer Dachziegelfabrik» bezeichnet.

Trotzdem wurde «das Phänomen Duchamp» immer bekannter. Viele Künstler besuchten Duchamp, um mit ihm Schach zu spielen. Duchamp spielte gelegentlich auch professionell und schlug manchmal sogar Schachmeister, aber er verlor auch viele Partien, vor allem deshalb, weil er gern «schön» spielte und mit Verlierer-Zügen experimentierte. In dieser Zeit fing Duchamp an, mit Man Ray, einem amerikanischen surrealistischen Maler, Fotografen, Schriftsteller und Filmemacher, zusammenzuarbeiten. Ein von ihnen entworfener dreidimensionaler Filmapparat explodierte, doch ein kleines Stück (gelungener) Film blieb erhalten.

Sowohl Duchamp selbst als auch seine weibliche Projektion «Rose Selavy», später als «Rrose Selavy» (lies: *c'est la vie*) bekannt geworden, spielten in Rays Filmen mit. Rrose beließ es nicht dabei, sie schrieb Dada-Katalogtexte, erklärte einen mit (marmornen) Zuckerstückchen gefüllten Vogelkäfig zur *«Ready-made»*-Kunst und ließ sich, elegant geschminkt und gekleidet, von Man Ray fotografieren. Das Transvestitenfoto kam in alle Zeitungen.

Duchamp entkam Geliebten, hinderlichem Ruhm und dem Zweiten Weltkrieg durch einen Umzug nach New York. Doch auch dort schlug die Liebe zu sehr zu, und er floh nach Buenos Aires, wo er Französischunterricht gab und «Schach per Post» spielte. Diese zurückgezogene Periode erinnerte ihn an eine frühere, in der er zwei Jahre für einen geringen Lohn in einer Pariser Bibliothek gearbeitet hatte. In Amerika lehnte er ein Angebot ab, für ein Jahreshonorar von 10000 Dollar (in jener

Zeit eine ziemlich ansehnliche Summe) ein einziges Bild pro Jahr zu liefern. Er war auch nicht daran interessiert, für noch mehr Geld Direktor einer gutgehenden Galerie zu werden.

Duchamp arbeitete gern mit reichen kunstverständigen Sammlern zusammen, die seinen Geschmack schätzten. Peggy Guggenheim (kurze Zeit mit Duchamps Freund Max Ernst verheiratet) stellte mit Duchamps Hilfe die heutige moderne Kunstsammlung des Guggenheim-Museums zusammen. Das Ehepaar Arensberg vermachte die von Duchamp eingekauften Werke dem Museum von Philadelphia. Katherine Dreier gründete die *Societé Anonyme Incorporated*, deren Namen von Duchamp stammte. Die Sammlung ging in den Besitz von MOMA über, des *Museum of Modern Art* in New York.

Duchamp stellte auch amerikanische und europäische Ausstellungen zusammen. Unter einem Dach aus mehr als tausend Kohlensäcken stolperte *tout Paris* im Dunkeln umher und schaute sich mit Hilfe von Taschenlampen, die Man Ray verteilte, die Picassos und Picabias an. Dalí steuerte zu dieser Ausstellung ein «Regen»-Taxi bei (in dessen Innerem es regnete). Der Chauffeur war ein Hai, und der Passagier ein weiblicher Akt, auf dem lebendige Schnecken umherkrochen. In der Halle winkten mechanische Puppen, darunter eine von Man Ray. Ihr Bauch war ein mit sich paarenden Seepferdchen gefülltes Aquarium, und aufsteigende Seifenblasen bildeten ihre Frisur. Die Duchamp-Puppe war Rrose Selavy mit einer roten Glühlampe als linker Brust. Sie war oben mit einer Herrenweste bekleidet und unten nackt.

Duchamp selbst war wie gewöhnlich nicht anwesend. Wohl aber waren dort sein WC mit Signatur und ein fertig gekauftes Abtropfgestell für Flaschen aus Metall. Diese «Ready-mades» – von den zwanzig von Duchamp so bezeichneten Objekten war das bekannteste eine amerikanische Schneeschaufel – waren für Duchamp rückblickend «meine größten Erfindungen». *«Art?»* Das Wort kommt aus dem Sanskrit und bedeutet «machen». Alles, was der Mensch macht, ist «Art». Gut und schlecht, schön und häßlich sind Ideen, die, wie auch Nietzsche gesagt hat, bestenfalls etwas über die geistige Haltung des Urhebers aussagen. Ein absolutes Wertesystem kann es nicht geben; alle unsere menschlichen Werte sind selbst erdacht, verändern sich von Tag zu Tag, können nicht mehr sein als eine nur zu flüchtige Modeerscheinung.

Eine wahre Wirklichkeit, so pflegte Duchamp zu sagen, müßte, falls es sie jemals gäbe, über jeden Dualismus hinausgehen und könne am besten negativ formuliert werden, durch das östliche *Neti-Neti*, also das, «was etwas *nicht* ist». Die bereits vom Buddhismus, Hinduismus und Taoismus formulierte Verneinung wurde von Duchamp lediglich moderner formuliert. «Sobald du etwas definierst, gehst du in die Irre.»

Aber was bleibt uns dann zu tun, Duchamp?

Duchamp zitierte Pyrrhon: «So wenig wie möglich», hatte der griechische Skeptiker drei Jahrhunderte vor Christus geantwortet, als er gefragt wurde, was der Mensch in einem sinnlosen Kosmos tun solle. Genau wie Pyrrhon riet auch Duchamp zu einer Haltung, die durch geringstmögliche Aktivität und unbeirrbare Gelassenheit charakterisiert war. Duchamp bemühte sich unablässig um diese Haltung, soweit dies einem Menschen möglich ist. Er mochte es nicht, wenn jemand ihn lauthals begrüßte, während er Schach spielte.

«Guten Tag, Marcel!»

«Au revoir», sagte er dann.

Duchamp widersprach sich auch gerne selbst. Trotz seines unbeirrbar ruhigen Lebenswandels gab er zu, in einem sich ständig wiederholenden Traum von einem riesigen weiblichen Skarabäus-Käfer gefoltert zu werden. «Sie fügt mir mit ihren Flügeln Schmerzen zu.» Da er sich an keinerlei Gewohnheiten oder Regeln hielt, lebte er zuweilen auch im Widerspruch zu seinen eigenen Grundsätzen. Bereit, sogar seine Freiheit aufzugeben, heiratete der Vierzigjährige «Dada-Buddha» ein gemütliches Pummelchen, die Tochter eines Autoherstellers. Kurz darauf ging Duchamp mit Man Ray zum Schlittschuhfahren und kam nicht mehr zurück. Später bedankte er sich in einem Café bei ihr für das angenehme Zusammensein. Lydie Sarazin-Levassor, die Verlassene, war ihm nicht böse, sie war nicht einmal verletzt. «Er war ein Schatz.» Sie heiratete wieder und wurde glückliche Mutter.

Zwischen dem Organisieren von Lesungen und Shows und dem Konstruieren der «Frau mit offenem Geschlecht» (was acht Jahre dauerte) verbrachte Duchamp viele Monate mit vielen Frauen an vielen Urlaubsorten, wo er sich die Zeit mit Strandspaziergängen, Lesen, dem Konstruieren von Objekten, Malen und Tapezieren vertrieb, aber vor allem atmete er.

«Was tust du am liebsten?» fragten Dorfbewohner, die mit ihm Schach spielten. – *«Je suis un respirateur content.»* Im Alter von 67 Jahren heiratete Duchamp die viel jüngere, charmante, gebildete und finanziell unabhängige «Teeny» Matisse, die geschiedene Stieftochter von Henry Matisse. Seine neue Frau war kultiviert, gebildet, sie kochte gerne und spielte Schach. Er blieb mit ihr verheiratet, bis sein einundachtzigjähriger Körper auf dem Boden ihres Badezimmers gefunden wurde – mit auf der Brust gekreuzten Händen und entspanntem Gesicht.

In Amerika erinnert man sich seiner als einer Legende. *St. Marcel. Mariée-célibataire.* Der über jede Einengung Erhabene. Ein alter Herr, der sich im kalifornischen Pasadena-Museum schachspielend fotografieren ließ. Seine Partnerin war eine zwanzigjährige nackte Kunststudentin. «Ja, ich werde die Begegnung nie vergessen. Marcel war so berühmt, also tat ich es einfach, aber ich hatte damals gerade angefangen, die Pille zu nehmen, und meine Brüste sahen aus wie rosa Ballons. Die erste Partie gewann er in drei Zügen, so nervös war ich. In der zweiten Partie konnte ich ihm etwas länger standhalten.»

Die Lektüre von Biographien großer Geister, vor allem wenn sie gut, spannend und flüssig geschrieben sind, verführt den Leser zum Moralisieren. Was ist von einem genialen multi-kreativen ironischen Nihilisten mit zynischem Humor zu halten?

Nichts zu halten?

Der freudianische Biograph Arturo Schwarz bat Duchamp, doch bitte zuzugeben, daß er sich in seine Schwester Suzanne verliebt hätte, daß dieser unstatthafte Jugendwunsch bei ihm Spannungen verursacht hätte, die zur Verrücktheit geführt hätten, und daß diese Verrücktheit ihn meditierend / masturbierend in leeren Mietzimmern zu einer «Erleuchtung» getrieben hätte. Duchamp wollte das gerne zugeben, aber, *même*, doch, ebensogut, glaubte er es eigentlich nicht. *D'ailleurs*, es könnte sein. Er glaubte sogar, daß er durch eine Beobachtungsgabe, die ihm rein zufällig beschieden worden sei, unabsichtlich eine Erfahrung von *«éternullité»* erreicht hätte. *Eternel, nullité* – «ewig nichts».

Aber Marcel, wenn es nichts gibt, was ist dann die Lösung für das menschliche Leiden?

Dieses von einem Bestsellerautor von Kunstbüchern so fesselnd geschriebene, vielleicht sogar «endgültige» Duchamp-Buch endet mit einem Porträtfoto, das kurz vor Duchamps Tod aufgenommen worden ist.

Duchamp lächelt. Er sagt auch etwas: «Es gibt keine Lösung, weil es keine Probleme gibt.»

Calvin Tomkins: *Duchamp: a Biography*, Chatto & Windus

Deutsch von Hildegard Höhr

Eine alleinstehende Frau

«Sie macht etwas mit ihrer Handtasche», hatte Makler schon am Telefon gesagt, aber jetzt sah ich es selbst. Etwas nervös, aber doch beherrscht. Reißverschluß auf, mit halb geschlossenen Augen wollüstig im Inhalt herumwühlen, danach kurz und entschlossen den zierlichen, hübsch geformten Kopf schütteln (sie hatte jetzt anderes zu tun, Schluß mit diesem Herumgefummel im Hosenschlag), die Hand zögernd aus der Tasche ziehen, den Reißverschluß wieder zuziehen. Vielleicht eine gar nicht so seltene sexuelle Zwangshandlung, aber ich glaube nicht, daß ich sie bemerkt hätte, hätte Makler mich nicht darauf aufmerksam gemacht.

«Aufreizend, nicht wahr?» – «Ach», entgegnete ich. Ich bin schon älter. «Eine Käuferin für euer Land», hatte Makler aufgeregt gesagt, «eine alleinstehende Frau aus New York, hat irgendeinen wichtigen Job in der Stadt. Macht geil mit ihrer Handtasche herum. Ich bringe sie heute nachmittag vorbei, okay?» Danach Gekicher.

Dann noch einmal: «Macht geil mit ihrer Tasche herum.»

Flower war um die Dreißig. Seit den Hippie-Zeiten haben die Leute manchmal seltsame Namen. Flower. Sie war eine kleine Dame, zierlich, mit einem feinen Profil, und ihre Haut hatte den matten Glanz von Perlen. Es war Sommeranfang. Sie trug eine weitfallende Leinenjacke und einen Leinenhut mit dazu passender Leinentasche, an der sie sich hin und wieder zu schaffen machte. Makler brachte Flower mit sichtlichem Stolz zu uns, als sei sie seine persönliche Eroberung. Makler ist ein hübscher, junger Mann, ein Basketballstar mit stattlichem Schnurrbart und Lockenhaar. Seit seine Frau durch einen Unfall an einen Rollstuhl gefesselt ist, glaubt er, er habe ein Recht auf Seitensprünge – diskret, das schon. Er nimmt seine Freundinnen mit in eine speziell dafür eingerichtete Hütte im Wald. Manchmal rufen sie seine Frau an, aber er streitet alles ab. «Wenn du lügst, ist es nicht passiert», sagt er dann im Coffee-Shop im Dorf, wo wir einander über alle Neuigkeiten auf dem laufenden halten. Echte Freunde waren wir damals noch nicht. Mein Interesse an ihm war von Habsucht bestimmt. Er sollte unser Land verkaufen. Meine Frau und ich hatten ein teures Haus auf einem großen Stück Land in der Bucht gebaut, und um die Hypothek niedrig halten zu können, wollten wir einen Teil des Grundstücks verkaufen. Mit Hilfe von Makler. Und jetzt hatte er eine Käuferin gefunden. Es war Rezession, und ich hatte schon fast jede Hoffnung aufgegeben, einen guten Preis herausschlagen zu können, doch Flower akzeptierte unsere Forderung, wenn auch als Ratenzahlung. Das paßte gut. So konnten wir mit ihren Abzahlungen einen Großteil unserer eigenen Hypothek begleichen. Aber war sie zuverlässig? Makler lenkte das Gespräch in die richtigen Bahnen. Wir wußten bereits, daß Flower eine «alleinstehende Frau» war. Das hatte er schon am Telefon erwähnt. Also bestand ein gewisses Risiko: Ob sie wohl genug verdiente, um im teuren New York wohnen *und* sich an der Nordostküste, zehn Stunden mit dem Auto von ihrer Winteradresse entfernt, ein Sommerhäuschen leisten zu können? Kein Problem, sie war Schulpsychologin, hatte keine Schulden, aber ihr kranker Bruder hatte sie einiges an Geld gekostet, so daß sie unser Land nicht bar bezahlen konnte. Nein, das würde keine Schwierigkeiten geben. In fünf Jahren würde das Land ihr gehören, und dann würde sie sich ein nettes Häuschen bauen lassen. Sie würde auch eine ansehnliche Anzahlung machen. Makler nickte mir zu. Er bedeutete mir lächelnd und durch Gesten, daß er sich mit Käufern auskenne. Diese hier sei gut. Auch meine Frau stellte zwischen dem Tee-Einschenken und dem Kuchenschneiden ein paar Fragen. Flower hätte keinen Freund? Nein? Eine Freundin vielleicht? Auch nicht? Einen Hund? Flower sagte, sie hätte einmal einen Kanarienvogel gehabt, sei aber Allergikerin. Ihre Allergien hätten sie auf den Gedanken gebracht, zumindest einen Teil des Jahres in der Natur zu verbringen, hier in Maine, an der Küste, ohne Umweltverschmutzung. Schon damals fiel mir auf, daß sie eine ziemlich flache Stimme hatte. In ihrem Blick lag etwas Entschuldigendes. *Hier bin ich, nimm es mir nicht übel.* Schöne Frauen strahlen gewöhnlich etwas aus, doch bei ihr war davon nichts zu spüren.

Der Kauf wurde besiegelt. Wir machten mit Flower einen Spaziergang über ihr Land. Makler erklärte ihr den Unterschied zwischen einer Tanne und einer Fichte und den zwischen einem Eichelhäher und einer Krähe. Flower interessierte sich mehr für die kleine Dachwohnung, die meine Frau und ich ausgebaut hatten, um Gäste unterbringen zu können. Sie hatte ein paar Tage frei. Statt sofort nach New York zurückzufahren, wollte sie gern eine Nacht bleiben. Meine Frau ging auf den Wink mit dem Zaunpfahl nicht ein, doch ich lud sie ein, bei uns zu übernachten. Natürlich. Warum nicht? «Weil sie eine alleinstehende Frau ist», sagte meine Frau am Abend. «Das gibt nur Probleme. Sie steht auf dich. Das habe ich gesehen.»

Ich hatte nichts auf mich stehen sehen. Vielleicht auf Makler.

«Nix Makler», entgegnete meine Frau. «Makler will seine einmalige Kommission, Flower will dauerhafte Gesellschaft.»

Flower blieb ein paar Tage. Ich wollte zu einem Jazzkonzert, meine Frau nicht, Flower ging mit. Sie wollte auch Krebs essen, denn das tut man in Maine, weil Krebs hier sehr preiswert ist. Und Blaubeertorte. Flower wollte ihren Besuch in Maine feiern. In der Pause sagte Flower, sie mache selbst Musik, in einem Schulorchester. Sie spiele Flöte, klassisch, vor allem Mozart. Jazz fand sie schwierig. Sie konnte nicht improvisieren. Sie mußte Noten auf dem Papier sehen, dann konnte sie einigermaßen mithalten. «Aber ich spiele sauber.» Das Essen genoß sie ein bißchen. Alles war bei Flower «ein bißchen». Sie erzählte über eine Gruppenreise nach Taiwan, die sie gerade gemacht hatte. In Taiwan war es ein bißchen schmutzig gewesen, und es gab ein bißchen zuviel Verkehr dort, und sie hatte auf der Reise einen netten Mann kennengelernt. «Wir hatten ein bißchen Sex.» Danach hatte sie ihm eine Karte geschickt, aber er hatte nichts mehr von sich hören lassen. Die Höflichkeit verbot mir, sie zu fragen, was «ein bißchen» Sex sei.

«Wie war es?» fragte meine Frau, als ich mich ins Schlafzimmer schlich. Ich erzählte ihr von dem bißchen. «Keine Flirts?» fragte meine Frau. Nein. Ich war tief in den Fünfzigern und trank schon lange nicht mehr. Bei einem Glas Ginger-ale fallen mir keine geistreichen Bemerkungen ein. «Und Flower hat keine Avancen gemacht?» Nein, eigentlich nicht. «Was soll das heißen?» Na ja, sie hat schon gefragt, ob ich sie anziehend fände.

«Du meine Güte», sagte meine Frau. Auch über meine Geschichte, wie ich mich aus diesem Dilemma gerettet hatte, war sie nicht gerade begeistert. Ich hatte geantwortet, ich fände sie, Flower, sehr anziehend, sei aber glücklich verheiratet, doch wenn ich nicht verheiratet wäre, wäre ich sicher schon zudringlich geworden. Sie hatte sich, mit flacher und leiser Stimme, bei mir bedankt.

Es war ein merkwürdiges Zusammensein gewesen in der großen Kabine meines offenen Lieferwagens, dessen Sitze glücklicherweise durch einen breiten Klapptisch mit Haltern für Kaffeebecher voneinander getrennt sind. Vollmond, beeindruckende Ahornbäume und Pinien am Straßenrand, glatter Asphalt, ein geräuschlos dahingleitendes Auto, leise Musik von Bill Evans auf dem CD-Player, und dann plötzlich solch eine Frage. Das war wie ein Tiefschlag gewesen. Flower hatte wohl nicht im Ernst geglaubt, daß ich etwas von ihr wollte.

Ich erzählte Makler von dem Abenteuer, der unter seinem Schnurrbart irgend etwas Unverständliches murmelte. Auf spätere Berichte meinerseits reagierte er ebensowenig.

Flower kam zweimal pro Jahr, blieb ein paar Tage bei uns, begleitete mich auf Bootstouren, ging hin und wieder mit mir in ein Jazzkonzert, und wir aßen immer Krebs. Meine Frau ging niemals mit. Flower brachte meiner Frau Geschenke mit, wofür diese sich höflich bedankte. Jeden Monat kam der Scheck über die Abzahlung mit einem netten Begleitbrief, der mit einem gemalten Blümchen unterzeichnet war.

Flower erzählte regelmäßig über ihre Urlaubsreisen und die Männer, aber diese Bekanntschaften führten nie zu etwas. So vergingen fünf Jahre. Flower war nun Ende Dreißig, schien aber nicht gealtert zu sein. Ihre Stimme war noch genauso flach und leise wie am Anfang. Und immer noch machte sie in Gegenwart von Männern mit ihrer Handtasche herum.

Das Land war schließlich abbezahlt, und meine Frau war der Meinung, daß Flower von nun an auf ihrem eigenen Land in einem Zelt übernachten könne oder endlich dieses Häuschen bauen solle oder was auch immer. Wir seien sie los.

Wir waren sie nicht los.

Flower rief meine Frau an und sagte, ihr gemietetes Apartment in New York sei gestrichen worden, und sie bekäme von der Farbe juckende Hautbläschen. Sie müsse da sofort weg. Es gebe zwar irgendwo eine Eigentumswohnung, die sie kaufen könne, aber dafür reiche ihr Geld momentan nicht. Ob sie bei uns eine Hypothek auf das soeben abbezahlte Land aufnehmen könne? «Kommt nicht in Frage», sagte meine Frau zu mir, aber schließlich taten wir es doch. Flower gehörte inzwischen zur Familie.

Ihr Bruder auch, obwohl wir ihn nicht kannten. Flower erzählte, sie hätte jetzt mehr Geld übrig, weil sie nicht mehr für ihren Bruder zu sorgen brauchte. Ob wir ihr neues Auto gesehen hätten? Nun, es war Zeit gewesen; mit dem alten Toyota war sie 150000 Meilen gefahren. Sie beschrieb die Geisteskrankheit ihres Bruders, der mit Vornamen Brook (Bach) hieß. In ihrer Familie hatten alle Kinder Naturnamen bekommen.

Ihr Bruder hatte sich hundertmal am Tag seine Hände waschen müssen und den Rest der Zeit damit verbracht, sein Zimmer sauberzuhalten. Er hatte versucht, sich mit Tabletten umzubringen, war aber noch rechtzeitig gefunden worden. Beim zweiten Versuch hatte er sich aufgehängt. Was ich davon hielte? (Es war wieder nach einem Jazzkonzert, bei Vollmond, dessen Licht vom glatten Asphalt der Straße reflektiert wurde.) Ich sagte, ich hätte große Achtung vor Menschen, die sich weigerten, in einer für sie unerträglichen Situation zu leben. Ich hatte das mehr als Trost gemeint, denn Brook war tot, und es erschien mir nicht taktvoll, ihn im nachhinein noch zu kritisieren. «Ordnung muß sein?» fragte Flower, und ich sagte ja. Ich selbst würde nicht mit einer schrecklichen unheilbaren Krankheit leben wollen.

Am nächsten Tag erzählte sie, sie habe Brustkrebs. Eine Brust mußte entfernt werden, aber der Chirurg hatte gesagt, er würde aus überflüssigem Fleisch von ihren Oberschenkeln eine neue Brust machen. Wie schade, sagte ich zu meiner Frau. Flower hatte einen schönen Busen, den sie durch enge Pullover mit horizontal eingestrickten Farbstreifen betonte. Meine Frau fand es auch schade.

Im Jahr darauf erschien Flower mit vollständigem Busen und normal dickem Haar. Sie sagte, ihr Haar sei durch die Chemotherapie beängstigend schnell ausgefallen, aber zum Glück auch schnell wieder nachgewachsen. Und die neue Brust sei gut gelungen. Ob ich den Unterschied erkennen könne? Nein, nicht wahr? Das könne niemand. Mit ihrer flachen, dünnen Stimme sagte sie, daß sie sich gut fühle und daß alles in Ordnung sei.

Ein Jahr später gingen wir wieder auf Bootsfahrt. Das Land hatte sie erneut abbezahlt. Dies war unser Abschied. Sie achtete weder auf die Kapriolen vorbeischwimmender Seehunde noch auf die über uns fliegenden Adler, sondern schaute mich unverwandt an. Nur einem Miniwal, der vorbeikam, gönnte sie einen kurzen Blick. Das Wetter war wunderschön. Mit ihrem engen Pullover, den rasierten nackten Beinen und der abgeschnittenen Jeans, die sie immer trug, wenn sie auf dem Wasser war, sah sie blendend aus. Ihr Hütchen saß neckisch auf ihrem Kopf. Sie hatte sich sorgfältig geschminkt, obwohl sie dies nicht nötig gehabt hätte, denn ihre Haut war glatt und straff wie immer.

Aber was sollte dieser seltsame Blick? Ich hoffte, daß sie nach all den Jahren, in denen wir uns nichts hatten zuschulden kommen lassen, jetzt nicht auf komische Gedanken gekommen war. Mit meinem Bauch und meinem allmählich kahl werdenden Schädel stand ich am Steuer meines Bootes. Sie saß neben mir, streckte plötzlich ihre schmale, zierliche Hand vor und drehte den Zündschlüssel des Boots um.

Eine tiefe Stille trat ein.

Das Wasser war glatt. In der Ferne kreisten Möwen, die sich paarten.

«Der Krebs ist wiedergekommen», sagte Flower. «Ich bin sehr krank. Es kann nicht mehr lange dauern. Noch ein paar Wochen, dann werden die Schmerzen unerträglich sein, und dann bleibt mir nur noch ein Monat, um in einem Krankenhaus dahinzusterben. Was soll ich tun?»

Ich schenkte Kaffee aus der Thermoskanne ein. Sie zündete sich eine Zigarette an. Es war das erste Mal, daß ich sie rauchen sah.

Leider habe ich manchmal eine sehr schnelle Auffassungsgabe. Erwartete sie, daß ich ihr als niederländischer Anhänger der Euthanasie den Rat geben würde, Schluß zu machen?

Sie deutete auf ihre Hüften. «Siehst du, daß ich dicker geworden bin? Das ist kein Fett, das sind drei Liter flüssige Abfallstoffe aus den vom Krebs angegriffenen Organen. Letzte Woche ist das abgesaugt worden, aber es sammelt sich sofort wieder neu.» Sie wirkte tatsächlich fülliger.

«Es ist ein schneller Krebs», sagte sie. «Eine kurze Zeit noch, dann wird nichts mehr funktionieren. Ich habe jetzt schon Kopfschmerzen, und ich bin ständig müde. Erinnerst du dich noch an Brook? Hast du vielleicht ein Seil für mich?»

Ich sagte ihr, sich aufzuhängen sei nicht schön, weder für einen selbst – denn man hänge eine ziemliche Weile da und ersticke langsam –, noch für diejenigen, die einen fänden.

«Ich weiß, aber das andere klappt nicht.»

Das «andere», war das, was die Hemlock-Society riet: Man nehme einen dreifachen Whiskey und drei Röhrchen Schlaftabletten und ziehe sich dann einen Plastiksack über den Kopf. Schon ist man weg. «Schön und gut», bemerkte Flower, «aber wie soll ich an die Schlaftabletten kommen? Kein Arzt würde sie mir verschreiben. Mein alter Arzt hat sich irgendwo zur Ruhe gesetzt. Und mein neuer Arzt sagt, die starken Tabletten würden süchtig machen. Er wollte mir nur ein Naturheilmittel geben, und davon kann man nicht sterben.»

«Willst du wirklich schnell sterben?» fragte ich.

Sie nickte. Ihre Tante war an Krebs gestorben, das war eine fromme Frau gewesen, die glaubte, Gott hätte sie bestraft. Ihre Haut war lilaschwarz geworden, bevor sie starb, und das wollte Flower nicht erleben. Ihre Haut war elfenbeinfarben, und so sollte sie auch bleiben.

Wir hörten noch Jazz und aßen Krebs, und danach redete Flower stundenlang mit meiner Frau. Ich ging zu Bett. Am nächsten Morgen kam sie zum Frühstück. Ich habe manchmal künstlerische Anwandlungen und stelle dann Objekte zusammen oder mache Collagen. Irgendwo stand eine Dose ohne Deckel herum, in die ich Muscheln in Form eines Schädels geklebt hatte, umrahmt von tibetischen Totenköpfen, und in der Mitte der Dose befand sich eine altmodische Taschenuhr. Den Hintergrund bildete eine farbige Darstellung jener grazilen ägyptischen Göttin, die die Hüterin der Friedhöfe ist. Das Objekt war eine meiner besseren Leistungen. Ein hübsches Linienspiel aus weißen und knochenfarbenen Flächen, in tief glänzendes, altes, verwittertes Holz gefaßt. Flower hatte immer gesagt, sie finde meine Kunstwerke schön. Deshalb schenkte ich ihr die Dose. «Wird mir das helfen?» fragte sie. Ich sagte, daß sie sich darauf verlassen könne.

Am gleichen Tag ging ich bei Makler vorbei. Mein Bericht brachte ihn zum Weinen. «Nanu?» fragte ich, denn er ist ein harter Bursche, sportlich, ein knallharter Geschäftsmann. Was sollte das jetzt?

«Sie ist bei jedem Besuch hier einen Tag früher gekommen», sagte Makler, «und dann haben wir es in meiner Waldhütte miteinander getrieben.» Sein tränennasses Gesicht verzog sich zu einem spöttischen Lächeln. «Wir hatten ein bißchen Sex.» Wieder schluchzte er laut auf. «Dieses Mal wollte sie nicht, und ich habe deswegen Theater gemacht.» Er putzte sich seine Nase. «Wie furchtbar.»

Am nächsten Tag mußte ich wegen einem meiner Leiden zu einem Spezialisten. Er wurde durch einen Telefonanruf unterbrochen. «Nein», sagte er, «Sie sind bei mir nicht feste Patientin, und ich verschreibe keine suchterzeugenden Schlaftabletten. Wenden Sie sich doch an Ihren Hausarzt.» Ich fragte ihn, ob die Patientin vielleicht schwer krank sei. Er schaute mich erstaunt an. «Ja, ich glaube ja. Krebs.» – «Dann will sie Selbstmord begehen», sagte ich, «und du verwehrst ihr das.»

Ich kenne den Spezialisten gut. Er nimmt mich hin und wieder in seinem Flugzeug mit, und dann essen wir zusammen in Kanada auf einer Touristeninsel zu Mittag. Ich erzählte ihm von Flower.

«Ach», sagte der Spezialist, «sag ihr doch, sie soll einfach zu ihrem Chirurgen gehen und ihm sagen, sie wolle keine unerträglichen Schmerzen erleiden. In solchen Fällen machen wir das jetzt alle. Wir bereiten eine Spritze mit Morphin vor, die sie sich selbst geben kann. Das ist üblich heutzutage. Niemand braucht mehr Schmerzen zu leiden. Dafür haben wir doch die medizinische Wissenschaft.» Er bekräftigte das, was er gesagt hatte, mit einem herzlichen Lachen.

«Und warum hast du das der Patientin von vorhin nicht gesagt?»

Sie müßten schon direkt danach fragen, antwortete der Arzt. Schlaftabletten seien zum Schlafen da. Und eine Behandlung mit besonders starkem Morphin sei dazu da, Schmerzen ein für alle Male loszuwerden.

«Und der Tod?»

«Wer redet hier vom Tod?» Der Chirurg wurde ein bißchen gereizt. Ich sei doch Schriftsteller, ob ich denn keinerlei Phantasie hätte?

Ich rief Flower an, um ihr diese Information weiterzugeben. «Dein Problem ist gelöst.»

Sie erzählte, sie sei an diesem Tag im Bett geblieben und habe sich gerade meine Dose angeschaut. «Die Uhr ist herausgefallen, aber ich habe sie wieder eingeklebt. Ich werde dafür sorgen, daß jemand sie dir zurückschickt, später.»

Ich wünschte ihr Kraft.

Makler rief vier oder fünf Tage später an, um zu fragen, wie es ausgegangen sei. Ich rief Flower an. Eine unangenehme Stimme sagte hallo. «Ist Flower zu Hause?» Die unangenehme Stimme sagte, ihre Tochter sei gestorben. Ich fragte nach den näheren Umständen, doch die Stimme wollte nicht darüber reden. Wer ich sei? Ein Freund aus Maine? Nie von gehört.

Es ist jetzt Monate her, seit dieses Telefongespräch endete, indem auf der anderen Seite der Hörer aufgelegt oder – wahrscheinlicher – auf die Gabel geknallt wurde. Flower hatte mir erzählt, ihre Mutter sei «nicht nett». Ihr Vater auch nicht. Ihre Eltern haben meine Todesdose wahrscheinlich zertreten. Ich habe nie mehr etwas von ihnen gehört. Das unbewohnte Stück Land neben uns gedeiht prächtig.

Deutsch von Hildegard Höhr

Der grünhaarige Engel

Algar war ein wohlerzogener Junge, bis er zu einem wohlerzogenen Mann heranwuchs. Seine Entwicklung hätte gar nicht anders verlaufen können. Seine Mutter, eine fromme Christin, vorlor ihren Ehemann, lebte dann von dessen Rente und ergänzte dieses magere Einkommen durch Babysitten und dem Schrubben des Kirchenfußbodens. Algar wurde ihr kleiner Mann.

Er lernte gewissenhaft in der Schule, grüßte höflich seine Lehrer, sammelte das Feuerholz von der Straße auf, erledigte die meisten Einkäufe und betete vor dem Schlafengehen. Er mähte außerdem Rasen. Seine Mutter gab auch Algars Einkünfte in ihrer Steuererklärung an.

Gott war Algars Vater. Algar zeigte ihm seine Schulzeugnisse, indem er sie an die Scheibe seines Mansardenfensters hielt. Algar fiel nie bei einer Prüfung durch.

Auf diese Art wuchs er auf, bis er über einsachtzig groß war. Er hatte breite Schultern und zeichnete sich in den meisten Sportarten aus. Wenn seine Mannschaft gewann, applaudierte seine Mutter, und wenn er gelegentlich einmal verlor, gab sie ihm trotzdem einen Kuß. Algars gute Noten auf der High School ermöglichten es ihm, die Polizeiakademie zu besuchen, wo er sich als Student aufgrund seiner Auszeichnungen einen Händedruck des Hauptkommissars verdiente. Weil sein Äußeres sowohl militärisch als auch ansprechend wirkte, hatte man ihn gebeten, Modell für Werbeplakate der Polizei zu stehen, und so lächelte sein Abbild überall im Land von den Wänden herab. Seine Kollegen waren neidisch, aber sie mochten ihn trotzdem, weil Algar immer bescheiden, freundlich und hilfsbereit war. Bevor Algar etwas tat, prüfte er den Wert der Unternehmung. Lautete das Urteil «gut», setzte er sich voll ein. Lautete es «schlecht», versuchte er sich zu entziehen. Seine erste Stelle brachte ihn in die Hauptstadt, und das war gut so, weil diese gottlose Stadt der schrecklichste Platz überhaupt war, und wer auch immer die Chance besaß, in dieser Hölle Gutes zu tun, war in der hervorragenden Lage, alle nur denkbaren Ehren zu verdienen. Algar mietete ein Zimmer über einem Gemüseladen, mit eigenem Eingang zu der winzigen Wohnung, und er richtete sie so her, daß sie der Gegenwart eines ehrenhaften Mannes würdig war. Er kaufte sich ein heruntergekommenes Auto, lackierte und polierte es und baute auch einen neuen Motor ein. Immer wenn Algar ein paar Tage frei hatte, fuhr er zu dem Häuschen seiner Mutter aufs Land. Während einer dieser Besuche traf er ein Mädchen namens Mona. Auch Mona ging regelmäßig in die Kirche. Sie ließ ihre Handtasche in der Kirche fallen, und Algar hob sie für sie wieder auf. Das Handtaschen-Fallenlassen hatte Algars Mutter arrangiert. Nachdem das Fallenlassen und Aufheben der Tasche abgeschlossen war, spielte der Priester seine Rolle in diesem Stück und stellte die jungen Leute einander vor, und bevor Algar wußte, wie ihm geschah, war er die eine Hälfte eines zukünftigen Paares.

Aber die Hochzeit wurde immer wieder verschoben. Mona unterrichtete an der Schule und mußte noch eine Reihe Prüfungen ablegen, damit sie ihre berufliche Position verbessern konnte. Mona mochte die Hauptstadt nicht, weil hier das Zentrum war, von dem aus alle Sünde ihre Ausbreitung fand. Algar versprach ihr, daß er sich um die Versetzung in ein wohlanständiges Städtchen auf dem Lande bemühen werde, die ideale Umgebung für ihre zukünftigen Kinder. Die Zukunft war bis in alle Einzelheiten vorausgeplant. Das Glück wurde denjenigen zuteil, die ihr Bestes gaben. Die Straße, die vor ihnen lag, würde sie sicherlich direkt in den Himmel führen.

Algar dachte manchmal über den Himmel nach und fragte

sich, wie es wohl dort oben sein würde. In seinen Gedanken, und manchmal in seinen plastischen, zartfarbenen Träumen, sah er sich auf einem sorgsam geschnittenen Rasen marschieren. Kollegen in Uniform spielten Trompeten und schlugen die Trommel. Algar tat drei gemessene Schritte nach vorn, blieb in stocksteifer Haltung stehen und wurde, mit perfekt ausgerichteten Reihen kürzlich Verstorbener hinter sich, Gott vorgestellt.

Gott sagte, daß alles gut war. Nach diesen beseligenden Worten begann eine Party. Die Seelen, die schon länger in höheren Sphären weilten, servierten äußerst köstliche Speisen und gossen nichtalkoholische Getränke in funkelnde Gläser. Anschließend eröffnete sich ihnen das glückselige Jenseits.

Algar schlenderte schattige Pfade entlang und sah zu, wie auf den Lichtungen Löwen mit Lämmern herumtollten, beaufsichtigt von Hell's Angels, die noch rechtzeitig bereut hatten.

Algar wußte, daß die Hell's Angels die schrecklichsten Menschen waren. Aber da waren noch andere Sünder, die er verabscheute. Punks waren aus der Sicht Algars nichts anderes als Teufel auf Erden, die Satan huldigten, diesem Zerstörer der Harmonie, der ja mit einer Fülle an Macht auf Erden ausgestattet worden ist. Gott gibt Satan freie Hand, Algar auf die Probe zu stellen, um sicherzugehen, daß Algar die Gnade verdiente, die ihm vom Himmel in Aussicht gestellt worden ist.

Die meisten Menschen sind zufrieden damit, zwischen Gut und Böse hin und her zu schwanken, und was ihr endgültiges Schicksal sein wird, ist keineswegs klar, aber die Hell's Angels und die Punks werden sich mit Sicherheit in den lodernden Flammen der immerwährenden Hölle wiederfinden. Die Polizei – so glaubte Algar – tat mehr, als lediglich Ruhe und Ordnung herzustellen. Ihre Stärke, angemessen und beharrlich ausgeübt, machte ihre Mitglieder zu Vorbildern für alle anderen. Algars tägliche Arbeit als Wachtmeister, der seinen Mitmenschen diente, war eine spirituelle Übung, die ihn über alle egoistische Habgier erheben würde.

Täglich polierte er das Emblem auf seiner Uniformmütze, das Schwert der Gerechtigkeit, das über dem heiligen Gesetzbuch schwebte. Er verehrte diese Zeichen der hohen und wahrhaftigen Macht und haßte die teuflischen Symbole, die von den Hälsen der Hell's Angels und der Punks baumelten.

Obwohl Algar sich an diesen strengen und gewichtigen Grundsätzen orientierte, sprach er niemals darüber und zog es vor, dem richtigen Weg schweigend zu folgen. In der Kantine des Polizeireviers alberte er genauso herum wie jeder andere, und an einem freien Abend konnte man ihn in einem Café, unweit seines Zimmers über dem Gemüseladen, Karten oder Poolbillard spielen sehen. Ein Glas Bier, hin und wieder ein paar gemäßigt grobe Wörter, unschuldige Flirts mit Mädchen, die ihn in der Bar oder auf der Straße anlächelten, ein moderner Roman, eine gelegentliche Fernsehsendung – Algar machte Ausnahmen, aber fing sich wieder, wenn er glaubte, daß er vom Weg nach oben zurückrutschte. Es gab persönliche Prüfungen, bei denen er manchmal versagte, und wenn das geschehen war, dann besuchte er einen Priester, der ihm im Namen des Himmels vergab.

Aber es ereigneten sich auch Unglücksfälle.

Zu einem plötzlichen Aufruhr in einem der übelsten Viertel der Stadt gerufen, rutschte Algar aus und fiel direkt in das Messer, das von einem randalierenden Gegner gehalten wurde. Der Hell's Angel wollte eigentlich nicht den auf ihn losstürmenden Polizisten verletzen, aber er harrte nicht aus, um seine Sicht der Auseinandersetzung darzulegen. Ernsthaft verwundet, wurde Algar mit dem Rettungswagen auf die Intensivstation des nächstgelegenen Krankenhauses gebracht. Unfähig, das Koma zu durchbrechen, bewegte er sich zufrieden durch eine so reine Umgebung, als sei er von der Erde losgelöst. Ein Engel war sein ständiger Begleiter.

Der Engel war weiblich und hatte grünes dichtgelocktes Haar. Algar kniete nieder, um sie anzubeten, aber sie hob ihn wieder auf die Füße und kuschelte sich in seine Arme und flüsterte ihm wichtige Geheimnisse zu, die eigentlich überhaupt nicht wichtig waren. Algar erinnerte sich jedenfalls, daß er einmal all diese Wahrheiten gekannt hatte, aber er mußte sie vergessen haben, als er dort unten gewesen war. Eine göttliche Melodie stieg in ihren Körpern auf und ließ sie in perfektem Rhythmus miteinander tanzen. Zusammen trieben sie in exotischen und wunderbaren Gefilden dahin, an die er sich, einmal von ihr erklärt, wieder erinnerte. Dann war die Verbindung unterbrochen. Die göttliche Gegenwart, die Algar den Ärzten, die ihn zurückgeholt hatten, als Teil seines innersten Seins erklären wollte, entzog sich seinen fieberhaft zupackenden Händen und verblaßte. Er sah den grünhaarigen Engel traurig lächeln, während er vergebens versuchte, den schraubstockartigen Griff der Ärzte abzuschütteln.

«Er ist noch nicht ganz da», sagte einer der Ärzte. «Er wird jetzt eine Menge Ruhe nötig haben. Das Trauma muß sehr schwer sein.»

Algars Wunden heilten ,und die Fäden wurden gezogen. Es gab keine Entschuldigung mehr, nicht auf die Erde zurückzukehren, aber noch unter dem Einfluß der Medikamente weinte Algar und versuchte sich dagegen zu wehren, wieder ein Teil des niederen Lebens zu werden. Der Priester wurde gerufen. Die Falten seiner Robe glättend, bevor er sich setzte, fragte er: «Wo liegt das Problem?»

Algars Hände strichen unruhig über sein Kopfkissen und Laken.

«Ich habe sie verloren! Bitte helfen Sie mir, sie wiederzufinden.»

«Wen?»

«Den Engel. Sie hat grünes Haar.»

«Unsinn», sagte der Priester. «Du hattest eine Überdosis. Nun weißt du, wie es denjenigen ergeht, die gefährliche Drogen mißbrauchen. Du gehörst in das Land der Lebenden, mein Junge. Du wirst hier gebraucht. Deine Rückkehr hat einen Grund. Komm wieder auf die Beine.»

Mona besuchte ihn ebenfalls. Sie konnte nicht lange bleiben, weil ihre Examen kurz bevorstanden. Sie brachte ihm ein Geschenk mit, das sie in ihrer spärlichen Freizeit angefertigt hatte. Algar hatte Schwierigkeiten, seine Verlobte wiederzuerkennen. Sie saß neben seinem Bett, und ihre Hand lag auf dem Ärmel seiner Pyjamajacke. Dann stellte sie ihr Geschenk – ein Kreuz aus grünen dünnen Wollfäden, das in einen polierten Holzrahmen gespannt war – gegen das Fenster. Sie küßte Algar und sagte, daß sie jetzt wirklich gehen müsse.

Algar starrte das Kreuz an, das seltsam lebendig wirkte. Als seine Kraft wiederkehrte, führte seine tägliche Meditation auf das Kreuz zu diversen eindrucksvollen Visionen. Unerklärliche Mächte ergriffen von den grünen Fäden Besitz – veränderten ihre Form und verwandelten sie in ein Gesicht und später in eine vollständige, leuchtende Gestalt. Das Wesen war weiblich, es war der Engel, der ihn begleitet hatte, als er auf der anderen Seite des Lebens frei gewesen war.

Eines Abends ging die Sonne hinter den Gartenmauern des Krankenhauses unter, und ein dunkelrotes Licht schien durch das Wollkreuz im Holzrahmen. Algar griff stöhnend nach dem Engel oder dem Heiligenschein, der noch im Raum schwebte, nachdem die letzten Strahlen der Sonne verschwunden waren. Dann kam eine Schwester energisch herein und sorgte dafür, daß er seine Medikamente einnahm. Algar seufzte und fiel in die Kissen zurück. Im Halbschlaf sah er den Engel aus dem Kreuz heraustreten. Algar begann zu stöhnen. Er konnte es nicht verstehen. Als sie zuvor zusammengewesen waren, hatte sich die Wonne, die sie miteinander genossen hatten, anders angefühlt als das, was er jetzt empfand. Er beobachtete, wie sich die Schleier des Engels vorsichtig teilten, und bewunderte ihre geschmeidigen Bewegungen, mit denen sie um das Bett herumtänzelte. Wollte sie ihn weglocken? Aber er hatte hier unten doch noch Verpflichtungen? Wie stand es mit seinem geplanten positiven Leben, der Verantwortung seiner Mutter und seiner Braut gegenüber?

Als sie Algars Stöhnen hörte, kam die Krankenschwester zurück und schaltete das Licht an. Algar bat sie, den Priester zu rufen. Der Priester rauchte eine Zigarette in kurzen, heftig inhalierten Zügen. Er war in Eile. Was brachte seinen vom rechten Weg abgekommenen Schüler diesmal in Bedrängnis?

«Ich träume immer noch von dieser grünhaarigen Frau.»

Der Priester hörte kaum zu. «Du träumst von deiner Verlobten?»

Algar schüttelte schwach den Kopf. Mona wirkte plump, mit ihrem leicht schwammigen Gesicht, das der Brille kaum Halt bot. Sie trug ihr strähniges Haar zu einem Knoten hochgesteckt.

Der Pfarrer fuhr fort: «Es ist nur natürlich, daß du dich nach deiner Verlobten sehnst. Sei geduldig – es dauert nicht mehr lange, bis ihr verheiratet seid.»

«Diese Frau ist anders.»

«Interessant.» Der Pfarrer drückte seine Zigarette aus und zündete sich eine neue an. «Was will sie von dir?»

«Ich soll mit ihr gehen.» Algars Augen leuchteten.

Das Interesse des Pfarrers wuchs. «Moment mal, mein Sohn. Hat sie von dir Besitz ergriffen? Du mußt dich von ihr lösen.»

«Ich liebe sie», flüsterte Algar. Er deutete auf Monas Handarbeit. «Sie kommt aus diesem Kreuz zu mir.»

«Erstaunlich», sagte der Pfarrer. «Alles, was ich erkennen kann, ist ein ziemlich abstraktes Durcheinander von Wollfäden.»

Er schüttelte seinen kahl werdenden Kopf. «Und wenn ich

aufrichtig sein darf, es ist ziemlich geschmacklos. Vielleicht sollte sich Mona einem mehr praktischen Hobby zuwenden. Kann die Frau nicht stricken?»

«Diese Frau», flüsterte Algar und deutete noch immer zum Fenster, «ist so wundervoll.»

«Ach ja?» sagte der Pfarrer. «Weißt du, was? Ich nehm dieses gräßliche Ding jetzt mit und werd es irgendwo hintun.» Er hielt einen zitternden, nikotingelben Finger in die Höhe. «Nun streng dich ein bißchen an, mein Sohn, und werd bald gesund. Du wirst in dieser Welt noch gebraucht.»

Als Algar das Krankenhaus verlassen konnte, gewährten ihm seine Vorgesetzten weitere zwei Wochen Erholungsurlaub. Er rief seine Mutter an, deren Schwester gerade in ihrem Cottage zu Besuch war. «Aber du bist jederzeit willkommen, mein Sohn», sagte sie.

«Nein», antwortete Algar. «Ich werde meinen Urlaub hier verbringen, weil ich einige Unterrichtsstunden für meine Sergeanten-Prüfung versäumt habe. Ich möchte die Zeit nutzen, um alles wieder aufzuholen.»

In den Zeitungen wurden die bevorstehenden Krawalle diskutiert. Bedrohliche Unruhe braute sich zusammen. Rote Brigaden hatten die totale Revolution gefordert und behauptet, daß die gegenwärtige Gesellschaftsform bis an ihre Wurzeln korrupt sei und nur mit schonungsloser Gewalt vernichtet werden könne. Zahlreiche Brände wurden in öffentlichen Gebäuden gelegt, und eine Bombe explodierte in einem Regierungsfahrzeug und forderte viele Menschenleben. Hausbesetzer drangen in ein brandneues Hotel ein, und andere Aktivisten hetzten die Arbeitslosen und Unzufriedenen auf, jede Möglichkeit zu nutzen, um die Polizei zu provozieren. Große, lärmende Mengen formierten sich im Herzen der Stadt, blokkierten den Verkehr und störten friedfertige Bürger. Die Polizei wurde, wie die Zeitungen berichteten, von speziell trainierten

Einheiten verstärkt, die überall im Land mobilisiert worden waren. Algar meldete sich auf seinem Revier, aber der diensthabende Inspektor schickte ihn wieder nach Hause.

«Auf gar keinen Fall», sagte er. «Sie müssen sich erst erholen.»

«Sir», fuhr Algar unbeirrt fort, «kann ich nicht von Nutzen sein? Ich könnte mich an einer strategisch wichtigen Stelle verstecken und über Funk die motorisierten Kollegen informieren. Ich könnte feindliche Bewegungen ausmachen und melden.»

«Halten Sie sich da raus», befahl der Inspektor barsch.

Algar lernte in seinem Zimmer, und wenn der Stoff sein Gehirn zu blockieren drohte, ging er spazieren. Er schlenderte unter den Platanen des größten Platzes der Stadt. Als er auch heute wieder bewundernd zu der goldenen Laute aufsah, die auf dem Giebel einer imposanten Halle ruhte, die klassischen Konzerten vorbehalten war, tauchte er in den blaßblauen Himmel ein, der einen ruhigen und friedlichen Hintergrund für die Dachspitzen und die geschwungenen Dächer der umliegenden Gebäude bildete. Plötzlich fühlte er sich glücklich in seiner dunkelblauen Windjacke und seinen engsitzenden neuen Jeans und schritt federnd auf den Sohlen seiner teuren Joggingschuhe dahin, ein kraftvoll ungebundener Riese in einer großen Leere. Was immer geschah, hatte ihn auf Anordnung seines Vorgesetzten nicht zu interessieren.

Und es passierte eine Menge. Ein Konvoi armierter Lastwagen fuhr über den Bürgersteig auf eine große Rasenfläche und bildete einen Schutzkreis. Polizisten in Kampfanzügen sprangen aus den sich öffnenden Türen, wirbelten ihre langen Schlagstöcke durch die Luft, rempelten sich mit ihren Schutzschildern an und hörten erst damit auf, als gebrüllte Kommandos es ihnen befahlen. Ein Captain erschien, der die behelmte Anti-Aufruhr-Truppe überragte. Mit seiner tiefen Stimme, durch ein Megaphon noch verstärkt, feuerte er seine umherhastenden Krieger an, sie sollten sich auf den Kampf vorbereiten. Die Militärpolizisten, die sich von ihren zivilen Kollegen durch weiße Streifen an ihren Gamaschen unterschieden, marschierten von ihren auf der anderen Seite des Platzes geparkten Fahrzeugen heran.

Zwei viereckige schwere Wagen rollten vorbei, Wasserwerfer, deren Türme von stählernen Gittern geschützt waren – kurze Wasserspritzen, bedient von grimmigen Kanonieren, die im Schutz ihrer Panzerung nach einem Ziel suchten. Kleinbusse voller massiger Kriminalbeamter, die wegen ihrer physischen Kraft ausgewählt worden waren, umrundeten schnell den Platz, bevor sie in die Seitenstraßen einbogen. Die beweglichen kleinen Autos ignorierten die Ampeln und verständigten sich untereinander durch ihr Zweiklang-Sirenen.

Algar spazierte weiter und bog um eine Ecke. Hinter sich hörte er die armierten Fahrzeuge, aber das Rumpeln kam nicht näher. Ich gehe in die falsche Richtung, dachte er. Na gut. Ich habe mit diesem Aufruhr nichts zu tun. Ich mache ja nur einen Spaziergang. Der Hauptboulevard der Stadt, normalerweise eine überaus belebte verkehrsreiche Straße, war nun vollkommen leergefegt. Die Zivilisten sind geflohen, dachte Algar, aber ich bin kein Zivilist – ich bin im Moment auch kein Polizeibeamter. Ich bin unsichtbar. Ich bin aus allem heraus.

Einige düstere Gestalten flitzten an ihm vorbei. Algar verzog das Gesicht, als er ihre Schädel mit den hochstehenden und grell gefärbten Haaren sah, die dreckigen, abgetragenen Lederjacken, die sackartigen Hosen und die schweren Stiefel.

Bierflaschenverschlüsse baumelten an Büroklammern, die sie sich durch ihre Ohrläppchen gestochen hatten. Die Punks hatten ihre Gesichter mit Ruß geschwärzt. Ihre Augen glichen blutdurchzogenen Pfützen in dunklen Höhlen. Sie schrien Parolen und Schimpfwörter. Eine Gruppe wurde von einem schlanken Mädchen angeführt, das genauso schäbig angezogen war wie die anderen. Ihr Haar war grün gefärbt und zu dichten kleinen Locken gedreht.

«Tränengas!» schrie einer der Punks und hielt sich ein kleingemustertes arabisches Tuch vors Gesicht. «Paßt auf!»

Algar rannte weiter. Hinter ihm auf dem Platz schossen Polizisten Gaspatronen aus ihren erhobenen Gewehren ab. Das ploppende Geräusch wirkte harmlos, aber die kleinen Zylinder, die vor ihm auf den Bürgersteig fielen, explodierten zu stinkenden Schwaden. Das Gas entwich zischend, als Algar in eine Seitenstraße einbog und weiterlief, weil der Wind die Schwaden vorwärts trieb und sie direkt unter seine Füße blies. Er steuerte auf das Café an der nächsten Ecke zu. Die Tür war verschlossen. Er klopfte heftig gegen das Glas. Ein Kellner blickte argwöhnisch heraus.

«Gas! Machen Sie auf!»

Der Kellner öffnete die Tür, und Algar schlüpfte hinein, gefolgt von dem grünhaarigen Mädchen, das in ein vor den Mund gehaltenes gesprenkeltes Halstuch hustete.

«Raus!» brüllte sie der Kellner an. «Leute deiner Sorte sind hier nicht erwünscht!»

Das Mädchen wischte sich mit dem Tuch das Gesicht ab. Tränen liefen ihr aus den Augen. Sie hustete und versuchte, das Gas aus den Lungen zu bekommen. Algar hatte das Gefühl, als würden sich lauter Nadelspitzen in seine Gesichtshaut bohren. Er legte die Hand besänftigend auf die runde Schulter des Kellners.

«Ist in Ordnung. Hier kann sie doch niemandem etwas tun.»

Das Café war voll mit Leuten, die vor den Unruhen in den Straßen geflüchtet waren. Der Kellner trat zur Seite, um den Besuchern Platz zu machen, die aus den Fenstern schauen wollten. Algar schlug sich zur Theke durch, reichte dem Mädchen ein Bier und beugte sich vor, um ihr in die Augen zu sehen. Ihr Gesicht war schmal, mit hohen Backenknochen und einem vollen, klar geformten Mund. Ihre Lederjacke starrte vor Schmutz und ging an den Nähten auseinander. Ihre leuchtende Iris war von reinem Weiß umgeben.

«Wie geht's denn so?» fragte Algar.

«Gut.» Ihre Stimme klang wie eine helle, kleine Glocke. Sie stürzte das Bier hinunter und grinste. «Wir haben ein paar Straßen weiter hinten angefangen und uns vorgearbeitet, haben zwei Straßenbahnwagen angesteckt und zwei Bullen übern Haufen gerannt. Aber nun kriegen wir dieses Zeug in die Nase, und da ist erst mal Rückzug angesagt.»

«Rauch!» schrie einer am Fenster. «Schaut euch das an! Pechschwarz, die ganze Stadt muß in Brand gesetzt sein.»

«Du hättest die Flammen sehen sollen», sagte das Mädchen. «Grellgelb schossen sie hoch in die Luft. Wir hatten Glück. Ein Lastwagen entlud gerade Öl. Wir haben uns ein paar Tonnen unter den Nagel gerissen und das Öl mit Zeitungen und Holzstücken angezündet. Außerdem liegen eine Menge Steine rum. Die Stadtverwaltung läßt die Bürgersteige ausbessern, und überall stehen Stapel von Steinplatten herum. Wenn du sie fallen läßt, brechen sie in handliche Stücke – prima zum Werfen geeignet. Ich hab alle Fenster der Bank eingeschmissen.» Sie wischte sich den Schaum mit ihrer Hand ab. «Danke. Ich muß jetzt gehen. Bis später.»

Algar trank langsam sein restliches Bier aus und lächelte über das Bild, das das Mädchen bei ihm hinterlassen hatte: ihr schlanker Körper in der zu groß geratenen schmutzigen Lederjacke; ihre langen Hände mit den schwarz lackierten Fingernägeln. Ein Punk-Engel.

Dann ging er wieder auf die Straße. Ein Polizeimotorrad mit Beiwagen flitzte an ihm vorbei, und der Polizist im Beiwagen machte Fotos mit seinem Teleobjektiv. Eine der motorisierten Wasserkanonen nahm sich mit einem Hochdruckstrahlrohr das Ende der Seitenstraße vor. Ein graugrüner Panzer, der sein Rohr kreisen ließ, kurvte um die Bäume herum, die angeschlagenen Demonstranten Schutz boten. Algar drehte sich um und rannte los und dachte daran, wie er sich in seiner Schulzeit immer bei kleinen Schlägereien verdrückt hatte, die Mahnung seiner Mutter im Gedächtnis, sich nicht schmutzig zu machen. Er schoß um die Ecke, blieb stehen, drehte sich auf dem Absatz um und rannte zurück. Eine Truppe der Militärpolizei in Angriffsformation kam auf ihn zu, und die Männer schlugen rhythmisch mit ihren Lederknüppeln gegen ihre Schilde. Algar sah das Mädchen mit dem grünen Haar wegrennen. Sie stolperte und fiel hin. Sie stand nicht auf. Algar lief zu ihr hin und ging in die Hocke. «Bist du verletzt?»

Ihre Hände krallten sich in sein Hosenbein. Er packte sie an den Schultern und zog sie hoch.

«Mein Knöchel.» Sie versuchte wegzuhumpeln.

«Komm.»

Er schob seine Arme unter ihren Rücken und ihre Oberschenkel, hob sie hoch. Ohne Anstrengung trug er ihren leichten, biegsamen Körper. Dunkle Uniformen und weiße Helme tauchten drohend am Ende der Straße auf. Algar machte eine Vierteldrehung und raste die Steinstufen hinauf, die zum Portal einer Villa führten.

«Du bist so stark», murmelte sie.

«Wie heißt du?» fragt Algar.

«Lucy.»

«Bist du von hier?»

«Nein, vom Land. Ich und meine Gruppe sind heute früh angekommen. Wir kennen uns in der Stadt nicht so gut aus. Wir hätten diese Sache besser planen sollen.»

«Bleib hinter mir», sagte Algar und stellte sie so vorsichtig auf die Füße, wie er konnte. Militärpolizisten stürzten die Treppe herauf und spähten in den Schatten des Portals. Ein harter, spitzer Knüppel rammte sich in Algars Bauch.

«Au!» Algars kaum verheilte Wunde reagierte mit einem rasenden Schmerz. «Hallo, Jungs. Na, alles okay bei euch?»

Der Korporal grunzte und ließ seinen Plastikgesichtsschutz herunter, der mit Farbe und Dreck bespritzt war, und zog mit den anderen wieder ab.

«Du bist einer von denen», sagte Lucy.

Algar schüttelte den Kopf. «Ich studiere Recht.»

«Recht existiert nicht.» Sie zeigte ihm ihre geballte Faust. «Weißt du das noch nicht? Warum sich was in die Tasche lügen? Wir müssen diese blödsinnige Illusion kaputtmachen – unsere Irrtümer in Brand setzen, das Geröll wegräumen, der Natur erlauben, überall von neuem anzufangen. Sie nicht unseren Gesetzen unterwerfen, sondern zur Abwechslung mal im Einklang mit ihr leben.»

Algar löste sich von ihr und riskierte einen Blick die Straße hinunter. Die Minibusse rasten mit heulenden Sirenen hin und her, fuhren orientierungslos durch den dicken Qualm, der aus einem aufgegebenen brennenden Lastwagen hochstieg. Polizeibeamte rissen zusammengebrochene Punks an den Haaren hoch und stießen sie in ihre Wagen. Das Motorrad mit dem Fotografen raste wieder vorbei. «Sieh dir das an», sagte Lucy. «Untermenschliche Automaten – Roboter, die *wir* geschaffen haben, damit sie uns unterdrücken.»

«Bleib hinter mir», sagte Algar und fuhr ihr sanft über die Locken. «Wir verschwinden von hier, wenn es ein bißchen ruhiger geworden ist. Wir nicht mehr lange dauern. Die Front verlagert sich.»

Ein Dutzend Polizisten in Ledermontur marschierten an der Treppe vorbei und schwärmten über die ganze Breite der Straße aus. Dumpfe Schläge waren zu hören, wenn ihre Knüppel hastig zurückweichende Punks trafen. Ein Panzer fuhr gemächlich vorbei und richtete einen riesigen Rammbock auf eine schnell errichtete Barrikade, die von schreienden Jugendlichen verteidigt wurde. Kurz darauf war die Straße geräumt. Algar legte seinen Arm um das Mädchen. «Weg jetzt», sagte er.

Lucy stolperte los und zog ihren verletzten, schmerzenden

Fuß nach. Algar wollte sie wieder tragen. Sie zeigte auf ein quer auf dem Bürgersteig liegendes Fahrrad, das von einem Fliehenden im Stich gelassen worden war.

«Nehmen wir das Rad. Das geht schneller. Ich setze mich auf den Gepäckträger.»

Sie stellte es auf die Räder.

«Los, steig auf.»

«Aber es gehört uns nicht. Der Besitzer wird zurückkommen, um es zu holen.»

Ihre Augen wurden ganz groß.

«Was?» Dann lächelte sie und vergab ihm sein Unwissen. «Alles ist Eigentum der Massen. Das sind wir – die Massen.»

Algar fuhr, Lucy lehnte an seinem Rücken. «Bringst du mich zum Zug?» Algar fuhr schneller.

«He!» schrie sie. «Hast du keinen Namen?»

«Algar.» Er drehte den Kopf. «Es ist sicherer, wenn du bei mir bleibst. Du kannst mir trauen.»

Sie lachte.

«Wirklich. Dein Fuß ist verletzt. Vielleicht mußt du sogar zum Arzt. Du kannst dich bei mir ausruhen. Ist nicht weit.»

Er stellte das Rad an der Giebelwand des Gemüseladens ab und hob sie hoch.

«Ist ein steiles Treppenhaus», erklärte er.

Ihr Gesicht lag an seiner Wange, während er sie mit einem Arm hielt und mit der freien Hand nach seinem Schlüssel suchte.

«Du bist stark», sagte sie wieder.

«Du bist schön», entgegnete Algar, öffnete die Tür und trat ein.

«Wirklich? Auch so, wie ich jetzt aussehe?»

Auf ihren schmutzigen Wangen zeigten sich Grübchen.

«Glaubst du, du kannst *mir* trauen? Vielleicht räum ich dir die ganze Bude aus.»

«Tu dir keinen Zwang an – es gehört alles dir.»

Sie blickte sich in dem kleinen Raum um, sah die gerahmte Fotografie auf dem Tisch.

«Deine Freundin?»

«Wir sind verlobt.»

Lucy lachte. «Deine Verlobte! Ich hab auch einen festen Freund.»

«Wonach ist dir?» fragte Algar. «Willst du duschen?»

Er öffnete eine weißgestrichene Tür. «Da. Der Boiler ist angestellt. Das Wasser wird angenehm heiß sein. Möchtest du eine Tasse Tee? Ein Bier?»

«Hast du eine Badekappe? Ich will nicht, daß die Farbe aus dem Haar geht.»

«Hm», antwortete Algar. «Nein, hab ich nicht.»

«Egal.» Sie fuhr sich mit den Fingerspitzen durch die Locken.

«Dann kannst du mich erleben, wie ich früher ausgesehen habe. Ich kann die Haare später neu färben. Gut, daß der Wasserwerfer mich nicht erwischt hat – meine Kumpels hätten mich ausgelacht, aber bei dir macht's mir nichts aus.»

«Nein», sagte Algar. «Bleib so, wie du bist. Ich hab 'ne Plastiktüte.»

Er zog eine Schublade auf. «Da. Die kannst du dir um den Kopf wickeln.»

«Das meinst du doch nicht ernst», sagte Lucy. «Typen wie du mögen nur das, was die Gesellschaft ihnen vorschreibt. Alles, was ein bißchen aus dem Rahmen fällt, erschreckt euch zu Tode.»

«Streif sie dir über den Kopf», sagte Algar. «Bitte.»

Sie pellte sich aus ihrer Lederjacke und öffnete den Reißverschluß der Hose.

Ihr Gesicht verzerrte sich, als sie das Hosenbein über den geschwollenen Knöchel ziehen wollte.

Algar bückte sich und half ihr behutsam.

«Ist es schlimm?»

Algar hatte einen Kurs in Erster Hilfe gemacht. Er tastete den Knöchel ab und begutachtete die Schwellung.

«Könnte schlimmer sein. Bis morgen ist das vielleicht schon wieder in Ordnung. Ich werde den Knöchel bandagieren, um ihm Halt zu geben.»

«Laß mich erst duschen, okay?»

Den Rücken der offenen Duschkabine zugekehrt, setzte Algar den Kessel auf. Lucy sang leise vor sich hin, während das Wasser auf ihre Schultern und ihren Rücken prasselte.

Algar warf Teebeutel in seine gesprungenen Steingutbecher und stellte die Milchflasche und die Blechbüchse bereit, in der er seinen Zucker aufbewahrte. Und er grinste über die Gedanken, deren Ermahnungen aus einer fernen Vergangenheit zu kommen schienen. Es war ein ernstes Vergehen, den Feind zu verstecken und zu versorgen. Aber er war nicht wirklich hier – er war da draußen, außerhalb seiner selbst –, und sein Gewissen bedeutete ihm im Augenblick nichts.

Um sich selbst zu prüfen, stellte er sich eine Waage vor, plazierte seine Mutter und Mona in die linke Schale, das Mädchen mit den grünen Haaren in die rechte. Mona und seine Mutter schwebten hoch in der Luft. Um ganz sicherzugehen, fügte er der linken Schale den Priester hinzu. Die Schale blieb oben. Sollte er es wagen? Warum nicht? Algar gab noch Gott obendrein. Nichts änderte sich. Aber Gott hatte kein Gewicht.

Sie umarmte ihn von hinten. «Da bin ich.»

Algar wollte gerade fragen, ob ihr Tee recht sei, brachte aber nur sinnlose Laute hervor. Er hustete und räusperte sich nervös. Mit dem Becher in der Hand drehte er sich in ihren Armen herum. «Stell den Becher hin», sagte sie. «Es ist Zeit für einen Kuß.» Sie küßten sich. Er mußte in die Knie gehen, damit sich ihre Lippen treffen konnten. Die Stiefel, die er ihr so vorsichtig von den Füßen gestreift hatte, mußten hohe Absätze gehabt haben, denn ohne Stiefel war sie sogar noch kleiner, als er vermutet hatte.

Ihre Hand griff um ihn herum und drehte das Gas unter dem Kessel ab.

Hinterher aßen sie, vertilgten eine Büchse Erbsensuppe, die für sechs Personen bestimmt war. Die Schalen, aus denen sie löffelten, klickten aneinander, während sie auf dem Bett saßen und Lucy ihre Beine unter Algars geschoben hatte.

Sie schaute auf den Wecker. «Den letzten Zug nach Hause erwische ich noch.»

«Schade», sagte Algar.

«Wäre es dir lieber, wenn ich bliebe?»

«Wo ist dein Freund?» fragte er.

«Im Knast.» Sie runzelte die Stirn. «Er ist ein Hell's Angel. Sie lochen ihn ständig wegen Drogen ein. Er ist schon ein paar Monate drin, aber nächste Woche soll er rauskommen.»

«Ich muß in einer Woche wieder arbeiten», sagte Algar.

Sie gab ihm einen sanften Stoß gegen die Brust. «Ich dachte, du wärst Student.»

Algar deutete auf seine Bücher – Teil des Lehrgangs, der ihn eines Tages zum Sergeanten machen würde –, die fein säuberlich in einer Reihe auf einem einfachen Regalbrett über dem Bett standen.

«Ist Studieren nicht auch Arbeit?»

«Und das Mädchen, mit dem du verlobt bist?»

«Sie wohnt weit weg von hier», sagte Algar. «Sie kommt niemals her. Das wäre unanständig. Sie achtet sehr darauf, nichts zu tun, was man nicht darf.»

Sie schliefen ein, als die Sonne schon Streifen über das Fensterbrett bis zum Boden malte. Als sie erwachten, war es beinahe Mittag. Lucy wusch ihre Sachen im Spülbecken, während er Kaffee machte. Eine fröhliche Stimme im Radio verkündete, die gewalttätigen Auseinandersetzungen seien vorüber. Hunderte von Unruhestiftern würden in den nächsten Tagen abgeurteilt werden. Es sei mit hohen Strafen zu rechnen. Es würden immer noch Verhaftungen vorgenommen, und die Bürger seien aufgerufen, nach verdächtigen Personen Ausschau zu halten. Zweckdienliche Hinweise würden von allen Polizeidienststellen entgegengenommen.

«Wir haben die Schlacht verloren. Ihr seid noch immer zu stark. Aber wir werden es wieder versuchen.»

«Ihr?» fragte Algar.

Sie öffnete seinen Wandschrank. «Das ist doch deine Uniform? Bist du etwa kein Bulle?»

Er nickte.

Sie schüttelte den Kopf. «Warum seid ihr gegen die Erneuerungen, die die Brigaden bringen werden? Warst du gestern als Spitzel unterwegs? Haben sie dich deshalb in Ruhe gelassen?» Ihre Stimme war sanft.

Er zeigte ihr seine Narbe und erklärte ihr, er habe dienstfrei. Sie küßte die zackige rote Linie. «Ist es verheilt?»

«Mir geht's gut», sagte Algar.

Im Wandschrank bewahrte er auch seine Dienstwaffe auf. Sie nahm die Pistole in die Hand, während er Kaffee eingoß. Er hörte die Waffe klicken und blickte sich um. Der Lauf zeigte auf seine Brust.

«Setz dich aufs Bett», sagte sie kalt. «Ich habe sie geladen. Ich weiß, wie man damit umgeht. Ich bin eine professionelle Freiheitskämpferin – bin gut ausgebildet worden.»

Algar streckte die Hand aus, um ihre Schulter zu berühren, doch sie wich zurück.

«Ich mein es ernst.» Ihre Augen verengten sich. Die Pistole zitterte ein wenig in ihrer Hand, und ihre Stimme war ein Flüstern, scharf wie eine Rasierklinge. «Du bist so gut wie tot.»

«Laß uns erst Kaffee trinken», entgegnete Algar.

Ihr Finger drückte leicht auf den Abzug. «Stell den Becher hin.»

«Mein Liebes», sagte Algar, «du solltest besser aufpassen, wenn euer Ausbilder euch was beizubringen versucht. Die Kammer ist leer, die Waffe gesichert.»

Sie warf die Pistole wieder in den Wandschrank.

«Bäh!»

«Hättest du wirklich auf mich geschossen?» fragte er, als sie den Becher nahm.

«Vielleicht.» Sie lächelte. «Ich dachte an ein Buch. Über die Russische Revolution. Du warst ein Offizier des Zaren und ich Soldat der Roten Armee. Wir begegneten einander nach der Schlacht am Dnjepr.» Sie zog die Stirn in Falten.

Er lächelte zurück. «Und was geschah dann?»

«Wir waren beide erschöpft und die einzigen Überlebenden. Ich hatte einen schlimmen Kratzer abbekommen, und du hast mich verbunden, bevor du nach etwas Eßbarem suchtest. Wir fanden ein Zelt, und ich half dir, es aufzustellen. Es war Sommer. Wir küßten uns ausgiebig, aber ich mußte dir ein bißchen zusetzen, bevor du mich nahmst. Wir lebten von den Vorräten, die die Armee zurückgelassen hatte – Offiziersverpflegung. Austern, Kaviar, Wodka und Champagner. Wir hatten eine prima Zeit.»

«Ja», sagte Algar und griff nach ihrer Hand. «Wie lange dauerte sie?»

Sie nippte an ihrem Kaffee. «Wir schwammen im Dnjepr – das ist ein sauberer Fluß, nicht so ein stinkendes Gewässer wie hier.

Reiher mit Federbüscheln auf den Köpfen standen auf den Felsen. Es dauerte eine Woche, dann kamen deine Truppen, um die Insel zurückzuerobern. Du hast mich im Stich gelassen, ihnen laut zugerufen und bist durch das flache Wasser zu ihrem Boot gewatet.»

«Nein», sagte Algar. «*Nein*, wie konnte ich?»

Sie trat ihm gegen den Knöchel.

«Du hast es getan. Ich war die Tochter eines Leibeigenen, eine Sklavin – eine Verbrecherin, die sich etwas genommen hatte, was ihr nicht gehörte.»

«Was denn?»

«Meine Freiheit.»

Algar schüttelte den Kopf. «Ich würde dich niemals verlassen.»

Sie trat ihm wieder leicht gegen den Knöchel.

«Du hast es getan, und ich tötete dich. Im Zelt war ein Gewehr. Ich schoß dir in den Rücken.»

Der Kaffee schwappte aus seinem Becher, als sie ihn noch einmal trat.

«Du warst tot. Ich sah dich untergehen. Dein Blut färbte die Wellen rot.»

«Was geschah mit dir? Kamst du mit heiler Haut davon?»

«Au!»

«Tut mir leid.» Er hielt immer noch ihre Hand.

«Ich konnte fliehen», sagte sie. «Ich wurde auch ein Offizier – ein Held!»

«Hast du mich dann vergessen?» Sie schüttelte den Kopf. Algar sagte: «Das ist vor langer Zeit geschehen. Bevor wir geboren wurden. Es war nicht heute.»

Sie sah ihm in die Augen. «Es wird immer heute sein. Du wirst mich wieder verlassen. Mich den Hunden vorwerfen.»

«Und du würdest mich wieder erschießen», sagte Algar. «Auf der Stelle. Wenn meine Kollegen hereinkämen und dich suchten.»

«Ja», erwiderte sie. «Aber ich brauche ein paar Kugeln.»

Algar zog sich an und ging. Auf der Bank hob er seine Ersparnisse ab. An diesem Tag fuhr er mit ihr durch die Stadt, und anschließend mietete er ein Ruderboot bei einem Bootsverleih am Fluß. Er legte sich in die Riemen, und später ließen sie sich von der Strömung zurücktreiben. Sie ließ ihre Hand durch das Wasser gleiten.

Als sie in einem Restaurant zu Abend aßen, wurde sie von den Leuten angestarrt und in wütendem Geflüster durchgehechelt.

«Ich glaube, diese netten Leute würden mich gern verprügeln», meinte sie. «Wir verschwinden besser, bevor sie deine Kollegen rufen. Ich habe gestern Fotografen gesehen. Ich bin eine Bandenführerin – die greifen sie sich am liebsten. Vielleicht stehe ich in euren Akten.»

«Noch nicht», sagte Algar.

Sie spazierten durch einen Park und saßen Hand in Hand auf einer Bank. Eine Drossel sang für sie. Später, in seinem Zimmer, schlief sie fast in seinen Armen ein, und er erzählte ihr von seiner Vision, wie er ihr begegnet sei, bevor sie sich trafen.

«Oh, ich kannte dich auch schon», murmelte sie.

«Erzähl's mir.»

«Du in deiner Uniform hast den Verkehr geregelt, strahlend wie ein junger Gott. Du warst so groß und stattlich, so streng und korrekt. Ich war damals noch ein kleines Mädchen, und wir wohnten in einer breiten Straße, in der blühende Kastanienbäume standen. Ich ging auf dich zu, und du hast gelächelt, und ich habe vor dir gekniet.»

«Warum?»

«Ich bin heute zu müde, um mehr zu erzählen», murmelte sie. «Morgen vielleicht. Bevor du mich in den Zoo mitnimmst, will ich dir sagen, daß ich keine Tiere sehen will, die in ihren Käfigen vor Sehnsucht nach Freiheit krank sind. Aber es gibt da ein hübsches Aquarium. Die Fische wissen nicht, daß sie gefangen sind. Wir können ihnen beim Herumschwimmen zusehen.»

Am nächsten Tag ging er nach dem Frühstück fort, fand eine Boutique, kaufte ihr ein Paar Jeans und eine Bluse – und er fand auch einen Hut für sie.

Auf seinem Rückweg winkten ihm zwei Polizisten aus ihrem Streifenwagen zu. Er ging hinüber und setzte sich auf den Rücksitz. Sie erzählten ihm von verwundeten Kollegen, die, als sie schon am Boden lagen, noch von Punks getreten worden waren. Die Polizisten waren nun zur Jagd auf die Punks ausgeschwärmt. Sie zeigten ihm eine Reihe von Fotos.

«Jemand davon gesehen?» fragten sie.

Algar blätterte die Fotos durch. Sie waren farbig und gestochen scharf. Er erkannte Lucy, die gerade dabei half, eine Tonne, aus der Öl lief, zu einem Straßenbahnwagen zu rollen. Auf einem anderen Foto schleuderte sie einen Stein in ein Geschäft.

«Irgend jemanden erkannt?» fragten die Polizisten. «Jetzt sind wir an der Reihe, wir müssen sie alle kriegen.»

«Nein», sagte Algar. «Mit ihren schmutzigen Gesichtern sehen sie alle gleich aus.»

«Orientier dich an den Haaren», riet ihm einer der Polizisten.

«Ich werde ihnen schon entkommen», sagte sie, als er ihr die Sachen gab. «Verlangst du im Ernst, daß ich diese albernen Klamotten trage?» Sie setzte den Hut auf. «Vielleicht sollte ich es doch tun. Im Knast bin ich zu nichts nutze. Bald werden neue Aktionen gestartet. Es gibt so viel zu tun.»

Algar sah im Geist, wie er auf den Priester einredete. Der Priester hörte nicht zu. Asche fiel auf seinen Talar.

‹Mach deine Arbeit gut, Algar. Verteidige die Gesellschaft. Die Gesellschaft zahlt dir dein Gehalt. Schütze Leben und Eigentum der braven Bürger.›

Sie küßte ihn. «Danke für die Sachen.»

«Gern geschehen», sagte Algar.

An jenem Tag besuchten sie ein Museum, in dem altes Spielzeug ausgestellt war. Dort spielte auch ein Puppentheater. Sie lachte, wenn die Puppen sich gegenseitig mit Knüppeln verdroschen. Es war auch eine Polizistenpuppe dabei. «Buh»! rief Lucy.

Ihrem Fuß ging es besser, und sie machten noch einen

Abendspaziergang. In einer Kneipe am Hafen tranken sie etwas.

Der Morgen zog langsam herauf. Eine Kletterpflanze hatte sich bis zum Giebel hochgearbeitet, und die frühe Brise ließ ihre zarten Blüten zittern. Eine dicke Hummel umschwirrte sie.

«Warum bleibst du nicht für immer bei mir?» fragte Algar.

«Ich kann nicht, oder?»

«Die Zeit fließt durch mich hindurch», sagte er. «Sie verletzt mich mit ihren Krallen. Sie zerfetzt unsere letzten Tage.»

«Vielleicht gibt es gar keine Zeit», entgegnete Lucy.

«Es gibt sie. Sie frißt uns auf.»

Ihre Hand fand die seine. «Dann tun wir so, als bemerkten wir's nicht.»

Später kamen sie an einer Kirche vorbei. Algar blieb stehen, um das Kreuz auf dem Turm zu betrachten. Er bekreuzigte sich.

«Laß das», sagte Lucy und zog ihn weiter. «Da ist nichts.»

«Kein Gott?» fragte Algar.

«Lächerlich. Weißt du nicht, daß er gestorben ist? Wir haben ihn getötet, weil er uns fehlerhaft erschaffen hat. Aber wir können uns wieder neu erschaffen, von vorne anfangen.»

Sie denkt vollkommen anders als ich, dachte Algar. Beinahe hätte er es laut gesagt. Er wollte sie auf der Stelle überzeugen, ihr sagen, sie sollten heiraten; und später würde sie ein hübsches Kleid tragen und am Rande des Platzes stehen, wenn der Commissioner seinen Namen aufrief und ihn zum Sergeanten ernannte. Nach der Parade würde der Commissioner herüberkommen und auch ihr gratulieren. Sie würden zusammensein – sie würde mit ihm alt werden und jeden Tag aufs neue glücklich sein. Wenn sie zueinander gehörten, würden sie auch zusammen zur Gesellschaft gehören. Algar sagte nichts. In drei Tagen mußte er wieder auf das Revier. Sie fanden sein Auto, und er fuhr nach Hause. Unterwegs kam ein Streifenwagen an ihnen vorbei, auf der Suche nach einer grünhaarigen Verdächtigen.

«Dreckskerle», sagte Lucy.

An diesem Abend aßen sie in einem französischen Restaurant bei Kerzenlicht. Die Weinsoße zu ihrem Steak schmeckte ihr. Er nahm sie in ein Konzert mit – ein Pianist im Frack spielte Bach.

«Ein Idiot in einem Affenjäckchen», sagte Lucy hinterher.

«Aber die Musik war gut. Hast du gehört, wie harmonisch alles zusammenpaßte? Es war wie die kleinen Quadrate und Linien auf dem Linoleum in unserer Küche. Als ich klein war, hab ich sie immer angeschaut. Große Blöcke, kleine Blöcke, alle in hübschen Farben.»

Die letzte Nacht kam. Sie versuchten, nicht einzuschlafen. Algar stand immer wieder auf, um Kaffee zu machen und ihr neue Zigaretten anzuzünden. Er hatte Champagner gekauft, den sie langsam schlürften. Sie blickten sich dabei in die Augen und küßten sich zwischendurch.

Er wollte nur für eine Minute die Lider senken. Als er erwachte, war sie verschwunden. Die Pistole lag auf dem kleinen Tisch neben dem Bett, auf gleicher Höhe mit seinem Kopf. Der Lauf war wie ein dunkles Auge auf ihn gerichtet. Mit einer raschen Bewegung nahm er die Pistole in die Hand. Im Magazin waren fünf Patronen und die sechste steckte in der Kammer. Die Waffe war entsichert. Algar sprang aus dem Bett und öffnete den Schrank. Auf dem Stapel von Taschentüchern, unter dem er seine Munition zu verstecken pflegte, lag eine grüne Locke.

Er wusch und rasierte sich, zog seine Uniform an und meldete sich auf dem Revier.

«Wie geht es Ihnen?» fragte der Inspektor.

Algar sagte, daß er sich völlig gesund fühle.

«Sie sehen immer noch blaß aus. Sie machen Innendienst.»

Der Inspektor grinste. Er war froh, daß Algar wieder da war. Auch Gott, Algars Mutter und Mona waren froh – und der Priester natürlich auch. Algar hatte das Gefühl, er müsse ebenfalls froh sein – glücklich zu wissen, wohin er gehörte.

Der Inspektor zog eine dicke Akte hervor.

«Alle Polizisten sind heute auf Jagd. Sehen Sie diese Fotos durch. Sehen Sie sich alle Verdächtigen an – die Zellen sind voll von ihnen. Lassen Sie die Typen laufen, über die wir nichts haben.» Algar fand sie. Sie wollte ihn nicht anschauen. Er kehrte ins Büro zurück.

«Sie wollte ihren Namen nicht rausrücken», sagte der Inspektor.

«Sie wurde heute früh auf dem Bahnhof aufgegriffen. Scheußlich grünes Haar unter ihrem Hut und ein Bündel Punkerklamotten unter dem Arm.»

«Sie taucht auf keinem der Fotos auf, Sir.»

Der Inspektor nickte.

«Lassen Sie sie gehen, wir haben zu wenig Zellen.»

«Sie sind frei», sagte Algar. «Tut uns leid, daß wir Sie festgehalten haben.»

Sie schritt an ihm vorbei auf die Straße.

«Hübsches Mädchen», sagte der Inspektor. Algar fand seinen Tonfall ekelhaft. Er strauchelte und fiel. Ein Krankenwagen brachte ihn ins Krankenhaus.

«Eine schwere innere Blutung», sagten die Ärzte. Sie gaben sich alle erdenkliche Mühe mit ihm.

Ein paar Tage später flammten die Unruhen wieder auf.

Die Polizei war zahlenmäßig deutlich unterlegen. Sie schoß mit Plastikgeschossen in die Menge und fuhr mit ihren Fahrzeugen mitten in die Punks, die immer wieder in Gruppen angriffen. Der Priester kam und hörte Algars Fieberphantasien zu.

«Dauernd murmelt er etwas von diesem Engel», sagte die Krankenschwester, «einem Engel mit grünen Haaren.»

Lucy sah den Angriff kommen, doch sie war zu langsam, um auszuweichen. Ein Plastikgeschoß traf sie in die Brust und schleuderte sie zu Boden. Ein armiertes Fahrzeug walzte sie in den Schlamm.

Die Ärzte ordneten eine Autopsie an und ließen Algars Leichnam ins Leichenschauhaus bringen. Lucys Überreste wurden auf der Bahre neben der seinen abgestellt. Seine linke und ihre rechte Hand fielen schlaff herunter und berührten einander. Und sie blieben so, als die Leichenstarre einsetzte.

Deutsch von Peter M. Hetzel

Jacob Sanders' Erkenntnis

Tagebuchnotizen aus einem Heft, gefunden in einem Haus, das einmal von der deutschen Armee besetzt gewesen war, Mai 1945.

Nach ein paar schönen, heißen Tagen ist es jetzt schon wieder frisch. Im Haus selbst ist es auch kalt, aber das kann gar nicht sein, denn unser großartiges Heim ist gut isoliert und besitzt eine Dampfzentralheizung, die sich im Keller befindet. Mein Bruder Elias hat das System mit einer starken Pfeife verbunden, die er an einer Wand im ersten Stock angebracht hat. Wenn der Druck gefährlich hoch wird, kreischt die Pfeife, und wir laufen alle in den Keller, um zu sehen, wie unser Vater, Professor Sanders, brennende Kohle in Eimer schaufelt. Der Druck fällt wieder, und wir können wieder alle ins Bett gehen. Uns kann nichts passieren, denn wir sind alle sehr intelligent. Mein anderer Bruder studiert, genau wie Elias, Physik und Mathematik. Sein Name ist Benjamin, und er sollte eigentlich der Letztgeborene sein, doch dann kam ich eben noch, den man zuerst «Magenkrebs» nannte. Später war ich dann eine Darmverstimmung, die übelriechende Blähungen verursachte, doch eine Weile später stellte sich heraus, daß ich ein Baby war. Mein Name ist Jacob.

Ich bin jetzt auf dem Gymnasium und fünfzehn Jahre alt. Alle sagen, ich sei auch intelligent. Ja, in unserer Familie gibt es viele Talente, vorausgesetzt, man zählt meine Mutter nicht mit. Sie ist seit meiner Geburt krank gewesen, lag im Bett, stöhnte immer ziemlich viel, und ich bin von Kindermädchen großgezogen worden, von deutschen Kindermädchen; es gab Zeiten, da habe ich besser Deutsch als Holländisch gesprochen. Die Mädchen ziehen mich nicht nur groß, sie kochen auch – deswegen bin ich so pummelig geworden. Doch in letzter Zeit verschwindet das Fett, zuerst, weil ich damit begonnen hatte, ein bißchen Sport zu treiben, und in letzter Zeit, weil ich mich nicht so recht wohl gefühlt habe.

Wir wohnen in Rotterdam, an einem Boulevard mit dem Namen Herzogenmauer, in einem großen Haus mit einem Turm, ein recht nutzloser Aufbau, bis ich mal die Bretter aufgebrochen habe, die mein Vater über die Tür genagelt hatte. Von dem Turm aus kann ich, durch eine weitere kleine Tür, aufs Dach hinauskommen. Unter dem Turm befindet sich ein kleines Zimmer. Auf dem Speicher gibt es zwei weitere Zimmer, mit Sperrholzwänden – dort schlafen die Hausmädchen Nummer eins und Nummer zwei, doch seit einem Monat arbeitet noch ein drittes Mädchen bei uns: die Rumänin, die sich selbst Elly Walach nennt. Sie behauptet, sie sei neunzehn Jahre alt. Ich finde, sie ist ziemlich uralt.

Elly schläft jetzt in dem kleinen Zimmer unter dem Turm, und mein Zimmer liegt genau unter ihrem. In der ersten Nacht, in der ich wußte, daß sie mir so nahe war, bildete ich mir ein, daß ich das Rascheln ihrer Kleider hören konnte, als sie sich auszog, aber das konnte unmöglich stimmen. Unsere Villa ist ziemlich solide gebaut; sämtliche Böden sind mit dikken Orientteppichen ausgelegt, denn Vater ist reich. Er verdient eine Menge Geld, und er hat von Großvater geerbt, dem Diamantenhändler. Mutter ist auch wohlhabend. Wir haben ein tolles Auto, und unsere Möbel sind französische Antiquitäten. Den Winter verbringen wir in einem kleinen Dorf in den Schweizer Alpen, dort liegt der Schnee bis zu den Dachrinnen, und zum Abendessen gibt es dampfende Grütze. Den Sommer verbringen wir in unserem Haus an der italienischen Riviera. Da ist es besser, weil ich dort alleine spazierengehen darf und keine ermüdenden Spiele spielen muß. Die Reise dorthin, und wieder zurück, ist auch angenehm. Die Jungs auf der Schule sind ganz neidisch auf unseren Rolls und nennen ihn eine Müllkutsche, aber der Wagen ist bequem. Ein Hauch Luxus kann außerdem nie schaden. An den meisten Tagen werde ich zur Schule gefahren, und dann lasse ich den Chauffeur immer zuerst aussteigen, mir von ihm die Tür aufmachen und ihn an seine Mütze tippen. Vielleicht ist das nicht so gut, in Anbetracht all der Armut auf der Welt, aber ich übertreibe gerne. Außerdem bin ich von der illusionären Natur unseres Reichtums überzeugt. Wir schreiben das Jahr 1939. Hitler plärrt aus unserem Radio. Ich habe seine Arbeiten gelesen. Manchmal glaube ich, daß ich das einzige Genie der Familie bin, denn ich habe keinerlei Hoffnung für die Zukunft. Hitler wird alle Juden umbringen; mit dieser Tatsache sind wir konfrontiert, gleichgültig, von welcher Seite auch immer wir es betrachten wollen. Europa wird deutsch werden – ich denke nicht, daß er seinen Machtbereich viel weiter wird ausdehnen können. Amerika ist zu stark, selbst für die gestiefelten Todesschwadrone mit den Hakenkreuzen, die ihre schwarzen Uniformen blutig färben. Wir müssen nach Amerika, doch Dad, Elias und der clevere Ben unterschätzen die Realitäten. Sie sagen mir immer wieder, daß am Ende doch noch alles gut wird, und sie ignorieren sogar Onkel Maxens Bericht. Onkel Max ist aus Deutschland geflohen, und seine Familie – unsere Tante und Cousins – sind jetzt in irgendeinem Lager, falls sie überhaupt irgendwo sind. Onkel Max war nicht zu Hause, als der Polizeiwagen sie abholen kam. Das alles hat sich in Aachen abgespielt.

Aachen ist so nah, daß die Straßenbahn auf einer Strecke von ein paar Metern über holländisches Territorium fährt. Onkel Max hat öffentliche Verkehrsmittel für seine Flucht benutzt. Auf der holländischen Seite ist er dann ohne sein Gepäck, aber mit seinen Erinnerungen, abgesprungen und ist anschließend zu uns gekommen. Jetzt wohnt er in einer Pension in der Rotterdamer Innenstadt, auf unsere Kosten, und liest Goethe auf deutsch. Er ist zu alt und zu krank, um seine Flucht noch weiter fortzusetzen, und jedesmal, wenn ich ihn besuche, gibt er immer wieder denselben Rat: «Verschwinde von hier, Jacob, geh nach New York.» Aber was soll ich denn in Amerika? Ich kenne dort doch niemanden. Ich kann es mir genau vorstellen: ich mit meiner beschlagenen, runden Brille, wie ich meinen fetten Körper durch all diese durchnumerierten Straßen schleppe. Ich könnte mir etwas Geld besorgen; wenn nötig, könnte ich das Geld aus Dads Brieftasche stehlen. Gewöhnlich hat er immer ein paar tausend Gulden in Banknoten bei sich. Das sind ein paar hundert Dollar, genug für die Passage. Als Minderjähriger – und außerdem bin ich auch etwas klein für mein Alter – werde ich bestimmt Aufmerksamkeit erregen, und dann wird die Polizei mich zurückschicken. Nein, auf mich wartet der Tod, sobald er erst stark genug geworden ist; im Augenblick kommt er in Deutschland ja in Bewegung. Der Krieg hat schon angefangen; ich wundere mich wirklich sehr, daß dieses kleine Land immer noch frei ist.

Ich streite mich nicht mehr länger mit Dad. Er lehrt Wirtschaftswissenschaft, und er regt sich immer sehr über Intrigen an der Universität und über die Einstellung seiner Studenten auf. Meine Brüder sind hinter ihrem Magister- und Doktorabschluß her; sie wollen es Dad gleichmachen und in einem lächerlich frühen Alter ihre Ausbildung abschließen. Ich lese Latein im Original und verstehe die Analytische Geometrie, eigentlich noch viel zu früh, denn eigentlich ist das in der Schule erst nächstes Jahr dran. Intelligenz steht in enger Beziehung zu der Fähigkeit, sich auf neue Verhältnisse einzustellen . Die neuen Verhältnisse lassen hinter der Grenze ihre Muskeln spielen, doch wir blicken in die andere Richtung und tun alles mögliche, außer uns auf eine sich verändernde Umwelt einzustellen. Wir machen mit unserem albernen Alltagskram weiter, und ich wäre völlig verzweifelt, wäre nicht Elly Walach plötzlich in meine Welt getreten. Sie hat lange, schlanke Beine, ihr Körper ist geschmeidig, ihre Brüste sind fest und spitz, und sie hat kleine, zierliche Hände und einen feuchten, appetitlichen Mund. Ellys Nase ist gerade, und sie hat große, wunderschön schräggestellte Augen. Ihre Haare sind lang und rabenschwarz. Diesen Begriff entnehme ich der Mythologie. Ich habe keine Ahnung, wie schwarz Raben sind; im Rotterdamer Zoo gibt es keine. Aber Ellys Haare sind schwärzer als meine, und sie schimmern, als würde ein Feuer in ihnen glühen. Sie hat auch schöne Zähne, die Zähne eines Raubtiers, mit Eckzähnen, die länger und spitzer sind als die anderen. Elly ist nicht groß; sie hat ungefähr meine Größe, daher sind ihre Zähne auch ziemlich klein, aber rasiermesserscharf. Ich muß jetzt für einen Augenblick aufhören. Ich bin müde und krank; ich liege nun schon seit Wochen im Bett. Ich habe den Schorf auf meinem Hals schon wieder aufgekratzt. Die Seiten des Notizheftes sind mit Blut beschmiert. Ich werde jetzt eine Weile träumen; richtig schlafen kann ich im Moment nicht. Ich treibe irgendwie dahin, während sich plötzlich vage Gedanken in meinem Kopf bilden. Ich sehe viel von dem, was Onkel Max mir erzählt hat. Sturmtrupps marschieren durch die Straße, in der das Geschäft des Onkels lag. Sie dringen gewaltsam ein und zerstören die Waren und die Einrichtung. Die Soldaten, oder Polizisten, oder wie auch immer sonst sie sich nennen, mit ihren Hundegesichtern, knurren und bellen die Verkäufer und Verkäuferinnen an. Sie holen meine Tante und meine Cousins, selbst die Kleinste. Esther ist drei Jahre alt, falls sie überhaupt noch lebt. Onkel Max ist alt, die Kinder sind aus seiner zweiten Ehe. Jetzt ist er still; es macht ihm nichts mehr aus. Er liest Goethe im Bett des billigen Zimmers, das Dad für ihn gemietet hat, und wenn die Deutschen auch hierher kommen, dann wird er eine Pille schlucken und einfach wegfliegen, genau wie ich, ein wenig später, wenn ich mit diesen Zeilen hier fertig bin. Aber Onkel Max wird für immer wegfliegen, und bislang hab ich es immer geschafft, wieder zurückzukommen.

Ich habe mein Nickerchen gehalten. Der Arzt war kurz zur Visite hier. Er kommt eigentlich nur, um die ewige Krankheit meiner Mutter aufrechtzuerhalten, die psychosomatischen Beschwerden, die kurz vor dem Tod haltmachen. Mutters Symptome sind jede Woche anders; jetzt ist es ihr Rücken, und sie liegt in einem halben Faß, das irgendwelche Heizelemente enthält. Der Arzt bekundet äußerst großes Interesse an Mutters Sammlung verschiedenster Krankheiten. Ich glaube, daß die Hälfte seines Einkommens von Vater bezahlt wird. Meine Behandlung taucht wahrscheinlich nicht mal auf seiner Rechnung auf. Der Doc klopft meine Brust ab, wirft einen kurzen Blick auf meine Zunge und läßt mich in kleine Fläschchen pinkeln. Bislang hat er die Wunden in der Nähe meiner Kehle noch nicht bemerkt. Ich pflege meinen Husten und trage einen Schal. Die Wunden sind ziemlich klein. Ellys Eckzähne sind scharf, und ihre Zunge leckt behutsam.

Der Arzt ist ein Quacksalber. Ganz bestimmt sollte er sich meiner geschwächten Verfassung eigentlich bewußt sein. Aber ich sollte nicht undankbar sein.

Er verschreibt mir außerdem ein Beruhigungsmittel, Baldriansaft. Baldrian dämpft die Nerven, die Angst leiten. Und ich habe Angst – soweit ist seine Diagnose durchaus richtig. Ich habe Angst vor dem Pöbel in ihren schwarzen Hemden, die von der anderen Seite der Grenze auf uns zumarschiert kommen, und ich habe auch Angst vor Elly Walach.

Ist das nicht lächerlich, daß ich mich mit der Angst abfinden muß? Wir sind wohlhabende Leute; kommt Geld nicht Energie und Kraft gleich? Außerdem, Dad, Elias, Ben und ich sollen doch angeblich Genies sein. Dads Freund, Professor Polak, ein Psychologe, hat unsere IQs getestet. Wir haben dabei unglaublich hohe Werte erzielt. Intelligenz plus gespeicherte Energie – was könnten wir uns mehr wünschen? Aber hier sind wir kleine Mäuse, die in einer Falle piepsen, schlimmer noch, wir wissen nicht mal, daß wir überhaupt in einer Falle sitzen. Ja, sicher, ich weiß es, aber ich bin zufälligerweise nun mal der Jüngste und Hilfloseste von uns allen. Sollte ich Dads Brieftasche plündern und das Land verlassen? Jede Woche laufen mehrere Schiffe nach Amerika aus, und mein Paß wird in der napoleonischen Truhe aufbewahrt. Die Truhe ist abgeschlossen, doch ein Schlag mit dem Beil, und ich besitze alle Papiere, die ich brauche. Ich könnte in New York Zeitungsjunge werden. In ein paar Jahren würde ich alt genug sein, um gegen die Deutschen kämpfen zu können, das Gute gegen das Böse zu verteidigen. Statt dessen liege ich hier einfach nur rum und lasse zu, daß mir meine Lebenskraft ausgesaugt wird.

Elly Walach ist ein Vampir. Ich hatte das sofort vermutet, schon das erste Mal, als ich sie unten im Korridor gesehen habe, wie sie versuchte, ihren aus dem Leim gehenden Pappkoffer zusammenzuhalten. Sie sagte, sie wäre ein Flüchtling, eine Waise aus Bukarest, aufgegriffen vom Roten Kreuz und vor ein paar Jahren nach Holland geschickt, dann hier in ein Heim eingewiesen, wo man ihr beigebracht hatte, was man als Hausangestellte eben so wissen mußte. Daß ich nicht lache. Das arme, mitleiderregende kleine Ding; als ob diese großen, dunklen, wachsamen Augen nicht ihr widerwärtiges Wesen verrieten. Warum sollte sie ausgerechnet mich ausgesucht haben? Schmeckt arisches Blut nicht besser? Rumänen sind Antisemiten – das habe ich mal irgendwo gehört –, und es wäre unsere eigene Schuld, denn die Juden wurden vom rumänischen Adel benutzt, um die Pacht ihrer Bauern einzutreiben. Wir hätten die Bevölkerung mißbraucht, angetrieben von den Grafen und Herzögen; deswegen hassen uns die Rumänen so. Ich weiß nichts über diese ganze Geschichte. Mein Vater ist Professor für Wirtschaftswissenschaften, und ich bin ein fleißiger Schüler auf dem Gymnasium. In meiner Unkenntnis könnte ich vielleicht sagen, daß die Schuld bei den rumänischen Herren lag, bei Kriminellen wie Vlad, dem Erzherzog der Walachei, dem Vampir aus dem fünfzehnten Jahrhundert, dem entarteten Besitzer eines Schlosses in den Bergen. Jede Nacht flog er hinaus, in seiner grauenhaften Fledermausgestalt, und befriedigte seine perverse Lust, indem er sich neben die Betten der schönen Frauen und attraktiven Töchter seiner Pächter kauerte. Vampire bevorzugen das Blut des anderen Geschlechtes. Elly Walach würde lieber mein Blut als das der Mädchen trinken. Sie muß eine Ururenkelin von Vlad aus der Walachei sein. Ihr Vorname verheißt auch nichts Gutes. Elly-Elizabeth. Elizabeth Báthory lebte im siebzehnten Jahrhundert und war eine ungarische Gräfin. Ich habe neulich zufällig mitbekommen, wie Elly mit einem Freund am Telefon flüsterte. Sie sprach nicht Rumänisch. Rumänisch hätte ich erkannt, denn diese Sprache leitet sich von Latein ab. Ich habe einige interessante Informationen in Vaters Bibliothek gefunden. Gräfin Báthory war, wenn das überhaupt möglich ist, noch böser und grausamer als der Erzherzog der Walachei. Da sie zu faul war, nachts fortzufliegen, ließ sie sich ihre Opfer in ihr Schlafzimmer bringen. Die Gräfin verführte die armen jungen Burschen mit ihrer atemberaubenden Schönheit. Elly ist auch wunderschön.

Oberhalb meines Bettes befindet sich ein Summer an der Wand. Der Summer hat ein Gehäuse aus Bakelit und in der Mitte einen Knopf. Das Bakelit ist cremeweiß und hat an manchen Stellen kleine Sprünge. Den Knopf habe ich selbst rosa angemalt. Wenn ich einmal auf den Summer drücke, taucht Mädchen Nummer eins auf, doch diese schreckliche Erscheinung, die wir heute beschäftigen, mag es nicht besonders, gerufen zu werden, und sie knurrt immer, bevor sie die Tür hinter sich zuschlägt. Sie spricht ein kehliges Deutsch, das sie in Preußen gelernt hat, und sie hat ein eigenes Radio, damit sie immer die Nachrichten der Nazis hören kann. Wieso wir diesen Drachen im Haus behalten, geht so ziemlich über meinen

Verstand. Sie wird die erste sein, die uns denunzieren wird, wenn ihre Landsleute ankommen, und sie wird uns höchstpersönlich in den Polizeiwagen treten. Wenn ich zweimal auf den Summer drücke, dann kommt Anne; Anne ist Hausmädchen Nummer zwei. Anne ist freundlich, aber dumm, und sie riecht auch nicht besonders gut. Dreimal auf den Summer gedrückt, und Elly steht neben meinem Bett. Hätte der junge Herr vielleicht gerne eine Tasse Tee? Ihr Holländisch ist ziemlich exotisch – sie singt unsere Worte. Elly habe ich sehr gerne.

Da gibt es ein Buch über Sex, versteckt auf dem obersten Regal im Bücherschrank meines Vaters. Ich habe das Kapitel über die Pubertät schon so oft gelesen, daß ich es schon auswendig kann. Heranwachsende in der Pubertät leiden angeblich unter starken sexuellen Phantasien, die sie zwingen, unablässig zu masturbieren. Ich hasse es, an mir herumzufummeln. In einem aus dem Italienischen übersetzten Roman steht, daß manche Väter ihre Söhne mit in Bordelle nehmen. Dad würde so etwas niemals tun; ich bezweifle sogar, daß er je selbst solche Etablissements besucht – er ist viel zu sehr mit seinen Theorien über staatlich gelenkte Wirtschaftssysteme beschäftigt. Aber genau so sollte es eigentlich sein, wirklich. Dad bringt Sohn zu den netten Damen. Schon ein paar Besuche könnten meiner zwanghaften und einsamen Beschäftigung ein Ende machen. Ich habe schon Affen im Zoo gesehen, die es getrieben haben, ganz allein auf einem Brett in ihren Käfigen. Zack, zack, zack. Zwei oder drei Tropfen für all die aufgebrachte Energie. Können sie den Affen denn keine passenden Weibchen besorgen?

Unsere Mathematiklehrerin auf dem Gymnasium, eine kleine, gedrungene Frau mit einem Gürtel um ihre Hüften, die uns immer durch eine beschlagene Brille anstarrt, behauptet, daß ich über eine perfekte Logik verfüge. Sie gibt mir immer gerne Gleichungen, die eigentlich über meinem Ausbildungsstand liegen. Normalerweise löse ich die Probleme, und wenn ich die Antworten nicht sofort sehe, dann formuliere ich Fragen, die mich, wenn sie richtig durchdacht werden, zu den Lösungen führen.

Das hier ist das Problem:

Die Deutschen sind unterwegs – man kann sie nicht aufhalten; das Böse, das sie zu Hause begehen, werden sie hier wiederholen. Ich bin Jude, also hat mein letztes Stündlein geschlagen. Nicht nur, daß man mich umbringen wird – das Leid, das der Vernichtung vorausgeht, wird unerträglich sein. Sie werden mich schlagen, treten, erniedrigen; die Schikanen werden kein Ende haben. Sie werden höchstwahrscheinlich alles das tun, was ich mir vorstellen kann, daß sie es tun werden. Ein Typ wie dieser Hitler ist so gerissen wie ich selbst. Er kann tief in meine Seele blicken, so tief, wie ich in seine hineinsehen kann. Ich verstehe ganz genau, welche Motivation hinter seinem Handeln steht. In Ordnung. Nachdem sie also erst mal all das getan haben, was ihnen einfallen konnte, werden sie mich schließlich abschlachten. Ich sollte fliehen, aber ich bin ein viel zu großer Feigling, meinetwegen auch zu faul. Ich finde, ich bin noch zu jung, um allein etwas zu unternehmen. Dad muß mich beschützen, aber Dad macht nichts; er wandert auf den Teppichen in seinem Arbeitszimmer auf und ab, kaut auf dem Hals seiner Pfeife herum und macht sich Gedanken über Aspekte eines zukünftigen Sozialismus. Dad wird das Land bestimmt nie verlassen und nach Amerika gehen. Elias und Ben ziehen ebenfalls die Theorie der Praxis vor. Mutter stöhnt unter ihrem elektrischen Heizgerät. Ich bin verloren. Wie rette ich mich selbst? Und wie rette ich mich selbst mit maximalem Vergnügen?

Onkel Max ist ebenfalls verloren. Er liegt ausgestreckt auf der Couch eines Zimmers im oberen Stock eines Hauses in der Erasmusallee und genießt seinen Goethe. Onkel Max ist nicht so hilflos wie wir. Er glaubt an den freien Willen. «Jacob», sagt er, «hör mir jetzt genau zu. Du bist auf die Welt gekommen;

man kann dir dafür nicht die Schuld geben, daß du plötzlich hier bist. Du hast in deinem Kinderbett gestanden, du hast an den Stangen deines Laufgitters gerüttelt, du hast in die Hose gemacht, und du hast viel geweint. Damals konntest du nicht fliehen, aber heute kannst du es ganz sicher. Dieses Mal bist du frei. Wenn das Leben dir nicht mehr gefällt, wenn du meinst, daß dein Teil des Planeten vergiftet wird, nun, mein Junge, dann verabschiede dich von der Schweinerei.»

Einer der Jungen in meiner Klasse hat sich aufgehängt. Er war auch intelligent – alle Lehrer mochten ihn; seine Eltern sind reich – sie wohnen in einer Villa am Strand eines Sees. Dieser Junge – Frits war sein Name – war auch gut in Sport. Im Sommer vor seinem Tod hat er mit seinem Segelboot Preise gewonnen. Ein gutaussehender Bursche, groß, mit breiten Schultern, lockigen Haaren – alle Mädchen waren in Frits verliebt. Ein Einzelkind, also auch keine Eifersucht zu Hause. Kein Jude. Und trotzdem, ist das nicht komisch? Darüber kommt man ins Nachdenken. Unser Geschichtslehrer, ein freundlicher Kerl, der alten Kram so schildern kann, daß es sich lohnt, sich damit zu beschäftigen, hat gesagt, daß Frits «aus idealistischen Überzeugungen heraus» Selbstmord begangen hätte. Mit anderen Worten: Frits hat es hier nicht gefallen. Ich finde, das ist toll. Außerdem halte ich das für ganz schön mutig. Verglichen mit Frits bin ich ein Schwächling; ich steige aus, weil ich Angst habe. Wenn wir in Amerika leben könnten – und warum könnten wir nicht? Dad müßte nur seine sozialistischen Ideen ein bißchen lockern, und dann werden sie ihm einen Job geben, aber das will er nicht, weil sein Deutsch besser ist als sein Englisch, lieber Gott, will er vielleicht lieber nach Berlin? –, wenn wir in Amerika leben könnten, dann würde ich auch glücklich sein. In Amerika könnte ich mit sechzehn meinen Führerschein machen, und ich würde Dad bitten, mir einen Sportwagen zu kaufen. Ohne Angst könnte es mir dort wirklich sehr gut gehen.

Hier bin ich wegen meiner Ängste beunruhigt, aber mich aufhängen? Nein. Soweit es das betrifft – ich erörtere jetzt verschiedene Methoden –, bin ich cleverer als Frits. Ich werde mein Problem auf andere Weise lösen, werde meine Freiheit auf eine spektakulärere Weise erlangen. Ich muß, denn ich will wenigstens ein kleines bißchen auf mich selbst stolz sein. Auch die Selbstachtung muß befriedigt werden.

Könnt ihr mir folgen, Leser der letzten Seiten meiner Abhandlung?

Ich müßte eigentlich wirklich in der Lage sein, die ganze Sache in einer einzigen mathematischen Formel auszudrücken. *Das Vergnügen, die Freiheit zu erlangen, nimmt proportional zur Finesse der dabei angewandten Methode zu.* Das ist meine Hypothese, und ich beabsichtige, den Beweis zu liefern.

Daß Elly Walach ein Vampir ist, war während der ersten Tage und Nächte, die sie in unerem Haus lebte, nicht mehr als nur ein vager Verdacht. Hausmädchen Nummer eins und zwei füllen regelmäßig den Futterautomaten für die Vögel in unserem nach hinten liegenden Garten; er hängt an einem Draht, der zwischen zwei Bäumen gespannt ist. Es hat mir schon immer Spaß gemacht, den Vögeln dabei zuzuschauen, wie sie an ihrem Futter picken. Ich sitze auf den Stufen, die von der hinteren Veranda in den Garten führen. Ich esse Rosinen aus einer braunen Papiertüte, und ich beobachte die Spatzen und Stare, die einsame Drossel, und fühle mich dabei beinahe glücklich. Eines Abends saß ich wieder auf den Stufen und sah die Fledermaus. Das kleine Tier flatterte herum, schrie dann laut auf und fiel zu Boden. Ich verstand nicht sofort, was passiert war, doch kurze Zeit später konnte ich das Ereignis rekonstruieren. Hinter unserem Haus liegen ein paar billige hohe Häuser mit kleinen Wohnungen. Ein Junge mußte die Fledermaus von einem der Balkone mit einem Luftgewehr erschossen haben. Ich hob den kleinen Leichnam auf und nahm ihn mit ins Haus. Aus der Nähe sehen Fledermäuse nicht besonders hübsch aus.

Welcher Gott hat solche schrecklichen Erscheinungen erschaffen? Ich sah eine hochgeschobene, flache Nase zwischen vorstehenden, bösen Augen und mißgebildeten Ohren. Das Maul der Fledermaus stand offen, in ihrem Todesschrei in Bewegungslosigkeit erstarrt. Ihre glänzenden weißen Zähne hoben sich von dem frischen Rosa der feuchten Innenseite der Wangen und der hellroten Zunge ab. Besonders ihre Eckzähne machten mir angst – sie waren so scharf, so ungeheuer spitz; sie kamen mir wie kleine Folterinstrumente vor. Doch das entsprang alles nur der Phantasie meiner Angst. Elly Walachs Zähne tun kaum weh. Manchmal spüre ich ihren Biß gar nicht.

Verdachtsmomente allein taugen nichts; der wissenschaftliche Geist stochert weiter und ist nicht eher zufrieden, bis stichhaltige Beweise vorliegen.

Ich habe ja bereits erklärt, daß sich ganz oben auf unserer Villa ein Turm befindet und daß ich einige Bretter entfernt hatte. Vor Ellys Ankunft verbrachte ich dort oben immer viele Stunden, fühlte mich sowohl sicher als auch schlau, denn niemand wußte, wo ich mich versteckt hatte. Durch das nach vorne liegende Fenster konnte ich die Hochschule auf der anderen Seite des Boulevards und die Statue irgendeines komischen alten Kerls sehen, dem von zwei aus dem Stein gemeißelten Mädchen Gesellschaft geleistet wurde, denen die Blusen von den Schultern rutschten. Die Brüste von diesen Damen muß man wirklich gesehen haben. Straßenjungs zielen manchmal mit Kieselsteinen auf ihre Nippel, und ein behelmter Polizist, der auf einem Fahrrad mit einer polierten Lenkstange fährt, vertreibt sie. Aus meiner Klause im Turm kann ich dann sehen, wie sie sich heimlich zurückschleichen. Dann gibt es noch eine Hintertür, die zu einer Plattform führt. Der architektonische Grund dieser Konstruktion ist mir nie klar gewesen – aber es gibt Rätsel, die zu lösen selbst ich nicht versuche. Ich sitze dort und denke nach; der Sommerwind streichelt meine prallen Wangen.

Um Elly bei der Ausführung ihrer Teufelei zu erwischen, versteckte ich mich auf dem Speicher, nachdem alle ins Bett gegangen waren. Es war so still, daß ich mein eigenes Atmen und das Hämmern meines Herzens hören konnte.

Und richtig, da kam sie aus ihrem Zimmer, in einem engen schwarzen Kleid. Bevor sie die Treppe in den Turm hinaufstieg, wartete sie einen Augenblick, vergewisserte sich, daß sie allein war. Ich hielt die Luft an, das Blut pochte wie verrückt in meinen Ohren. Als Elly auf die erste Stufe trat, sah ich ihre Flügel, dünn, aber kräftig, die ihre Arme mit ihrem Rücken verbanden. Sie waren natürlich jetzt noch gefaltet, aber später, als ich genug Kraft aufgebracht hatte, um ihr zu folgen, sah ich die Flügel in ihrer vollen Spannweite. Elly stand mit erhobenen Armen auf der kleinen Plattform hinter dem Turm, und ich umklammerte die leichtgebaute Treppe, meine Augen so gerade oberhalb der Türschwelle. Sie flog weg. Dieser Teil ihrer Vorstellung beeindruckte mich nicht besonders; Fledermäuse sind ein bißchen unbeholfen, wenn sie fliegen. Sie flattern eher, als sich erhaben in die Lüfte zu schwingen, doch sie schaffen es, oben zu bleiben.

In dieser Nacht konnte ich nicht schlafen. Ich saß, las das Kapitel über Vampire in der Enzyklopädie meines Vaters.

In Enzyklopädien steht eine Menge Unsinn, doch diese Wahrheit fällt mir immer nur dann auf, wenn ich mit einem bestimmten Thema ziemlich vertraut bin. Laut dem gelehrten Dummkopf, der sich hinter den Initialen Dr. I. v. D. (Ignorant von Dummstein?) versteckt, besitzt ein Vampir keinen Schatten. Das stimmt nicht. Elly wirft einen Schatten. Vor ein paar Wochen, bevor ich zu schwach wurde, um mein Bett verlassen zu können, gingen wir zusammen auf der Straße. Es war drei Uhr nachmittags an einem sonnigen Tag. Ich warf einen Blick hinter uns und sah unsere Schatten. Meiner war pechschwarz und deutlich umrissen; ihrer war gräulich und nicht ganz so scharf, aber sie hatte einen Schatten.

Noch etwas, was nicht stimmt: Angeblich kann man Vampire fernhalten, indem man Knoblauch bei sich trägt. Nun, dieses Experiment habe ich erprobt. Es ist eine ziemliche Aktion, Löcher in Knoblauchzehen zu machen, doch schließlich hatte ich einen Kranz, den ich mir um den Hals hängen konnte. An diesem Abend kam Elly, wie gewöhnlich, und sie kicherte über meinen Versuch. «Na, was hast du denn da gemacht, du dummer Junge?» Und *schlürfff* hat sie ihre Zähne in meinen Hals vergraben, und dann hat sie mein Blut gesaugt, hat mit ihren Lippen vergnügt geschmatzt, während sie ihre Nase gegen mein Ohrläppchen preßte. Ich streichelte in der Zwischenzeit ihren Rücken und ihren Po; das mag sie nicht, aber sie war viel zu beschäftigt, um meine Hände fortzuschieben.

Und dann dieser Quatsch, daß Vampire Tageslicht nicht ertragen können. Nachts kann Elly ja wohl schlecht das Hausmädchen spielen, oder? Ich hoffe, Dr. von D. wird diese Zeilen lesen. Wenn Vampire menschliche Gestalt angenommen haben, dann sind sie genau wie er und ich; erst wenn sie zu riesigen Fledermäusen werden, halten sie sich von der Sonne fern. Ignoranten behaupten außerdem, daß man einen Vampir loswerden kann, indem man ihm einen Holzstab ins Herz stößt. Ein bemerkenswerter Ratschlag, wirklich. Sogar Hitler würde quaken, wenn man ihm einen Schürhaken in die Brust rammte. Die Dummheit dieser Weisheit ärgerte mich, aber es brachte mich gleichzeitig auf eine Idee. Am ersten Abend, nachdem ich beweisen konnte, daß Elly wirklich das war, was ich die ganze Zeit schon vermutet hatte, bin ich zu ihrem Zimmer gegangen und habe Elias' Schwert mitgenommen. Elias ist Mitglied einer Studentenverbindung, und er hat eine Uniform und ein Schwert. Oder würde man diese Waffe einen Säbel nennen? Auf jeden Fall ist das Ding scharf, es glänzt, und es ist brauchbar.

Ich klopfte an ihre Tür, und sie sagte: «Komm rein.» Sie hat mir sogar einen Stuhl angeboten. Sie ist dann ins Bett zurückgegangen und hat über mein Schwert gelächelt.

«Du willst mich umbringen?»

«Ja», sagte ich, «weil du nämlich zufälligerweise nicht einfach nur ein anderes Hausmädchen bist. Du bist ein Vampir, und ich vernichte Vampire.»

Sie sagte, sie wäre kein Vampir, aber ich sagte zu ihr, daß ich sie auf dem Dach gesehen hätte. Ich erinnerte sie an ihre Vorfahren, an Vlad, den Erzherzog der Walachei, und an Gräfin Elizabeth Báthory. Sie weinte ein bißchen, um ihre Unschuld zu beweisen, aber ich fragte sie, wieso sie so spitze, scharfe Zähne hätte.

Sie stieg aus dem Bett und kniete sich auf den Linoleumboden ihres armseligen Quartiers. Es war ganz schön aufregend. Ich konnte ihr in die Bluse sehen. «Bitte, mein lieber Jacob, erzähl niemandem etwas davon.»

Warum sollte ich jemandem was davon erzählen? Werde ich denn jemals ernst genommen? Seit mehr als einem Jahr zeige ich anklagend nach Osten, aber meine Familie glaubt immer noch, daß Hitler im Grunde ein ganz netter Kerl ist und daß die deutschen Juden in Ferienlager gebracht werden, wo die Arbeit ziemlich akzeptabel und das Essen richtig schmackhaft ist: Erbsensuppe vielleicht, und anschließend Ananas mit Schlagsahne obendrauf. Es ist jammerschade, daß mein Vater ein Atheist ist und sogar den jüdischen Glauben ignoriert. Wenn ich religiös aufgewachsen wäre, könnte ich jetzt *«ay-wai-wai»* schreien. Juden sind ganz gut, was das Klagen betrifft – selbst ihr Gejammer gehört dazu. Klagen hilft, die Spannung abzubauen, aber leider kann ich da nicht mitmachen. Allerdings besitze ich die Intelligenz meiner Rasse.

Elly gestand, daß sie ein Vampir war, und ihr Geständnis verlieh mir Macht. Ich konnte jetzt das Böse beherrschen. Es ist unmöglich, mit Hitler ein Geschäft zu machen; er will unsere totale Vernichtung. Vampire trinken gerne Blut; sie stehen nicht so sehr auf das Töten. Ich mag Sex. Meine Vorfahren waren Händler; ich weiß, wie man den Tausch von Dienstleistungen anpacken muß.

Elly sagte, sie würde sich nicht soviel aus Sex machen – nun, okay. Ich habe wirklich nichts gegen Blutsaugen. Nichts auf der Welt ist umsonst, stimmt's? Wie wär's mit Ausziehen, jetzt, und nicht zu überstürzt und hastig; ich habe ihr das tatsächlich befohlen, und ich habe einen Schluckauf gekriegt, als ich den Befehl aussprach – außerdem habe ich gezittert und ganz schön geschwitzt.

«Und danach darf ich dein Blut saugen?» fragte sie. Ich glaube, sie war genauso erregt wie ich. Ihre Stimme war belegt, und ihre Hände verwandelten sich in Klauen, in die Klauen einer Fledermaus.

Sie sagte mir, Sex wäre Zeitverschwendung. Ich wollte wissen, ob das ihr erstes erotisches Abenteuer wäre. Sie sagte nein. Als technisches Detail war diese Information durchaus willkommen, doch ich zog es vor, die emotionalen Implikationen einfach zu ignorieren. Elly gehörte mir, genauso wie ich ihr gehören würde, wenn sich ihre Lippen auf meinen Hals pressen und ihre Zähne meine Haut durchbohren würden. Was immer sie früher gemacht hatte, hatte nichts mit mir zu tun. Sie war keine Jungfrau; vielleicht würde das meine ersten Versuche erleichtern.

So fing die Affäre an. Ihre Seite der Abmachung war einfach genug; sie wollte nichts anderes als nur mein Blut. Sie besteht darauf, daß ich mich zurücklege, dann beugt sie sich über mich. Ich knöpfe meine Schlafanzugjacke auf, ihre Zähne dringen ein. Nach einer Weile liegt sie dann in meinen Armen und läßt mich ihren Körper streicheln. Meine Wünsche sind äußerst kompliziert. Sie ist die einzige Frau, die ich jemals kennen werde, daher muß sie für mich viele Frauen sein. Ich lasse sie verschiedene Kleider tragen (sie selbst besitzt nicht besonders viele, aber meine Mutter hat genau ihre Größe; Mutters Garderobe versorgt mich mit einer schier endlosen Auswahl).

Manchmal betritt Elly mein Zimmer, wie eine große Dame in einen Ballsaal rauscht; sie trägt dann lange Kleider, die den Boden berühren, und hochhackige goldene Schuhe. Alles wird sie dann wieder ausziehen müssen. Ich lasse sie auch Unterwäsche aus schwarzer Spitze tragen, oder sie muß sich wie ein Schulmädchen anziehen, mit einem dunklen Rock und einer weißen Bluse, mit Zöpfen und allem. Was auch immer mir einfällt, sie muß es tun, und sie tut es auch – sie ist ziemlich gehorsam. Auch die illustrierten Anweisungen in dem Sexbuch meines Vaters sind ganz hilfreich. Ich habe eine Reihe von neunundvierzig verschiedenen Stellungen gefunden, bei denen Japaner Modell standen. Die meisten Stellungen sind Variationen zu einigen wenigen Themen, aber einige der mehr perversen Möglichkeiten sind sowohl lehrreich als auch aufregend.

Autsch, mein Hals brennt. Der Doktor soll heute nachmittag wieder kommen, und Elly wird mich heute abend besuchen. Ich habe mir sechs Kissen unter den Rücken geschoben, und ich brauche meine gesamte Willenskraft, um diesen Stift weiter über das Papier zu führen. Dem Radio zufolge geht es mit der internationalen Situation weiter bergab. Onkel Max, der mich gestern besucht hat – netter alter Knabe, er ist selbst ziemlich schwach –, hat sich eine Ansprache angehört, in der irgendein wahnsinniger Dämon aus Berlin die Endlösung des jüdischen Problems propagierte. Der SS-Offizier hat sich ein bißchen geziert ausgedrückt, aber daß wir alle zerschmettert werden, steht wohl kaum außer Frage. Tut Zerschmettern weh? Ich habe eine Abneigung gegen jede Art von Schmerz. Onkel Max wollte wissen, ob ich Schmerzen hätte. Er ist ein lieber alter Mann, und das ist exakt der Grund, warum ich ihm nicht trauen kann. Wenn ich Onkel Max erzählen würde, was wirklich mit mir los ist, dann würde er wahrscheinlich meine Eltern warnen. Und dann zu denken, daß ich lediglich das tue, was er selbst mir geraten hat. Ich ziehe es vor, mit Hilfe des Todes zu entkommen, so wir er selbst ja auch vorhat, sich umzubringen. Bei seiner eigenen Familie muß man immer sehr vorsichtig sein: Sie sagen dir, was du tun sollst, aber wenn du es dann so machst, steckst du sofort in Schwierigkeiten.

Elly hat mir Tee und ein Stück Kuchen gebracht. Sie wird jeden Augenblick mit einer Schüssel Eiersuppe zurück sein. Wenn sie Krankenschwester spielt, erwähne ich unsere intime Beziehung nicht; Zärtlichkeit ist für die Zeit zwischen Mitternacht und ein Uhr morgens reserviert. Letzte Nacht hat sie mir gesagt, daß sie sich komisch fühlt, weil sie wegen mir keine Fledermaus zu sein braucht. Wenn sie mein Blut trinkt, verändert sie sich allerdings ein bißchen; wenn ich ihren Rücken berühre, spüre ich, wie sich die Flügel zu bilden beginnen, und ihre Augen treten auch leicht hervor, und ihre Nase wird irgendwie flacher – ein paar Minuten später sieht sie wieder menschlich aus.

Wenn sie zu gierig wird, wird mir schlecht. Dr. I. v. D. behauptet, daß das Opfer eines Vampirs mit der Zeit selbst zu einem Vampir wird, aber auch das kann nicht stimmen. Was auch immer passiert, ich werde ganz bestimmt nie das Blut von irgendwem saugen. Ich war mal zum Abendessen bei einem Freund, und da sah ich, wie seine Mutter irgendein blutiges Würstchen aufgeschnitten hat. Ich mußte mich entschuldigen und habe mich dann auf der Toilette übergeben.

«Liebst du mich?» fragt Elly mich manchmal, gegen ihren eigenen Willen, wegen meiner Küsse und meiner Zärtlichkeiten emotional geschwächt. Ich ziehe es vor, ihr darauf keine Antwort zu geben. Meine Gefühle für sie sind total kompliziert. Ich weiß nicht viel über die Liebe zwischen einem Mann und einer Frau. Meine Mutter hat nie Zeit in mich investiert, und das Flirten und Fummeln in der Schule ging vollkommen an mir vorbei. Wir haben ein paar recht gutaussehende Burschen in unserer Klasse, und die beherrschen die Lage völlig. Ich kann einem Mädchen im Kino vielleicht ein Küßchen auf die Wange drücken (vorausgesetzt, ich bezahle die Eintrittskarten), und auf Geburtstagspartys habe ich auch schon ein bißchen geküßt. Ich habe ziemlich viel über dieses Thema gelesen, aber über eine Affäre wie der zwischen mir und Elly stand, soweit ich weiß, nirgendwo etwas. Ich bin Ellys Opfer, aber sie ist auch meins. Wir halten einander in Bewegung, aber ich fürchte, ich nähere mich jetzt meinem Ende. Ich werde zu schwach. Manchmal schwebt meine Seele fort; vor ein paar Tagen flog ich auf der Straße herum. Die Erfahrung machte mir angst, und ich war froh, wieder zurück in meinen Körper zu kommen.

Heute abend …

Heute abend? Ich glaube, es ist wieder Tag, Sonntag vielleicht. Gestern konnte ich nicht mehr weiterschreiben. Elly ist gekommen und hat mein Blut getrunken. Zuerst hat sie mich eine Weile umarmt und mich angesehen, mit ihren großen feuchten Augen, den Augen einer Tochter von Vlad, des Erzherzogs der Walachei, aber auch den Augen einer ungarischen Gräfin, der Dame der widerwärtigen Orgien in ihrer Burg im Moor. Ich spürte, wie Ellys Blick mich hineinzog, tief in eine weitentfernte Landschaft, und sogar noch weiter, an einen Ort, an dem sich die Erde in das leere Universum auflöst. Ich war sowohl in ihrer und außerhalb ihrer Existenz, und schließlich war ich nirgendwo. Ich verstand, wie alles zusammenpaßt, außerhalb der Beschränkung unserer üblichen Wahrnehmung. Ich muß mir das alles merken, dachte ich, stieß dumpf weiter, weil es schien, als wäre ich in das letzte Geheimnis eingedrungen, doch jetzt erinnere ich mich nur noch daran, daß ich dachte, ich wüßte etwas. Schrecklich, mit unvollständigen Erinnerungen konfrontiert zu sein. Ich bin wieder ich selbst, doch gestern nacht habe ich die vergängliche Gestalt eines gewissen Jacob Sanders gesehen, von einem von hier weitentfernten Punkt aus.

Das war der Abschied von der Unwissenheit, so wie ich mich jetzt von einer Existenz verabschiede. Das fleckige Notizheft lasse ich zurück. Bis heute habe ich es immer sorgfältig versteckt, doch jetzt werde ich es einfach zu Boden gleiten lassen. Ich werde diesen Satz noch zu Ende schreiben, meinen Stift zur Seite legen, das Notizheft von der Decke schieben. Dann werde ich eine Weile warten. Wenn es mir langweilig wird, werde ich nicht mal mehr die Augen schließen müssen, weil sie nämlich offen bleiben, wenn man stirbt.

Deutsch von Jürgen Bürger

Der neue Schüler

Meister Tofu lebt in einer Hütte am Ende eines gewundenen Pfades auf dem östlichen Hang des Berges Hyee, ein Stück westlich des Fischerdorfes Sakamoto am Biwa-See. Der Kaiser ernannte Tofu zu einem *Lebenden Nationalschatz.* Dieser Titel wird nur wahren Künstlern verliehen, die ihre Ziele erreicht haben. Im Norden der Insel Oschima gibt es einen Maler, der ein *Lebender Nationalschatz* ist. Er malt ausschließlich Kormorane auf flache Steine, die er am Strand findet. Der Kaiser zeigt so seine Anerkennung dafür, daß der Maler das Wesen des Kormorans versteht.

Meister Tofu fertigt Vasen und Teeschalen. Er benutzt den Lehm und verbrennt Zweige unter seinem Brennofen. Seine Werkzeuge bestehen aus ein paar stumpfen Messern und einer Töpferscheibe. Seine Hütte hat er selbst gebaut, und sein Schüler wohnt neben ihm in einer noch kleineren Hütte. Meister und Schüler verbringen Monate damit, Töpfe zu modellieren und sie anschließend in den Brennofen zu stellen. Wenn der Ofen voll ist, macht der Meister einen Spaziergang. Er sitzt auf den Felsen und beobachtet das blaue Schimmern des großen Sees unter ihm. Er sitzt im Sonnenschein oder im kalten Licht des Mondes und murmelt dabei vor sich hin oder summt. Die wilden Tiere streichen dicht an ihm vorbei, die Vögel zwitschern neben seinen Ohren, ein Schmetterling setzt sich auf seine Hand. Dann wird der Meister still, und wenn nichts mehr ihn stört und seine Seele so rein wie der leere Raum ist, kehrt er zum Brennofen zurück und entzündet das Feuer. Die Flammen lodern auf und lecken an den dicht aneinandergefügten Ziegeln, und der Meister sitzt auf einem Schemel und wartet. Wenn das Feuer erlischt und die Asche nicht mehr glüht, öffnet Tofu den Brennofen, um zu sehen, ob die Vasen und Schalen der Tortur widerstanden haben. Den größten Teil der Töpfe wird er zerschlagen, doch ein paar bleiben über.

Jedes einzelne Stück, das sein Siegel trägt, ist ein Vermögen wert, und Meister Tofu wird zu den Kunsthändlern in der Stadt gehen und seine Schöpfungen gegen Banknoten eintauschen. Er sieht wie ein netter, freundlicher alter Mann aus. Klare Augen funkeln in den Falten seines lustigen Apfelgesichtes. Das Gehen bereitet ihm Schwierigkeiten, und er stützt seine hagere Gestalt auf einen knorrigen Stock. Wenn er sein Geld erhalten hat – er rollt die Scheine fest zusammen und zieht Gummibänder darum –, geht er in das Vergnügungsviertel und beginnt den Abend mit einer Schale Tofu-Suppe. Tofu ist eine gallertartige Masse, die aus Sojabohnen hergestellt wird. Es soll gesund sein, besitzt nur wenig Eigengeschmack, ist überall erhältlich und nicht teuer. Ein Gerücht besagt, daß der Meister aus einer adeligen Familie stammt, doch er lebt wie ein armer Einsiedler und hat sich diesen albernen Namen selbst gegeben. Vielleicht will er auf diese Weise seine Bescheidenheit zeigen. Abgesehen von Tofu-Suppe ißt er gewöhnlich nur Früchte und die Wurzeln von Pflanzen, die in der Nähe seiner Hütte wachsen, doch wenn er in der Stadt ist, trinkt er Reiswein und wandert in den Straßen umher, wo die Prostituierten zu finden sind. Nach ein paar Tagen und Nächten des Feierns kehrt Tofu zu seiner Arbeit, zum Gehen und Still-Dasitzen zurück.

Vor etwa zehn Jahren ersuchten die Experten den Kaiser, Tofu zu einem *Lebenden Nationalschatz* zu ernennen, weil die Kunst des Meisters so rein und schlicht ist und weil sie den Hauch einer unerreichbaren Vollkommenheit besitzt. Der wahre Künstler versucht, über die Grenzen der menschlichen Beschränkung hinauszuwachsen, und Meister Tofu scheint es mit Erfolg gelungen zu sein, denn seine Töpfe lassen sich mit

Definitionen nicht beschreiben. Es muß nicht erwähnt werden, daß junge Töpfer von ihm lernen wollen. Wie es jedoch scheint, will Tofu nicht lehren, und er versteckt sich, immer wenn jemand bei ihm auftaucht. Lediglich Turu ist es gelungen, Meister Tofus Schutzmaßnahmen zu durchdringen, doch dazu mußte er wochenlang in der Nähe des Hauses des Meisters zelten und geduldig warten, bis der alte Mann schließlich geruhte, sich zu zeigen.

«Was kann ich dich lehren?» fragte Meister Tofu. «Gute Töpfe zu machen ist lächerlich einfach. Du nimmst etwas Lehm, formst eine Vase oder eine Schale, stellst sie in den Ofen und wartest, bis das Feuer erloschen ist. Das ist alles, was über mein einfaches Handwerk zu sagen ist. Nicht denken; laß deine Hände die Leere umgeben. Leere innen, Leere außen. Was sonst ist schon ein Topf außer einer Linie im Raum? Mußt du mich denn wegen einer Sache belästigen, die du schon kennst?»

Turu blieb. «Du mußt deine Kunstfertigkeit weitergeben, damit, wer auch immer nach dir kommen wird, an deinem Wissen teilhaben kann.»

«Ich muß überhaupt nichts», sagte Tofu, «aber wenn du meinst, ich würde mich irren, befehle ich dir, das Unkraut in meinem Garten zu jäten.»

Turu tat alles, was ihm der Meister zu tun auftrug. Er sammelte Zweige für den Brennofen, er wusch die Wäsche, er fegte den Boden, er trug den Ton, er kochte töpfeweise Tofu und versuchte die Art des Meisters nachzuahmen. Außerdem fertigte Turu Vasen und Schalen an und stellte sie in den Brennofen. Manchmal sahen seine Töpfe ein wenig besser als früher aus, doch niemals ähnelten sie auch nur entfernt dem, was Tofu tat. «Nein, nein», sagte Tofu. «Du mußt aufhören zu denken. Erlaube der Form, sich aus sich selbst heraus zu entwickeln.»

«Ja, aber...», sagte Turu.

«Ja, aber...», sagte Tofu und zerschlug mit seinem Gehstock Turus Vasen und Schalen.

Turu verbeugte sich wütend und ging in die Stadt, doch am nächsten Tag kehrte er zurück. Er zupfte am Ärmel des Meisters. «Was nun?» fragte Tofu.

«Wir müssen von hier fort», sagte Turu.

Meister Tofu seufzte.

«Ich weiß», sagte Turu, «daß du niemals irgend etwas tun mußt, aber dieses Mal wird die Pflicht deine eigene Existenz retten. Wenn unser Leben bedroht ist, meinst du, wir sollten uns dann verteidigen?»

«Ist unser Leben bedroht?» fragte Meister Tofu.

Turu steckte sich eine Zigarette an und beugte seinen Kopf zur Seite. «Ja. Weißt du denn nicht, daß wir jetzt Nachbarn haben?»

«Ich weiß es», sagte Tofu. «Zwei stramme junge Burschen. Sie haben auf der anderen Seite des Baches eine Hütte gebaut.»

«Ich bin ihnen begegnet», sagte Turu. «Gerade eben erst, auf dem Pfad. Ich weiß, wer sie sind. Sie sind nicht gut.»

«Wer ist schon gut?» fragte Tofu.

«Ich nicht», sagte Turu. «Das ist es wenigstens, was du immer sagst. Ich mache alles falsch, auf die falsche Weise. Aber unsere neuen Nachbarn machen alles auf genau die richtige Weise falsch. Sie sind Terroristen aus der Hauptstadt.»

Meister Tofu schwieg.

«Hör zu», sagte Tufu. «Du hast ja keine Vorstellung von dem, was in der Welt draußen vor sich geht. Sie sind gegen die bestehende Ordnung und wollen die Zivilisation zerstören, damit aus den Ruinen der alten eine neue Gesellschaft entstehen kann. Sie sprengen Züge und töten Staatsminister. Sie haben vor nichts und niemandem Angst. Es gibt alle möglichen Arten von Terroristen, und die schrecklichsten von allen sind disziplinierte Intellektuelle. Ich glaube, daß diese beiden zu der schlimmsten Sorte gehören.»

«Außergewöhnliche Menschen?» fragte Meister Tofu. «Ich hoffe, du hast recht. Tölpel kenne ich schon mehr als genug. Ich glaube, daß ich selbst ein Terrorist bin, einer der schlimmsten Sorte, aber unglücklicherweise habe ich weder die Zeit noch die Neigung, irgendwelche Unruhe zu verursachen.»

Turu schloß die Augen und schüttelte den Kopf. «Diese Burschen sind Werwölfe, die all das Böse tun werden, das ihnen nur in den Sinn kommt. Wir müssen sofort von hier fort. Ich bin nicht einmal sicher, ob es nicht schon zu spät ist. Ihre Fotos sind auf der ersten Seite der *Kyoto Times*. Ich habe sie sofort wiedererkannt, und ich bin sicher, das haben sie bemerkt.»

«Na und?» fragte Tofu.

Turu begann zu schwitzen. «Bist du verrückt geworden, Meister Tofu? Spreche ich denn wirklich mit einem alten, senilen komischen Kauz? Sie haben mich gefragt, ob du zufälligerweise der berühmte *Lebende Nationalschatz* bist. Jeder weiß doch, daß du eine ziemlich ansehnliche Summe Bargeld beiseite gelegt hast. Bitte, denk dir einen Plan aus, damit wir fliehen können. Uns bleibt fast schon keine Zeit mehr.»

«Bah», sagte Meister Tofu und steckte sich ebenfalls eine Zigarette an. Er blies den Rauch genau in Turus Gesicht. «Turu, du benimmst dich wie ein Narr. Ich kann dich nichts lehren. Seit Jahren läufst du mir nun schon um die Füße, aber in deinem Kopf ist nichts anderes als Lehm, und ich kann ihn nicht für dich herausbekommen. Vielleicht hast du hier etwas gelernt, doch das wirst du nicht eher wissen, als du dich von mir getrennt haben wirst. Du mußt deine eigene Weisheit verstehen lernen, die sich in nichts von meiner unterscheidet. Du mußt jetzt gehen.»

«Wo kann ich denn hingehen?» fragte Turu. «Sie werden auf mich warten und mich umbringen. Sie haben Ferngläser, und genau in diesem Augenblick beobachten sie uns.»

«Ich werde ihre Aufmerksamkeit ablenken», sagte Meister

Tofu. «In der Zwischenzeit schleichst du dich aus dem rückwärtigen Fenster und kriechst durch die Büsche, kletterst dann den Berg hinauf und fliehst den Westhang hinunter.»

«Ja, aber ...», sagte Turu.

Meister Tofu hob seinen Stock vom Boden.

«Was für einen Unterschied macht es denn», fragte Turu, «ob ich auf dem Weg im Osten ermordet werde oder mir meinen Hals breche, wenn ich von den Felsen im Westen stürze?»

«Wenn du hierbleibst, schlage *ich* dir den Schädel ein», sagte Meister Tofu.

Turu umklammerte eine Axt. «Versuch nicht, gegen mich zu kämpfen, alter Narr.» Er zitterte vor Angst und vor Wut.

«Entscheide dich», sagte Meister Tofu. «Mein Stock ist tödlich.»

Turu griff den Meister an. Meister Tofu saß auf seinem Schemel. Turus Axt blitzte auf. Der Metallschutz am Ende von Tofus Stock wehrte die Axtklinge immer wieder ab. Mit jedem Aufblitzen der Axt wurde der Stock schnell durch die Luft bewegt. Der Kampf dauerte an, bis Turu schließlich am Ende seiner Kräfte angelangt war.

«Nun?» fragte Tofu.

«Ich werde gehen», sagte Turu.

Tofu ging hinaus und tanzte auf dem Feld vor seiner Hütte. Er sang und wedelte mit den Armen. Während Tofu tanzte, glitt Turu durch das rückwärtige Fenster und kroch durch das Gebüsch. Er erreichte den Waldrand und setzte sich auf einen Felsen. ‹Ich muß eine Entscheidung treffen›, dachte Turu. ‹Ich kann den Berg ersteigen und versuchen, über die steilen Felsen auf der anderen Seite zu entkommen, doch dann bin ich mir sicher, daß ich in meinen Tod stürze. Wenn ich jedoch auf dieser Seite hinuntergehe, werden die Terroristen mich sehen und mich umbringen. Sie sind groß und stark, und einer von ihnen ist mit Pfeil und Bogen bewaffnet, und der andere mit einem Schwert. Wenn ich zurückgehe, wird Tofu mit seinem Stock auf mich losgehen. Der Augenblick ist gekommen, der Wahrheit ins Angesicht zu blicken. Tofu ist überhaupt kein Meister. Die Terroristen wollen ihn ausrauben. Was geht mich das an? Ich werde ihnen meine Dienste anbieten und ein Drittel der Beute bekommen.›

Je länger Turu über seinen Plan nachdachte, desto besser gefiel er ihm. War es denn nicht wahr, daß er alles aufgegeben hatte, um ein Schüler des Meisters zu werden, und daß er, nach all den Jahren anstrengender Arbeit, doch nichts erreicht hatte? War es denn nicht auch wahr, daß er einer Gesellschaft nichts schuldete, die dumm genug war, wenig bemerkenswerten Töpfern den Rang eines *Lebenden Nationalschatzes* zu verleihen? ‹Die unwissenden Menschen›, dachte Turu, ‹haben Tofu so viel Geld gegeben, nur weil sie dachten, er wäre ein großer Mann. Ich werde mir einen Teil dieses Geldes nehmen, damit ich genug für einen anständigen Anfang habe.›

Die beiden Männer, die jetzt auf dem Land westlich von Tofus Grundstück lebten, wurden Sakai und Yasudo genannt. Sie waren beide Absolventen der philosophischen Fakultät der Tokioter Universität. Sakai hatte zehn Jahre lang Schwertkampf geübt, und Yasudo war ein beeindruckender Vertreter in der Kunst des Bogenschießens. Sie waren enge Freunde geworden, weil sie beide an die ‹entgegengesetzte Richtung› glaubten. ‹Nur Nichts hat einen Wert›, sagten sie sich immer, ‹und daher müssen wir dieses Nichts erreichen.› Sakai hatte mit einer erschöpfenden Studie über ‹Das Wesen der Dualität› graduiert, und Yasudo hatte die Anerkennung der Experten der Universität aufgrund seiner brillanten Kommentare zu ‹Die Unwahrheit Gottes› erhalten. Die Professoren, die lediglich Theorie lehrten, waren sehr überrascht, als die beiden jungen Doktoren das Verdienst für einen verheerenden Brand in der Tokioter Innenstadt, das katastrophale Zum-Entgleisen-Bringen eines der berühmten japanischen Hochgeschwindigkeitszüge und den darauf folgenden brutalen Mord an einem Staatsminister für sich in Anspruch nahmen.

Sakai und Yasudo ruhten sich nun auf dem Berg Hyee aus, dem heiligen Berg, der die Tempelstadt Kyoto, Japans spirituelles Herz, beschützte. Der Hyee ist auch bekannt als der Berg der Besinnung, und seine Landschaft ähnelt den Landschaften auf alten Gemälden – undurchdringliche Wälder reichen hinauf bis zu rasiermesserscharfen Felswänden, die in hochliegende Nebel gehüllt sind. Dort streift der menschliche Geist alles ab, was ihn niederhält, und schwebt über Felder voller duftender Kräuter. Der Denker lernt in geheimen Meditationen, die nach der leeren Basis von allem greifen und Verbindung zu ihr herstellen, zuzuhören wie der schlaue Fuchs, dessen Ohren sich drehen, um auch noch das leiseste Rascheln aufzufangen.

Sakai senkte seinen Feldstecher. «Erstaunlich. Dieser alte Mann humpelt ein wenig, doch sein Tanz ist wirklich beeindruckend. Man sollte meinen, er könnte versuchen, sein nutzloses Bein zu überspielen, doch er hebt dessen Lähmung noch deutlich hervor, so daß die Behinderung Thema dessen wird, was er auszudrücken versucht. Was meinst du, wieviel weiß er?»

«Meine Vermutung wäre auch nicht besser als deine», sagte Yasudo, «aber wir haben einen Besucher, der Bursche, der so schnell Angst bekommen hat, als wir ihm heute auf dem Weg begegnet sind. Dort ist er, unter der knorrigen Kiefer.» Er nahm einen Pfeil und hob seinen Bogen.

Sakai berührte den Arm seines Freundes. «Warte noch ein wenig. Vielleicht sind seine Kenntnisse von Wert.»

Wieder konzentrierte sich Sakai auf Meister Tofu, der gerade mit seiner Darstellung eines verwundeten Hasen zu Ende war und jetzt zu einem Reiher wurde, lautlos auf einem Bein stehend, in das klare Wasser starrend, den Schnabel schüchtern zurückgezogen, bereit, einen Fisch aufzuspießen. «Ein ziemlich amüsanter Bursche», sagte Sakai leise. «Äh, nun, was war noch gleich der Grund, warum wir ihn töten wollten?»

«Um das Notwendige mit dem Angenehmen zu verbinden», sagte Yasudo. «Ein *Lebender Nationalschatz* repräsentiert das Beste in unserer gegenwärtigen Gesellschaft. Wenn wir ihn erst umgebracht haben, werden wir unsere Leistung publik machen, und Tofus beiseite gelegtes Geld wird es uns ermöglichen, unsere Arbeit fortzusetzen.»

Turu näherte sich den beiden und verbeugte sich.

«Hallo», sagte Yasudo. «Formuliere, so klar und knapp du kannst, was dich herführt.»

Turu erzählte seine Geschichte.

«Direkt», sagte Sakai, «vom Regen in die Traufe. Tofu hat versucht, dich das Geheimnis der Form zu lehren, und offensichtlich verstehst du nicht, was er dich lehrte. Bei uns bist du noch schlechter dran, denn wir lehren die Kunst, wie man mit Form jemanden umbringt.»

Turu lachte. «Auf diesem Gebiet bin ich gut geschult. Was immer ich gemacht habe, wurde von Tofus Stock zerbrochen. Ich bin bereit für Rache.»

«Gut», sagte Yasudo. «Du sagst, Tofu hätte ein großes Vermögen zusammengetragen. Du kennst ihn gut, und sein Haus muß dir vertraut sein. Geh hinunter und zwinge ihn, sein Geld herauszugeben, dann kehrst du zu uns zurück und lieferst alles bei uns ab.»

«Das kling aber gar nicht gut», sagte Turu. «Ich bin euch von Nutzen, daher solltet ihr euch erkenntlich zeigen. Nichts ist umsonst.»

«In der Tat, ja, nichts ist umsonst», sagte Sakai. «Warte, bis es Nacht geworden ist, und dann erfüllst du deine Aufgabe. Versuch nicht, zu entkommen, denn es wird ein leichtes für uns sein, dich zur Strecke zu bringen.»

Yasudo lächelte. «Warum zögerst du? Deine Wahl hast du bereits getroffen. Indem du hergekommen bist, unterwirfst du dich unserer Gewalt. Vielleicht werden wir dich, zu gegebener Zeit, als unseren Genossen akzeptieren, doch zuerst wirst du dich bewähren müssen.»

«Guten Abend», sagte Turu.

Meister Tofu wachte auf.

«Hör zu», sagte Turu. «Ich bin nicht mehr länger dein Eigentum, denn ich habe meine Kette zerrissen. Dein Stock mag ja eine Axt abgewehrt haben, doch jetzt trage ich ein Schwert. Siehst du die prächtige Waffe? Meine neuen Herren haben sie aus dem kaiserlichen Museum in Tokio gestohlen. Es hat einmal dem Prinzen Yozo gehört, und geschmiedet wurde es von Tokoro. Wer auch immer dieses Schwert hält, er ist unbesiegbar. Wenn du deinen Stock benutzt, werde ich dir den Kopf abschlagen.»

«Mein Stock steht in der Ecke», sagte Tofu. «Wenn ich schlafe, brauche ich keinen Stock.»

«Hör auf zu schwatzen», sagte Turu. «Ich bin gekommen, weil ich dein Geld will. Wenn du es mir gibst, vielleicht verschone ich dann dein Leben.»

«Es macht dir doch nichts aus, wenn ich nicht aufstehe?» fragte Tofu. «Mein Geld befindet sich in dieser Vase dort.»

«Ich hoffe, du machst jetzt keine Witze», sagte Turu, als er sich hinhockte und die Vase vom Boden hob. Mit seiner rechten Hand hielt er weiterhin das Schwert, während seine Linke die Vase umklammerte, die am Hals sehr breit war.

«Nur einen Augenblick noch», sagte Tofu. «Ich weiß, daß du allmächtig bist, seit du der Freund großer Geister geworden bist, und dein Schwert, das früher einmal das Land erobert hat und von einem Meisterschmied hergestellt worden ist, macht mir sehr große Angst. Und dennoch, ich denke, ich sollte dir trotzdem einen Rat geben. Bist du wirklich sicher, daß du deine Hand in diese Vase da stecken willst? Ich habe sie zu einer Zeit gemacht, als ich immer noch mit meinen eigenen

Dämonen zu kämpfen hatte, und es könnte sehr wohl möglich sein, daß einer von ihnen sich dort eingeschlichen hat. Es ist Nacht jetzt, und selbst Dämonen müssen ruhen. Vielleicht wird er verärgert sein, wenn du seinen Schlaf störst.»

«Lange Jahre hast du mich als Sklaven gehalten», knurrte Turu. «Ich habe geglaubt, daß ich von dir lernen könnte, ohne jemals zu erkennen, daß ich doch nur mißbraucht wurde. Und jetzt halt die Klappe, denn wenn *ich* meine Beherrschung verliere, wirst *du* ganz sicher deinen Kopf verlieren.»

Turu steckte seine Hand in die Vase und zog sie dann wieder heraus, vor Angst und Schmerz laut aufschreiend. Eine sich windende Viper fiel auf den Boden.

«Einfaltspinsel», sagte Tofu. «Hast du denn wirklich nur so wenig über Form und Gestalt gelernt? Das Geld war auf dem Boden der Vase, und weil ihr Hals weiter unten viel zu schmal ist, um deine Hand hindurchzulassen, hättest du die Vase zerschlagen sollen.»

Turu rollte sich auf dem Boden. Die Giftzähne der Schlange waren tief eingedrungen, und Turus Arm begann bereits anzuschwellen.

«Hilf mir», bettelte Turu.

«Das Gift wirkt schnell», sagte Tofu, «und ist bereits in deinem Blut, auf dem Weg zu deinem Herzen. Die Viper ist der Dämon, der aus Habgier entsteht. Jeder Fleck auf ihrer Haut ist eine Goldmünze.»

«Ich sterbe», schrie Turu.

«Atme tief ein», sagte Tofu, «und entspanne deine Muskeln. Das wird deine Angst beenden. Das Sterben ist eine interessante Erfahrung, aber Ängstlichkeit wird dir diese Erfahrung verderben.»

Turu schlug mit seinen Fäusten auf den Boden ein und begann zu wimmern. Seine Augen traten ihm aus dem Kopf, sein Gesicht lief dunkelrot an, seine Kinnlade öffnete sich im Krampf, und Speichel tropfte sein Kinn hinunter.

«Die Wolken ziehen weiter vor dem Mond vorbei», sagte Yasudo, «und ich kann nicht sehen, was dort draußen geschieht, doch ich glaube, daß dieser Meister Tofu einen Scheiterhaufen vorbereitet. Und jetzt schleppt er einen Körper heran. Er hebt ihn auf die Zweige und zündet das Feuer an. Ich fürchte, unser neuer Schüler hat uns bereits wieder verlassen.»

«Möchtest *du* jetzt gehen?» fragte Sakai.

«Was jetzt schon wieder?» fragte Meister Tofu. «Wenn du hinter dem Geld her bist, das bewahre ich dort in der Vase auf. Es bedeutet mir nichts, wenn ich mein Leben verliere, aber ich hasse es, dauernd geweckt zu werden.»

Yasudo musterte die Vase. Er dachte laut nach. «Das Geld ist in der Vase, aber wenn man danach greift, passiert ganz offensichtlich etwas Unangenehmes. Außerdem, der Hals der Vase ist unten viel zu schmal. Um an das Geld heranzukommen, werde ich die Vase zerschlagen müssen.»

«Hervorragend», sagte Meister Tofu. «Deine Logik funktioniert tadellos, aber mein Lehrer hat immer gesagt, daß ein bißchen klares Denken auch nicht mehr als nur eine kleine Antwort bewirkt.»

«Hatte dein Lehrer recht?» fragte Yasudo, während er einen Pfeil an seinen Bogen legte.

«Nun», sagte Meister Tofu, «recht oder nicht, wer will das letztlich entscheiden? Ein wenig von beidem, es kommt alles ganz darauf an, von welcher Seite aus man das Problem betrachtet.»

«Steh auf», sagte Yasudo, «such einen Hammer und zerschlage diese Vase.»

«Darf ich dich warnen?» fragte Tofu.

«Ich bitte darum», sagte Yasudo. «Obwohl ich eigentlich nie sehr viel um einen guten Rat gebe.»

«Geh fort», sagte Meister Tofu. «In dieser Vase befindet sich nichts außer Geld. Eine ganze Menge, das gebe ich zu, und du kannst es haben, aber du bist immer noch ein junger Mann, und vielleicht wäre es besser, wenn du es dir selbst verdienst.»

Yasudo zielte mit seinem Pfeil genau auf Meister Tofus Herz. «Ich will doch hoffen, daß du mir nicht sagst, ich sollte nicht stehlen. Was ist schon Besitz? Welchen Unterschied kann es geben zwischen dein und mein? Ich befehle dir, diese Vase jetzt zu zerschlagen.»

«Ganz wie du möchtest», murrte Meister Tofu. «Ich versuche nichts anderes, als nur ein bißchen zu schlafen, und jeder platzt hier herein, als wäre meine bescheidene Behausung der Hauptbahnhof. Warum solltest du mich in deine törichte Geschichte verwickeln?»

«Unsere Wege kreuzen sich», sagte Yasudo, «und wir müssen beide die Konsequenzen dieses Zusammentreffens akzeptieren. Wirst du jetzt endlich tun, was ich dir gesagt habe, oder muß ich erst diesen tödlichen Pfeil abschießen?»

Meister Tofu stand auf, packte einen Hammer und zerschlug die Vase, die Viper fiel heraus, und das Geld ebenfalls. Yasudo versuchte, die Viper und Meister Tofu gleichzeitig im Auge zu behalten. Die Viper glitt auf Tofu zu, und Tofu beugte seinen Kopf. Die Schlange machte blitzartig kehrt und ging auf Yasudo los. Der Pfeil schlug an der Stelle ein, an der sich noch eine halbe Sekunde zuvor der Kopf der Viper befunden hatte.

«Autsch», sagte Yasudo.

«Es tut mir sehr leid, zu sehen, daß du jetzt stirbst», sagte Meister Tofu.

«Ich habe nicht genug aufgepaßt», sagte Yasudo. Er streckte sich auf den Dielen aus und verschränkte seine Hände auf seiner Brust. Er atmete tief ein und schloß seine Augen. Die Viper hatte ihn ins Bein gebissen, und das Gift jagte nun hinauf zu seinem Herzen.

‹Sieh an›, dachte Sakai. ‹Die Vorstellung scheint sich jeden Augenblick zu wiederholen. Meister Tofu besitzt eine Menge Feuerholz. Ich bin sicher, er wird noch genügend aufheben, um sich auch meiner Leiche zu entledigen, wenn die Zeit gekommen ist. Brennt Yasudo nicht schön hell? Nun, wie konnte er diesen ungleichen Kampf nur verlieren? Er ist der beste Bogenschütze, dem ich je begegnet bin. Er erkennt die Gefahr einer Situation, lange bevor es zur Krise kommt, und doch sehe ich dort seinen Leichnam, verzehrt von höllischen Flammen.›

«Noch einmal?» fragte Meister Tofu. «Drei ist wirklich eine merkwürdige Zahl. Ich war schon oft beim dritten Versuch erfolgreich. Was kann ich für dich tun?»

«Ich bin unbewaffnet», sagte Sakai. «Dein ehemaliger Schüler hat dir mein Schwert gebracht, doch körperlich bin ich stärker als du, und ich bin ein Meister in Karate.»

«Drohst du mir?» fragte Tofu von seinem Bett aus.

«Ich bin mir im Augenblick noch nicht sicher», sagte Sakai. «Ehrlich gesagt, ich bin mir nicht mal sicher, was den Zweck dieses Besuches angeht. Ich habe dich heute beobachtet. Zuerst hast du getanzt, dann hast du die Leichen deines eigenen Schülers und meines Freundes verbrannt. Ich hatte den Eindruck, daß du inmitten all dieses geschäftigen Treibens äußerst beherrscht warst, selbst als du herumgetanzt bist und mir einige Aspekte deines Seins vorgeführt hast.»

«Ah, du möchtest gerne plaudern», sagte Tofu. «Aber ich ziehe es gerade in diesem Augenblick vor zu schlafen. Wie wär's, wenn du mich morgen früh wieder besuchen kämst?»

«Dort auf dem Boden liegt etwas Geld», sagte Sakai.

Tofu stöhnte und setzte sich auf. «Es gehört dir, vorausgesetzt, du verläßt dieses Haus. Dieses Geld hat jetzt schon die ganze Nacht Schwierigkeiten verursacht. Ich hätte es niemals behalten sollen. Weißt du, wenn ich Geld verdiene, betrinke ich mich immer, und wenn ich erst einmal betrunken bin, dann vergnüge ich mich gerne mit den Damen, doch es ist einfach immer mehr von diesem Zeug da, als ich ausgeben kann.»

«Und dort ist auch noch eine Schlange», sagte Sakai. «Sie sieht unglücklich aus.»

«Das liegt daran, daß sie in einer Vase gewohnt hat», sagte Tofu, «und ich habe ihr Zuhause zerstört.»

«Warum nennst du dich Tofu?» fragte Sakai. «Einsiedler bevorzugen doch ausgefallene Namen. Meister Kranich, zum Beispiel, oder Meister Einhorn. Tofu ist eine farblose, gallertartige Masse, die niemals hart wird, es wird einfach nur irgendwie weich und wie Pudding. Bist du farblos und wie Pudding?»

«Ja», sagte Tofu. «Würdest du jetzt bitte das Geld nehmen und mich endlich in Ruhe lassen?»

Sakai schüttelte den Kopf. Er stand auf, fand eine Vase und steckte das Geld hinein. Die Vase stellte er dann vor die Viper. Die Viper glitt in ihren Hals. Sakai stellte die Vase auf ein Regal, fand einen Besen und kehrte die Scherben zu einem ordentlichen kleinen Haufen zusammen.

«Wirst du jetzt endlich gehen?» fragte Tofu.

«Nein», sagte Sakai. «Wirst du mich zu deinem Schüler machen?»

Tofu blieb still. Sakai fuhr fort zu kehren.

«Du bist den falschen Weg gegangen», sagte Tofu, «aber das macht nichts; es spielt kaum eine Rolle, wie wir erklären, was herbeigeführt worden ist. Das Leid, das du verursacht hast, wird allerdings irgendwann wieder in Ordnung gebracht werden müssen.»

«Wie du sagst», sagte Sakai.

«Und es gibt nichts, was ich dich lehren könnte; alles, was der Verstand benötigt, um es zu erfassen, ist bereits immer im Verstand gewesen.»

«Das habe ich noch nicht verstanden», sagte Sakai.

Tofu seufzte. «In diesem Schrank dort drüben findest du etwas Bettzeug. Laß uns jetzt schlafen gehen. Morgen wirst du den Gemüsegarten jäten müssen.»

Deutsch von Jürgen Bürger

Totenkopf und Kimono

Wir befinden uns auf Shark Key, einem winzigen, verlassenen, weniger als einen Morgen großen Mangroven- und Koralleninselchen zwischen Florida und Kuba, etwa zwanzig Meilen vor Key West. Auch Key West war eine Insel, bis all diese Brücken nach Miami eine vom Festland ausgehende Halbinsel schufen, die wie ein gekrümmter knochiger hundert Meilen langer Finger Castro zuwinkte: Komm näher, mein Lieber.

Castro ärgert nur die Touristen, oft ausländischer Herkunft – viele Japaner fallen in letzter Zeit in Scharen ein. Die lieben Touristen werfen mit Dollars um sich, als ob M. Mouse der Drucker wäre, unbeschwerte, leichtlebige Leute, wie mein neuer Freund, der alte Milliardär Sato-san, und seine feurige, geschmeidige Miß Kira, die bestgekleidete Göttin auf dieser Seite der Fifth Avenue.

Touristen kommen hierher, um sich zu amüsieren, aber ich fragte mich, ob Skips Arrangement «Totenkopf und Kimono» auf der verwitterten Veranda von Shark Keys einziger Hütte viel dazu beitrug, Sato-san und Miß Kira aufzuheitern. Skips Kunstwerk war zu meiner eigenen Überraschung gut. Wer hätte jemals gedacht, daß der rauhbeinige, ätzende Abtrünnige Skip etwas so Raffiniertes gestalten könnte? Ich bin zwar ein alter Mann und nicht mehr leicht zu erschrecken, aber die unheimlich wehenden Wirbel, die Skip in den orangeroten Batikkimono auf einer Konstruktion aus zusammengebundenen Zweigen drapiert hatte, so daß diese eine schlanke weibliche Gestalt, im Begriff, sich aus einer demütig knienden Position zu erheben, formten, und die delikat aufgesteckte Schädelmaske aus Lehm, die die Figur zum Betrachter aufblicken ließ, als ob die reizende Riesin ihren Körper schüchtern jeder Perversion darbot, die ihr neuer Herr zu wünschen beliebte ... das war entnervend.

Die lächelnde Maske war frühmexikanisch, Aztekenkunst aus jenem ewig leidenden Reich der Magie. Die Azteken waren ein grausames Volk, das immer seine Artgenossen schlachtete, um übelwollende Götter zu besänftigen, und die Knochen beiseite warf, die dann zurückkamen, um sie heimzusuchen. Dieses besondere Schädelbildnis, glänzend weiß lackiert mit eingesetzten durchsichtig blauen Steinsplittern als Augen und silbernen Steinen als Zähnen, blickte kummervoll und spöttisch zugleich. Mein erster Eindruck war falsch. Nachdem Skip uns auf Shark Island abgesetzt hatte und wir, Sato-san, Miß Kira und ich, uns der sonderbaren lebensgroßen Gestalt näherten, die uns von der Veranda der Hütte zuwinkte, veränderte sich die Erscheinung des Kunstwerks. Es drückte nun eine Bedrohung aus. «Ihr habt mich einst gefoltert und getötet», schien die Puppe in Körpersprache zu sagen, «aber nun, meine Lieben, seid ihr mein, und ihr wißt nur zu gut, was ich tun werde, um mit euch abzurechnen ...»

Hinter uns jaulte Skips schwerer Außenbordmotor auf. Ich drehte mich um, um meinen Schützling in Happy Hours Schnellboot davonbrausen zu sehen, einen Silberstreifen in das saphirblaue Meer schneidend. Die Konfrontation mit der Riesenpuppe mußte Skips Werk sein. Ich hatte die Schädelmaske zuvor schon gesehen, ein Touristenstück, das Skip von einem schlechtberatenen Urlaub im insektenverseuchten Inland von Yukatan mitgebracht (der arme Junge übergab sich noch eine Woche danach) und in seinem Büro in Happy Hour als Papiergewicht für unbezahlte Rechnungen benutzt hatte. Happy Hour ist das dem Verfall entgegengehende Key-West-Hotel, das Skip im vergangenen Jahr von Old Skip erbte.

Old Skip war mein alter Kumpel.

Happy Hour verlor bis dahin schon regelmäßig Geld. Um die Dinge in Ordnung zu bringen, wurde ich für Skip eine Art onkelhafter Berater. Old Skip hatte mich in seinem Testament dazu gemacht. Ich sollte sogar dafür bezahlt werden, zehn Prozent von allen zukünftigen Gewinnen und von dem Laden selbst wurden mir übereignet. «Bring Happy Hour wieder in Schwung, Jannie», flüsterte Old Skip, bevor er seinen letzten Atemzug tat. «Du wirst doch die Sterbenden nicht verraten, oder, Jannie? Mach einen Mann aus meinem einzigen Erben.»

«Na klar, alter Kumpel.» Old Skip, der den neunten Grad erlangt hatte, wuchs zusammen mit Voo-doo-Praktikern auf, die er von Key Wests Klein-Haiti rekrutierte, wo die Hühnerköpfe fliegen. Er pflegte mir von den Zauberkünsten zu erzählen, die er beherrschte. Machtvolles Zeug, das man in jenem Alter lernt, vergißt man nie, ließ Old Skip mich wissen. Dieser letzte Blick, den Old Skip auf mich richtete, gefiel mir nicht. Er brannte in meiner Stirn. Gewiß würde ich diese beiden kleinen Dinge für meinen alten Kumpel tun. Sein Hotel vor dem Konkurs bewahren und den jungen Skip ein bißchen auf Trab bringen. Zwei Seiten derselben Medaille. «Gewiß doch, Old Skippo.»

Nachdem wir die Asche seines toten Papas in besänftigte Sturmwellen nahe Shark Key gestreut hatten, parkte der einzige Erbe das Schnellboot an seinem Liegeplatz und führte mich über die Mole in Happy Hours Büro. Ich bekam den mexikanischen Horrorkopf gezeigt und wurde zum Staunen über so lebensechte Details wie die hohen Wangenknochen der Maske, die Haarstriche und die Vertiefungen an den Schläfen gebracht. Skip gab auch mit dem Kimono an, den er mit seiner letzten Kreditkarte – unter maximaler Ausnutzung – am teuersten Ende der Duval Street, der Hauptstraße von Key West, gekauft hatte, um jemandem eine ‹Aufmerksamkeit zu erweisen›.

Ich fragte, ob ich den glücklichen Empfänger kenne.

Skip lächelte sein Macho-Lächeln.

«Doch nicht etwa Miß Kira?»

Skips Absicht war natürlich die reine Güte. Denn vor welcher Situation stand unser weißer Ritter hier? Als Happy Hours Eigentümer galt Skips erste Sorge dem Wohlergehen seiner Gäste. Sato-san, der spät aufsteht, früh zu Bett geht, zwischen seinen Nickerchen auf der hinteren Hotelveranda am Strand und an der Mole herumschlurft, macht einen recht glücklichen Eindruck. Aber was war mit seinem Spielzeug? Der verwitwete, kinderlose Sato-san in der Zwischenzone der Arteriosklerose lebt ein erfülltes Leben, während er mit seiner lieblichen und, wie Skip mir versichert, einsamen Lady um die Welt reist – doch kümmert sich irgend jemand um Miß Kiras emotionale Bedürfnisse?

Gewiß, dachte ich. Skip macht sich Sorgen. Skip, Süd-Floridas milde Gabe für emotional vernachlässigte erotische Schönheiten. Skips animalische – man betrachte diese Gorillabrust, diese Löwenmähne – Libido wird Miß Kiras Leere füllen. Man beobachte, wie Skip Happy Hours neun Meter langes Chriscraft mit dem 200-HP-Suzuki-Außenbordmotor steuert, wie er sich in der Bar am Ende von Happy Hours Mole zum CD-Jazz durch seine Version des Cha-Cha-Hop wiegt. Ignorieren wir Skips Trinkerei und seinen Drogenkonsum. Übersehen wir, daß er seinen Harvard-Abschluß in Jura ungenutzt läßt. Denken wir nicht an Happy Hours vernachlässigten Zustand. Lassen wir Skips selbstverschuldete Serie von Niederlagen, ‹meine Pechsträhne›, wie er sie nennt, außer acht.

Und dennoch, dachte ich, hält die junge und schöne Miß Kira vielleicht nach anregender Gesellschaft Ausschau. Sato-san ist wirklich alt, so alt wie ich. Miß Kiras schwächlicher Begleiter raucht so viel, wie er hustet. Sato-san, der ein Bein nachzieht, geht nirgendwohin ohne seinen Stock. Er nickt ein, während er zum soundsovielten Mal denselben Witz erzählt. Ich habe ihn sein Gebiß falsch herum tragen sehen.

«Recht hast du, Skip», sagte ich. «Wann gibst du Miß Kira den Kimono?»

Skip hatte es bereits getan.

«Wie kommt's dann, daß er noch hier ist?»

Weil Miß Kira Skips Einladung zum Techtelmechtel ausschlug. Reine indonesische Baumwolle, handgewachst und geschabt, um die individuellen organisch zermahlenen Farben zu erhalten, und kunstvoll zu einem verführerischen Kleidungsstück zugeschnitten, hatte nicht zugunsten Bad Skippos funktioniert. Unser Verlierer starrte mich an, während er den Kimono hochhielt.

Ich machte ‹ts›.

«Kannst du das glauben, Jannie?»

Tut mir leid, ich habe mich fortreißen lassen. Ich hätte mich vorstellen sollen, bevor ich diese – bisher jedenfalls – Leidensgeschichte ausplauderte. Hallo, diese Nase gehört Jannie, einem früheren kleinen Immobilienmagnaten aus Boston. Jetzt mache ich mir ein angenehmes Leben im unteren Teil der Florida Keys (so weit, wie ein anständiger Mann sich von Miami entfernen kann, ohne ins Wasser zu plumpsen) und wohne in einem großen baufälligen Haus am Heron Cove, allein mit Papagei. Meine Frau ist tot, sie mochte mich nicht. In meinem Alter sollte ich es auch hinter mir haben, aber vielleicht bin ich, wie Methusalem, dazu verdammt, ewig zu leben: hellwache Langlebigkeit für meine Sünden. Papagei mochte mich auch nicht, aber ich pfeife und tanzte jetzt für ihn, züchte seine Lieblingssonnenblumenkerne auf der rückwärtigen Veranda, nehme ihn zu Spaziergängen an den Strand meiner Bucht mit und spiele ihm seine Lieblingsbänder vor (Paarungsrufe des australischen rotschnäbeligen Kakadus). Papagei gab schließlich auf und hängt mit dem Kopf nach unten an seiner Stange, zärtlich zirpend, wenn ich nach Hause zurückkehre. Ich komme ganz gut zurecht: ein genesender Egoist, der sich zuletzt bemüht, auf andere, zum Beispiel auf den schwachen alten Sato-san und seine junge Begleiterin, Rücksicht zu nehmen, der eine Bootsfahrt auf ruhiger, sanfter See macht, sich aber plötzlich durch Skips hastige Rückfahrt nach Key West einem tödlichen Schrecken ausgesetzt sieht. Wenn alles klappt und das Wetter mitspielt, sind kleine Inseln wie Shark Key wie im Reiseprospekt: weiße Sandstrände, sich wiegende Kokospalmen, blühende Mangroven, langbeinige weiße Reiher, ein Riff in der Nähe zum Schnorcheln zwischen purpurroten Barschen und gelbrückigen Schnapperfischen. Florida liefert alles. Aber nur, wenn man ein Boot hat. Wissen diese arglosen Touristen, daß sie auf einer winzigen ungastlichen Insel ausgesetzt worden sind, die nichts aufzuweisen hat als eine vom Wetter zerzauste Hütte neben einem von wilden Ratten bevölkerten Palmenhain, umgeben von allgegenwärtigen Mangroven, die zwischen den Stelzen, die sie als Wurzeln benutzen, alle möglichen schleimigen und zwielichtigen Tiere anziehen? Inseln wie Shark Key sind hübsche Picknick-Plätze, die man am besten vor Sonnenuntergang wieder verläßt. Kleine Vampirinsekten kommen gegen Abend zum Vorschein, Geier kreisen unaufhörlich und spähen herab, um zu sehen, ob irgend jemand bereit ist, seinen Körper oder seinen Geist aufzugeben. Man betrachte diese Seemöwen an dem kleinen Strand, an dem Skip uns gerade so heimtückisch ausgesetzt hat. Seemöwen fallen über erschöpfte Menschen her. Skips Boot war immer noch in Sicht und umkreiste uns in einiger Entfernung wie die endlos patroullierenden Haie, die der Insel ihren Namen gaben.

«Ein Scherz?» fragte Sato-san, während er ein Gebißteil an den Gaumen drückte.

Ich war eigentlich nicht dieser Meinung.

Skip mußte hinter Sato-san her sein, um Lösegeld von ihm zu kassieren, und hinter Miß Kira, damit er Sato-san manipulieren konnte. Und ich? Skip benutzte mich als Dreingabe, da Sato-san und Miß Kira die Vergnügungsfahrt ohne mich vielleicht nicht riskiert hätten. Ich kann bisweilen schnell denken. Ich kann auch das niedrigste Motiv erfassen. Das Ganze hätte einen hübschen Knalleffekt, der rechtlich sicher und nur für Bad Skippo profitabel war.

Haben Sie bemerkt, wie sich die Dinge oft recht gut anlassen? Und dann eine Wendung zum denkbar Schlechtesten nehmen, wenn die Gestirne des Schicksals ihre Position ändern?

Happy Hour, Old Skippos lebenslanger Anspruch auf Ruhm, war jahrelang bestens gelaufen, mit hübschen Kellnern, die über die Terrasse wirbelten und schlitterten und leicht gegrillten Fisch des Tages servierten, mit der luxuriösen Bar an der Mole, herrlichen Zimmern mit Ausblick und Gratisausflügen per Schnellboot für Gäste in den Topsuiten. Wir alle verfallen in Gewohnheiten – warum sich Sorgen machen, wenn die Dinge gutgehen? Man vergißt leicht, daß alles auf Key West zu den feuchten Tropen gehört und daß unser Grundbesitz von Termitenschwärmen überfallen wird und daß gutaussehendes Personal uns hinter unserem Rücken kahlstiehlt, während wir uns mit den Gästen herumräkeln, und nur zu bald werden dieselben Gäste sich nebenan einquartieren, und der Bankmanager wird seine Visitenkarte an der Rezeption hinterlassen.

Skip, triumphierend aus Harvard zurück, räkelte sich ebenfalls mit den Gästen herum. Dann macht Old Skippo den Absprung, und der Bankmanager ließ nicht seine Karte da, sondern stand auf dem Tisch im Hoteleingang und forderte unverzüglich alle Kredite zurück, sonst würde es diese Auktion geben.

Was gut für mich wäre. Ich habe schon früher heruntergewirtschaftete Hotels auf Auktionen billig gekauft, sie mit geringen Kosten wieder so gut wie neu gemacht und sie teuer verkauft. So kann ich mir Papageis ständigen Räucherlachs und meine Shrimps mit Meerrettich leisten, und Beilagen für uns beide. Versprechen an Old Skip? *Mach einen Mann aus meinem Sohn*, sagt Old Skip. Also treibe ich den Strolch in den Bankrott, heure ihn für einen Hungerlohn wieder an und lasse nicht locker, bis er Zeichen der Besserung zeigt. *Bring Happy Hour wieder in Schwung*, sagt Old Skip. Also reiße ich den alten Kasten an mich, betreibe ihn zur Abwechslung ordentlich, mache die richtige Werbung und verkaufe ihn an die Trottel.

Der alte Jannie macht's wieder.

Aber warum sollte er das?

Während ich in dieser Richtung dachte, konstruktiv kapitalistisch, mit amerikanischem Optimismus, den Märkten die Entscheidung überlassend, zwei weitere Dollar dem Haufen hinzufügend, verspürte ich plötzlich ein kaltes Frösteln. Ich schnupperte außerdem einen Hauch Tabak mit Honig, eine Mischung, die Old Skip in seiner Maiskolbenpfeife zu rauchen pflegte.

«Okay», sagte ich. «Hab nur Spaß gemacht, alter Knabe.»

Noch ein Frösteln, noch mehr Tabakduft.

«Überlaß das ruhig mir», sagte ich, «ich weiß vielleicht, was zu tun ist, Kumpel.»

Der junge Skip verfolgte mich. «Die Dinge stehen schlecht.»

«Das ist gut», sagte ich dann und sah ihn schwitzen.

«Es ist gut, daß du erkennst, daß die Dinge schlecht stehen», sagte ich und sah ihn mich anstarren.

«Weil du nur dann eine Situation ändern kannst», sagte ich und hörte ihn ‹Nee!› sagen.

Vielleicht ist es das moderne Amerika. Dies ist ein Zeitalter ohne Geduld. Vielleicht liegt es an den Videos, die wir in den Rekorder schieben. Hollywood programmiert das Happy-End, und es trifft uns alle neunzig Minuten wieder. Alles, was das Publikum tut, ist sich zurückzulehnen. Vielleicht liegt es am modernen Reisen. Entspanne dich, Kokser, noch eine Stunde, und der nette Pilot läßt dich an den Stränden aussteigen.

«Du hast Dad versprochen, dies in Ordnung zu bringen, Jannie», sagte der junge Skip, mit zweifelhaften Rechnungen wedelnd.

Um Old Skips Gespenst zu besänftigen, das den armen alten Papagei erschreckte, indem es jedesmal, wenn ich von Key West zurückkam, über meine Veranda schwirrte, sollte ich besser etwas tun.

Ich sage Ihnen, ich tat viel. Ich bot alle meine Kräfte auf. Ich erinnerte mich an meine jugendlichen Fluchten zum White Cloud Monastery in der Nähe des vorkommunistischen Peking und ruderte um Heron Cove herum, das Plattformsutra in Neosanskrit singend. Ich schickte meinen Geist zu Aufenthalten an der Küste von Maine zurück und verbrannte Weihrauch aus Passamaquoddybalsam, während ich den Höchsten Kraftgesang in Algonquin rezitierte. Ich las wieder das Leben des Silly Ivan Osikin von dem Gurdjieff-Adepten Pjotr Davilev O (ein Aufsatz über das ‹Wie-man-nicht›, der mich Boston schließlich für immer fliehen ließ). Ich machte mir sogar eine Vogelstange und hängte sie neben die von Papagei, damit wir zusammen mit dem Kopf nach unten darauf sitzen konnten, um unsere Kluft zwischen den Lebensformen zu überwinden und Energie zur Rettung der Situation zu bündeln. Ich bediente mich auch der Weisheit Old Skips selbst, und paffend und schnuppernd erinnerten wir uns gemeinsam an Pearl Harbor. Während ich verschiedene Faktoren in Betracht zog, dämmerte mir langsam die Lösung.

Skip auf dem schlechten Pfad. Happy Hour im Untergang begriffen. Sehr gut. Man schwimmt nicht gegen den Strom.

Ströme ändern ihre Richtung. Man muß nur den richtigen Moment abpassen.

Daß Happy Hour immer noch Gäste anzog, die blieben, mußte mit der Bar im alten Bootshaus am Ende der Mole zusammenhängen. Old Skip hatte sie mit altem Rosenholz aus dem Salon eines Klippers getäfelt, der vor eineinhalb Jahrhunderten an einem Riff vor Key West Schiffbruch erlitten hatte. Die langstieligen Kristallgläser der Bar stammen aus einem anderen alten Schiff. In Happy Hours Bar gibt es keine Flaschen, nur Karaffen, natürlich ebenfalls aus Kristall, jede mit ihrem Silberumhänger an einer kleinen Kette und dem magischen Leuchten ihres flüssigen Inhalts. Die Teakholztheke ist ein solides Brett von einem Riesenzuckerahorn, das auf Hochglanz poliert ist, um die Schönheit der unendlich feinen Marmorierung hervorzuheben – wie ein Gleichnis auf die Zen-Metapher von den Spiegeln, deren jeder das ganze Universum reflektiert. Die Barhocker sind aus Neuguinea-Teak mit dazu passenden Krokodilledersitzen. Und es gibt ein großes Modell einer malaiischen Proha, dem Segelschiff der Einheimischen, so anmutig wie der letzte Gedanke eines Zen-Poeten. Miß Kira stand neben der Proha, in einem einfachen, glänzenden Kleid, groß, stattlich, mit feingeschnittenen Gesichtszügen, Antilopenaugen und dem Mund einer fernöstlichen Fee. Miß Kira ist selbst Halbmalaiin.

Sato-san schleppte sich in der Nähe der Bar herum und hob zum Abschluß des Abendessens seinen Brandy, während Miß Kira ihr Begrüßungslächeln lächelte. Ich kannte die beiden nun schon eine ganze Weile. Sato-san und ich nahmen auf dem Balkon seiner Suite fast jeden Morgen das Frühstück zusammen ein, das von Happy Hours letztem schönem Kellner serviert wurde. Ich schnitt die Grapefruit für Gäste erster Klasse in Schnitze, während Sato-san mir erzählte, warum er keine Van-Gogh-Gemälde sammelte.

«Jannie-san.»

«Ja, Sato-san?»

«Van Goghs sind heute tot.»

Ich reichte ihm die Grapefruit. Sato-san verneigte sich zum Dank, lächelte, grub seine Zähne hinein, schlürfte, sah auf, lachte. «Sterbende alte Männer müssen ins Leben investieren.»

Sato-san konnte bisweilen sehr klar sein, wenn auch nur kurz, bevor er wieder lange einnickte, manchmal mit offenen Augen und aufs Meer starrend, das ihm solch genüßliche Visionen von Ewigkeit zu vermitteln schien, daß er keine Störung duldete, nicht einmal von Miß Kira, die er mit einer Handbewegung verscheuchte, wenn sie sich in diese Momente drängte.

Dann lächelte sie mir zu. «Einmischung in die Unendlichkeiten, das mag Sato-sensei nicht.» Wenn Sato-san sein inneres Wesen erreichte, nannte Miß Kira ihn gern Lehrer.

Er fand auch Gefallen an den tieferen Ebenen, während er zum Beispiel Pelikane beobachtete, die im Sturzflug das Wasser bombardierten, auf der Jagd nach ihrer Mahlzeit aus Jungfischen. Sato-san sagte zu dieser Art von Kopulation, mit solcher Hingabe einzutauchen, sei er nicht mehr fähig. Er würde es jedoch gern. Dann pflegte er die Arme auszustrecken und die ganze Bucht zu umfassen, um sie in das große weibliche Empfängnisorgan zu verwandeln. Worauf wir zu zwei weiteren alten Männern wurden, die ihre längst vergangenen sexuellen Fähigkeiten miteinander verglichen wie Miami-Rentner, die auf Parkplätzen oder in Einkaufsstraßen endlos diskutieren, was niemals wieder sein wird und sehr wahrscheinlich niemals war.

«Aber da ist Miß Kira.»

Er nickte. Soviel war richtig.

Ich fragte Miß Kira, was ich ihr holen könne. Ich holte mir auch was. Bei unserem langsamen Tanz um das malaiische Segelschiff, die langstieligen Kristallgläser in Händen, gelang es uns, unsere Herzen ein wenig miteinander zu verbinden.

War ich wirklich Skips Onkel?

Ich sagte, ich sei jedermanns Onkel.

Seiner auch?

Ja, Papageis auch. Ich erzählte ihr von meiner Frau. Ich erzählte ihr, es sei nicht genug, all das Versäumte an dem Vogel nachzuholen.

«Dann sind Sie jetzt gut?»

Ich war nicht einverstanden. Mein Ziel liegt jenseits von Gut und Böse.

«Wo überhaupt nichts mehr ist?»

Ich habe keine Ahnung, was ‹überhaupt nichts› sein könnte, aber dahin will ich. So haben es meine Führer gemacht. Pjotr Davilev O vertritt die Behauptung des Passamaquoddyschamanen aus der Sechsten Plattform in Neosanskrit, daß das Nirgendwo dort ist, wo der überlegene Mensch seine Werte findet. Nicht später. Genau jetzt.

«Sie sind nicht verrückt?» fragte Miß Kira.

Ich sagte ihr, daß ich in der Tat oft verrückt bin, daß ich aber hoffte, es gerade jetzt nicht zu sein. Ich erzählte ihr auch, daß die chinesischen Zeichen für ‹Weiser› und ‹Kind› identisch seien.

Sie formulierte ihre Anschuldigung neu. «Sie sind ein Unschuldiger.»

Ich erwiderte, das gefalle mir besser.

«Ich bin eine Hure», sagte Miß Kira. «Wollen Sie mehr hören?»

Alte Männer sollten lernen zuzuhören.

Ich hatte ein wenig über ihren Vater erfahren, einen japanischen Manager, der einen Vertrag in Kuala Lumpur, Malaysia, erfüllte, wo er einen Betrieb leitete, in dem einheimische Mädchen Kriegsspielzeug aus Plastik zusammensetzten, das kreditkartenfinanzierte Weihnachtsgeschenke für die Kinder in New York, Los Angeles und Chicago abgab. Die von japanischen Firmen beschäftigten Mädchen haben einen Farbenkode. Schirmmützen und Schulterabzeichen in gedämpften Farben zeigen einen höheren Rang an. Miß Kiras Mutter trug ein zartes zurückhaltendes Orange. Manager Ishimura erteilte ihr seine Befehle direkt und sprach oft von Heirat, aber dann war sein Vertrag plötzlich abgelaufen, und er mußte gehen, aber er wollte Miß Kiras Mutter zu einem noch nicht genau festgelegten Zeitpunkt nachkommen lassen. Er ging keine Verpflichtung ein, doch dies war seine feste Absicht, die er, vielleicht später, erfüllen würde.

Miß Kira wurde geboren, ihre Mutter sparte viele Jahre lang und flog nach Japan. Vizepräsident Ishimura hatte bereits eine Frau in Tokio. Außerdem hatte er noch eine Geliebte. Beide Pfründeninhaberinnen waren eifersüchtig. Hinzu kam, daß Ishimura schwere Spielschulden drückten, er kurz vor einer Sinusoperation im Krankenhaus stand, er angeklagt war, seinen Lexus unter dem Einfluß von Sakefusel gefahren zu haben. Das war kein günstiger Zeitpunkt. «Geht es dir gut? Ich könnte dir genug Geld für einen schnellen Heimflug geben. Bist du sicher? Nettes kleines Mädchen, glaubst du wirklich, sie sieht mir ähnlich? Warum hast du sie Kira genannt? Das ist kein japanischer Name. Jedenfalls von ganzem *Kokoro* viel Glück und *Sayonara*.»

Miß Kira, zärtlich den Kiel der Modellproha streichelnd, sagte, daß *Kokoro* ‹Herz› bedeute.

«Was machte Ihre Mutter also?» fragte ich und begann einen rituellen Tanz um Miß Kira zu Flötenmusik: Bill Evans am Piano, Scott LaFaro am Baß, Paul Motian an der Trommel. *Walzer für Miß Kira.* Sie applaudierte und sagte, daß ich die langen spindeldürren Beine des vom Aussterben bedrohten Kranichs hätte und daß ein Kranich in Japan ein heiliger Vogel sei, daß sie mir wegen meiner heiligen Beine vertraue.

Wir tanzten zusammen. Schade, daß ich Papagei zu Hause gelassen hatte. Er hätte mit dem Kopf nach unten zugesehen. Antiker Wikinger und moderne Exotin, nur durch Fingerspitzen verbunden, vollführten präfreudsche wienerische Eins-Zwei-Dreis zu fortschrittlichem US-Jazz.

Sato-sensei kam herbei, verneigte sich, lächelte und zog sich auf seinen Balkon zurück, um die von einem Vollmond gefilterten Unendlichkeiten zu betrachten.

«Was passierte dann?» fragte ich Miß Kira.

Miß Kiras Mutter wurde Bardame im Zentrum von Tokio, auf der berühmten Ginza. Es ging ihr eine Zeitlang gut. Miß

Kira selbst wurde Hosteß. Es ging ihr längere Zeit besser, doch all das bedeutete nicht viel, bis sie Sato-san kennenlernte.

«Wissen Sie, wie ich jene Begegnung inszenierte?» fragte Miß Kira.

Fast wäre ich zurückgehopst und hätte zu Tutu-Klängen (diesmal Miles Davis) wieder zu tanzen begonnen. Die gute Miß Kira sagte: *inszenieren*. Es ist wahr, daß der Mensch nicht viel mehr tun kann, als wenigstens zu versuchen, auf den großen Wellen zu reiten, die ihn sonst ertränken würden, aber es gibt Zeiten, da uns das Glück lächelt und wir selbst eine kleine Welle erzeugen können.

«Wie haben Sie einen Wandel des Schicksals inszeniert, Miß Kira?»

«Kommen Sie mit, Jannie-san ...»

Wir befinden uns auf dem Friedhof Fujimicho in Tokio (mit Blick auf den Fudschijama, aber dort ist ewiger Smog heutzutage), und Miß Kira hat der in Beton eingelassenen Urne ihrer Mutter einen Besuch abgestattet. Sie sah Sato-san aus einem wie neu aussehenden 1979er Lincoln, ‹dem letzten der großen›, einem Sammlerstück, aussteigen. Sie sah, wie er sich auf einer Schilfmatte ausstreckte, die sein Chauffeur sorgfältig für ihn entrollt hatte. Sato-san erweist seiner Frau die Ehrenbezeugung. Sato-san und Miß Kira haben denselben Zeitplan, denn die Szenen wiederholen sich genau eine Woche später. Es kam Miß Kira in den Sinn, daß sie etwas zu ihrem Vorteil tun könnte.

«Ich wurde eine Kwannon der Gräber», sagte Miß Kira. ‹Kwannon der Gräber› ist ein japanischer Polizeiausdruck. Kwannon ist ein Bodhisattwa der Barmherzigkeit, eine liebliche Dame. Japanische Prostituierte ahmen die göttliche Erscheinung nach, kleiden sich in wallende Gewänder und schlurfen sittsam in der Nähe reicher Männer herum, die den Verlust der Ehefrau beklagen. Dann wird der männliche Hinterbliebene in ein mitfühlendes Gespräch gezogen, in Erregung versetzt und maßlos zur Kasse gebeten.

«Ah», sagte ich.

Ich hielt mein Kristallglas hoch, um es von einem charmanten tüchtigen Skip in Weiß mit einer tadellos handgebundenen schwarzen Fliege nachfüllen zu lassen – Skip liebte es manchmal, so aufzutreten. Der gute Junge ist nicht wirklich allergisch gegen Arbeit. Er reparierte eigenhändig einen großen Teil von Happy Hours verfaulter Mole, und zwar gut, mit Hammer und Präzisionsmaschinen, doch dann verlor er den Mut. Da war der Bankmanager, der Skip verfolgte. Da war seine Trunksucht. Das Kokain. Und ich, der nicht aushalf.

Die Happy Hour verkam weiter, selbst Sato-san bemerkte es. Miß Kira sollte andere Hotels testen. Skip mußte sich beeilen.

«Soll ich Sie morgen alle auf einen Ausflug nach Shark Key mitnehmen?» fragte Skip tückisch lächelnd hinter der Bar. «Wie würde Ihnen das gefallen?»

Hinter dem Strahlen verbarg sich eine Düsterkeit. Miß Kira fiel es ebenfalls auf. «Ist er eifersüchtig?»

Ich glaubte nicht.

«Na?» fragte ich. «Haben Sie Sato-san maßlos zur Kasse gebeten?»

«Sato-sensei hat *mich* maßlos zur Kasse gebeten», sagte Miß Kira.

Aha, ein guter alter Mann gibt dem, was das Schicksal mit ihm vorhat, den letzten Schliff. Zeig einem gewöhnlichen Menschen eine Falle, und er ist bereits halb gefangen, aber einigen von uns gelingt es, das Schicksal ein wenig zu beeinflussen, zum gegenseitigen Nutzen aller Beteiligten. Sato hatte also vielleicht einen Anspruch auf den Sensei-Titel. Der Mann hat Verdienste. Sato-sans Gesellschaft verkauft nützliche Geräte weltweit, billiger und besser als irgend jemand sonst in seiner Branche. Er liebte seine Frau aufrichtig. Er liebt auch aufrichtig, was Miß Kira ihm zu bieten hat. Er nahm sie überall mit hin.

«Eine Tochter-Schülerin», sagte Miß Kira.

Übertrifft bei weitem das Herumhängen in lärmenden Bars und auf zugigen Friedhöfen, dachte ich. «Haben Sie ihm eine angenehme Zeit bereitet?»

«Das war die letzte Idee seiner sterbenden Frau», sagte Miß Kira. Sie berührte mein heiliges Bein. «Was nun, Jannie?»

«Was nun, Jannie?» Hier sind wir auf Shark Key und lesen die Botschaft, die Skips ‹Schädel & Kimono›-Dämon uns mit seiner Zweigklaue anbietet. Ehrerbietig nahm ich die Mitteilung entgegen.

Sagen Sie Sato-san, daß er die Wahl hat, Jannie. Wenn er Happy Hour für eine Million kauft, ist er vor Einbruch der Nacht zurück in seiner Suite. Sie und Miß Kira werden morgen nach Feierabend abgeholt, nachdem ich Sato-sans Scheck eingelöst habe. Heben Sie diese Mitteilung auf, da ich sie zurückhaben möchte. Okay? Okay.

Ich blickte auf, aber da war der Schurke schon weit weg.

Entführung mit Lösegeldforderung, getarnt als legitimes Geschäft. Skip löst den Scheck ein und flieht. Sato-san hat ein wertloses Happy-Hour-Hotel. Skips geplantes Verbrechen bringt ihm lebenslänglich ein, und Florida läßt einen das gern in einem Trupp aneinandergeketteter Sträflinge verbringen.

«Hallo?» rief Sato-san, während er ziellos zwischen den stöbernden Seemöwen umherschlenderte, einen kreisenden Geier bewunderte und ein oder zwei Moskitos verscheuchte.

Ich fand den Kühlbehälter und die Matchbeutel, die ich früher versteckt hatte, als ich bei Tagesanbruch mit einem gemieteten Kabinenkreuzer hierhergefahren war. Wir hatten einen Topf und eine Pfanne, einen Campingkocher, Tassen, Teller und Küchengeräte, Moskitonetze und Schlafsäcke, Tauchausrüstung, frischgerösteten hawaiischen Kona-Kaffee, Mangos und Guaven, Sojasauce, eine Tube Wasabi-Senf, einen Meter französisches Brot, Butter, Limonentorte.

«Hallo?» rief Miß Kira.

«Sashimi?» fragte ich. «Erst ein Nickerchen? Einen Tropfen Armagnac für den Sensei? Wie wär's mit einem kleinen Meerbad?»

Sato-san wollte alles, in umgekehrter Reihenfolge. Ich harpunierte einen ansehnlichen Barsch, den Miß Kira für das Sashimi zerschnitt. Zwei Schnapper ergaben den Hauptgang. Sato-san fing fünf Hummer, Miß Kira bereitete Seetang zu.

Nach dem Mittagessen wollte Sato-san Skips Mitteilung sehen.

«Haben Sie gewußt, daß dies passieren würde?»

Ich hatte Skips düsteren Blick in der Bar bemerkt, das Starren der Dämonen des toten Jungen. Wir würden ihre Richtung ändern. Es war nicht gut, Dämonen loszuwerden. Es sind hilfreiche Burschen, wenn man ihre Richtung ändern kann.

Wir schliefen an jenem Nachmittag, dann hüllten Sato-san und ich uns in Moskitonetze und versteckten uns in den Mangroven. Happy Hours Schnellboot tauchte in der Dämmerung auf, die sich in Dunkelheit verwandelte, als Skip das Boot auf den Strand setzte und leichtfüßig herabsprang, bereit, Sato-san und seinen Scheck abzuholen. Wir machen hier keine Scherze. Man verliert ein bißchen, man gewinnt ein bißchen. Dies war ein Gewinner. Ich muß dem bösen Skippo zugute halten, daß er daran dachte, einen Freßkorb und die notwendigen Dinge für Miß Kiras und meine Bequemlichkeit in jener Nacht mitzubringen. Ich hatte nichts anderes erwartet. Er wollte niemandem schaden, der liebe Junge. Skip wollte nur eine Million von Sato-sans Milliarde. Da haben wir Skip, er mustert die Szene vor sich und hält nach seiner Beute Ausschau. Niemand zu Hause, außer seiner eigenen Schöpfung.

Der Vollmond über den Mangroven half.

Miß Kiras Ausbildung als Kurtisane half ebenfalls. Sie kann wirklich tanzen.

Und ich kann singen. Und Sato-san liebt die Art Schlagzeug, die man als Untermalung zu japanischen No-Spielen hört: ein sonderbares Lärmen und Rasseln. Nach dem Schwimmen fanden wir leere Dosen und ein Stahlfaß. Sato-san hatte eine Rassel aus Muscheln gemacht, die unheimlich klang.

Die Klangeffekte waren gut, der Tanz war großartig. Skip taumelte zurück, als das Skelett in dem orangeroten Kimono, gekrönt von der grinsenden weißen Todesmaske mit den transparenten Steinzähnen und den glänzenden Augen, sich langsam erhob und von der Veranda trippelte. Miß Kira hatte geschickt dieselbe Ausgangsposition eingenommen, die Skip selbst ursprünglich schuf. Für ihn gab es keine Veränderung zwischen dem Key Shark, das er verlassen hatte, und dem, das er vorfand. Miß Kira wurde zur tückischen Pinocchia, in einem Tanz des nahenden Todes, mit Sato-san am Schlagzeug, Jannie Off-stage-Schreie produzierend.

Skip, der einen harten Tag hinter sich hatte, mochte durch die Einnahme verschiedener Drogen noch besonders anfällig sein. Das Spektakel vollendete vielleicht seine schlimmste Halluzination. Skip drehte sich um. Skip rannte.

Zwei Boote waren jetzt hinter Skip. Das zweite war eine Sheriff's Patrouille mit dem freundlichen Beamten Wekko am Steuer. Wekko und seine reizbare Minipromenadenmischung Barnie sind meine Nachbarn, beides neugeborene Anarchisten, die daran glauben, die Dinge sich selbst zu überlassen, mit so viel Nichteinmischung, daß sie sich vor Eifer fast umbringen. Wekko jedoch ist ein Freund, und ein wenig Schauspielerei macht ihm nichts aus, wenn man ihn höflich darum bittet.

«Wie geht's uns, Skip?» fragte Wekko, indem er den Schlüssel aus Skips Instrumentenbrett zog.

«Können wir uns kurz unterhalten, Skip?» fragte ich.

Wekko, Sato-san und Miß Kira begannen, Essen zu kochen, während Skip und ich am Strand entlangschlenderten.

«Sie haben mich reingelegt, bei meinem Versuch, Sie reinzulegen?» fragte Skip.

«Lieber Junge», sagte ich, «du gehst selbst freiwillig in die Klinik und machst eine Entziehungskur, während Miß Kira Happy Hours Schulden übernimmt.»

Wir gingen Arm in Arm. Gutes Kaffeearoma und der Duft von gegrilltem Fisch, eingewickelt in die richtige Sorte Seetang, erfüllten die Luft. Hummerschwänze kochten. Französisches Brot knisterte. Miß Kira schlug Sahne für die Limonentorte.

«Nicht Sato-san?» fragte Skip.

«Sato-san wird Miß Kira die Million übertragen», sagte ich. «Miß Kira leitet Happy Hour, bis wir dich für würdig befinden.»

«Scheiße», sagte Skip.

«Miß Kira wird deinen Wechsel kriegen, so daß sie jederzeit die Zwangsvollstreckung betreiben kann, und dein Dad hat mir eine kleine, aber maßgebliche Beteiligung hinterlassen. Du kannst vielleicht zurückkommen, aber die Bedingungen werden hart sein.»

«Was soll das?» fragte Skip. «Wollt ihr, daß ich mich völlig umkrempele? Geh zum Teufel, Alter!»

Der hübsch uniformierte Deputysheriff Wekko schloß sich uns an, Handschellen und Revolvertrommel glänzten an seinem Gürtel.

«Da ist die Mitteilung in deiner eigenen Handschrift», sagte ich. «Deine eigene Gruppe Kettensträflinge erwartet dich auf dem Festland.»

«Da ist die Krankheit», sagte Wekko. «Geborene Alkoholiker und Junkies dürfen weder trinken noch Drogen nehmen. Wenn sie aufhören, können sie sich mit ihrer Situation auseinandersetzen.»

«Sie auch?» fragte Skip. «Lassen Sie mich deshalb all das kostenlose Wasser servieren?»

«Ich komme wegen der Musik», sagte Wekko. «Bevor Sie sich's versehen, macht Ihnen die Arbeit vielleicht Spaß. Bringen Sie ein bißchen Live-Jazz in Ihrer Bar. Sie würden uns alle glücklich machen.»

Sato-san spielte wieder auf den Dosen und dem Faß und schüttelte seine Rassel.

«Kommt rein», rief Miß Kira

Es geht nie alles vollkommen gut aus, aber das scheint für den ganzen Planeten zu gelten. Sato-sans tödlicher Krebs trat in das schmerzhafte Stadium ein. Wir sahen ihn mit Hilfe kleiner Becher krankenhauseigenen Morphiums in die Unendlichkeiten schweben. Miß Kira hielt seine Hände. Sato-san vermachte sein Vermögen, dessen Erträge dem Kampf irdischer Unannehmlichkeiten zugute kommen sollen, einem Treuhandfonds in Tokio. Skip floh aus der Klinik, versuchte es dann jedoch auf eigene Faust, wobei er die Arbeit in Happy Hour als Disziplin benutzt, um sauber zu bleiben. Miß Kira lädt Wekko und seinen egoistischen winzigen Köter Barnie jeden zweiten Donnerstag nach Happy Hour zum Essen ein. Sie will nicht im Hotel bleiben und heiratete mich, damit sie im Land bleiben kann. Skip kommt herüber, um das Plattformsutra in Neosanskrit singen zu lernen, um die Passamaquoddytänze zu üben und seine Bemühungen, Miß Kira zu beeindrucken, fortzusetzen. Es hat eine wesentliche Veränderung gegeben: Wekkos früher asozialer Mischling Barnie hat die Herausforderung angenommen, Papagei zu besuchen. Sie heulen zusammen. Old Skips Gespenst hat Besseres zu tun gefunden, als mich mit Tabakhauch und Fröstelanfällen zu belästigen.

Wie Pjotr Davilev O und der Zen-Meister sagen: Versuche, nur ein bißchen negativer zu sein, und du wirst sehen, daß die Dinge besser und besser werden.

Deutsch von Klaus Schomburg

Holiday Patrol

«Eigentlich dachte ich, das gehört in den Zuständigkeitsbereich von Raubüberfall Innenstadt», sagte die Einsatzleiterin über Polizeifunk. «Konstabel Ketchup und Karate sind mit ihrem Bus unterwegs, aber weil sie bisher keine Meldung gemacht haben, kann ich sie nirgends auftun. Kann vielleicht irgendwer sonst den Fall übernehmen?»

De Gier griff nach dem Mikrofon. «Hier Wagen 6/14. Befinden uns Ecke Keizersgracht/Ree Straat. Was gibt's?»

«Eine Touristin», kam die Antwort, «vermutlich Deutsche, hört sich jedenfalls so an, beschuldigt einen anderen Touristen, er habe sie vergewaltigt. Ist aus der von ihm gemieteten Wohnung fortgelaufen und jetzt unten auf der Straße. Behauptet, der Mann sei im Besitz eines Revolvers.»

Die Stimme war weiblich, warm und melodisch, es war eine freundliche, fast ein wenig zu einladende Stimme.

Brigadier de Gier von der Amsterdamer Stadtpolizei, der hinterm Steuerrad eines Adjutant Grijpstra unterstellten Zivilwagens saß und Streife fuhr, seufzte wohlig auf. Er schloß sogar, bei soviel vokaler Weiblichkeit aus der Zentrale, kurz die Augen.

«He!» rief Grijpstra.

De Gier fuhr aus seinem Trancezustand hoch. Haarscharf verfehlte der weiße Fiat Panda den Absturz in die Keizersgracht.

«Habe ich mir doch gleich gedacht, daß es Ärger gibt, wenn eine Einsatzleiterin eine solche Stimme hat», sagte Grijpstra und nahm de Gier das Mikrofon ab, als der den Fiat wieder von der Gracht wegsteuerte.

Grijpstra hatte sich bereits früher am Abend über diese Stimme ausgelassen. «Mich stört dieses Gesäusele. Möchte wetten, daß da nichts dahintersteckt.» Er räusperte sich ärgerlich. «Genausowenig wie bei dieser Mitternachts-Sex-Sendung auf AIR, deinem Lieblingssender, Brigadier de Gier.»

«AIR?» fragte de Gier. «Amsterdam Illegal Radio? Wo diese Frau mit der wunderbaren Stimme erzählt, was sie so alles in irgendwelchen Jugendstilschlafzimmern im vornehmen Süden treibt?»

Adjutant Grijpstra klopfte mit seinem Zeigefinger auf de Giers Bizeps. «Du weißt ja, daß ich diesen Sender aufgetan habe? Ein paar Herumtreiber, die sich in einem windigen Laden im Steeg van de Dolle Begijnen mit gebrauchten Apparaten ein Studio eingerichtet haben. Und weißt du auch, daß ich eigentlich vorhatte, ihnen das Handwerk zu legen, letztlich aber doch darauf verzichtet habe? Weil alles so jämmerlich ist. Ja, jämmerlich. Weil, ob du's glaubst oder nicht, aber diese Dame da, dein Star mit der Klein-Mädchen-Riesentitten-Lorelei-Stimme ist eine abgewrackte Mittfünfzigerin mit dicken Brillengläsern.»

«Reif und sexy», sagte de Gier. «Und?»

Grijpstra grunzte ärgerlich. «Die Stimme ist vielleicht sexy, aber der Rest erinnert an eine Vogelscheuche.»

«Ich habe nichts gegen Vogelscheuchen», lächelte de Gier glücklich. «Außerdem bin ich erwachsen genug, daß ich ältere Frauen lieben kann.»

Schweigend waren sie weitergefahren. Nach zwei Blocks langte de Gier mit der Hand nach Grijpstras Schulter.

«Liest du etwa nicht unsere Wochenzeitung? Letztes Mal war da ein Artikel über ‹Worauf Männer bei der Partnersuche Wert legen›.»

«Pah», machte Grijpstra.

«Pah was?» De Gier lächelte ihn an. «Dir geht es wohl immer noch nur um festes Fleisch? Aber, Adjutant Grijpstra, reife Männer finden ihre sexuelle Erfüllung nicht in erster Linie durch Penetration in den jugendlichen Körper einer jungfräulich-madonnenhaften Geliebten. Reife Männer zeigen eindeutig stärkeres Interesse an den seelischen Aspekten der Liebe. Männer wie du und ich sind auf Zärtlichkeit aus. Wir wollen uns sicher fühlen können, wir wollen gegenseitig füreinander da sein ...», de Giers Lächeln verstärkte sich, «... wir wollen die Füße unserer Liebsten mit den unsrigen streicheln können, bevor wir einschlafen. Wir wollen ihr den Arm um die Schultern legen oder hinterher unseren müden Kopf an ihrem Busen ruhen lassen können.»

Diese Vorstellung schien Grijpstra zu erstaunen. «Du redest nicht etwa von Schmusen, Brigadier?»

«Hallo 6/14», meldete sich die weiche Stimme aus dem Radio wieder und schickte zärtliche Schwingungen in den weißen Fiat, «ich weiß, daß Sie eigentlich nur für Sonderkommandos zuständig sind, aber unsere Polizeistreife hat mich sitzengelassen.»

«Wo befindet sich das angebliche Opfer?» fragte Grijpstra und versetzte de Gier, der beim Zuhören schon fast wieder ohnmächtig wurde, einen Stoß mit dem Ellbogen.

Grijpstra schaltete das Mikrofon ab. «Versuch bitte, den Wagen von unseren Dreckwasserkanälen fernzuhalten.» Dann, in das wieder eingeschaltete Mikrofon: «Hallo – Zentrale! Den Ort des Vorfalls bitte!»

«Augenblick», sagte die Stimme, «ist zwar in meiner Datenbank gespeichert, aber der PC spinnt gerade.»

«Dreckwasserkanäle?» fragte de Gier, während sie warteten. «Hast du gehört, im Rechtboomsloot haben sie eine 18 Zentimeter lange Elritze gefangen? Und das Foto von den Jungen, die in der Amstel tauchen, kennst du doch sicher auch?»

«Prinsengracht», sagte die Stimme aus dem Radio, «Ecke

Brouwersgracht. Geben Sie bitte Bescheid über alles, was passiert. Nach neuesten Vorschriften soll die Zentrale den Kollegen auf Streife nicht nur Anweisungen geben, sondern sie auch unterstützen. Ich kann zwar nicht behilflich sein, wenn es darum geht, Platz in einer Zelle zu finden, aber ich kann eine Verbindung herstellen zu NAGSPIS.» Man hörte das Klappern der Tastatur. «Kleinen Moment, ich will das eben mal abchekken … ich glaube nämlich, NAGSPIS ist an Wochenenden gar nicht geöffnet – es ist doch Samstag, oder?»

«Stimmt», sagte Grijpstra. «Und was ist gleich noch NAGSPIS?»

«New Age Gesellschaft für Spiritualistischen Schamanismus, beschäftigt Psychologen zur Unterstützung von Durchsetzungsfähigkeit und Selbstbewußtsein.»

«Stimmt», sagte Grijpstra schroff. «Fahren wir, Brigadier. Ecke Prinsen- / Brouwersgracht.»

De Gier hatte den Wagen schon wieder in Gang gesetzt. Alles, was in die Kategorie Raubüberfall und Mordversuch gehörte, zählte als Schwerverbrechen und rechtfertigte Blaulicht und Sirene. Außerdem durfte man Höchstgeschwindigkeit fahren und brauchte sich nicht an Verkehrszeichen und Ampeln zu halten.

Mit lang ausgestrecktem Arm stellte er das Blaulicht auf das Wagendach und schaltete gleichzeitig das Zweitonsignalhorn ein. Das Tatü-tata-tatü sang er mit. Als Inhaber des Schwarzen Gürtels, der gelegentlich auch bei Preisschießen als Sieger hervorging, freute er sich darauf, daß sich ihm möglicherweise wieder einmal eine Gelegenheit bot, seine Künste unter Beweis zu stellen.

Grijpstra schnallte den Sicherheitsgurt um. Das Gefühl, das ihm der Revolverknauf unterhalb der Achselhöhle verursachte, trug erheblich zur Steigerung seines Selbstbewußtseins bei. Er unterdrückte das Grinsen, das sich ihm ins Gesicht stehlen wollte, als er sich alle Mühe gab, nur ja nicht zu zeigen, daß ihm de Giers rücksichtslose Fahrerei Spaß machte. Wollte er sich denn wirklich auf der Brouwersbrug einen Ringkampf liefern mit einem zum Morden aufgelegten Vergewaltiger? Freute er sich etwa darauf, einen gefesselten Psychopathen in eine feuchte Zelle zu bugsieren?

Nicht, daß es überhaupt freie Zellen gab, egal, ob feuchte oder trockene.

Trotz deutlichem Ansteigen von Straßenkriminalität und Verbrechen hatte sich die offizielle Politik der Amsterdamer Polizei nicht geändert. Der Hauptkommissar der Stadt hielt seine Leute nach wie vor an, möglichst wenig in Erscheinung zu treten. Man sollte nur in dringenden Fällen Festnahmen tätigen. Trotzdem bestand, seitdem sich in den Verhaltensweisen von weniger in sich gefestigten Bürgern der Mißbrauch von Drogen bemerkbar zu machen begonnen hatte, eine große Nachfrage nach den zahlenmäßig so begrenzten Zellenplätzen.

Es war Samstag, zwei Uhr morgens, als der Fiat durch leere Straßen und an Grachten entlangraste. Ein Schwarm Stare zwitscherte auf, hob sich aus einem Baum in die Luft und kam aufgeregt flatternd direkt auf die Windschutzscheibe herunter. Als de Gier wieder sehen konnte, bemerkte er einen einzelnen Betrunkenen, der ein soeben geklautes Fahrrad vor sich herschob. Erschrocken ließ er es los, so daß das Fahrrad allein weiterrollte, bis es ins Wasser platschte. Der dieser Art seiner Beute wieder beraubte Dieb schaute zu, wie sie unterging und nur noch immer größer werdende Kreise, die bis ans andere Ufer der Gracht reichten, von ihr übrigblieben.

Ratten, aufgeschreckt vom Sirenengeheul, huschten auf ihrer Suche nach Unterschlupf zwischen den Ulmenwurzeln hin und her.

Ein anderer Betrunkener kletterte, als der Fiat auftauchte und näher kam, auf einen Laternenmast. Dann verwandelte sich seine Angst in Freude. Als er versuchte, mit dem Hut zu winken, verlor er den Halt und rutschte den Pfosten wieder hinunter.

Ein paar späte Prostituierte und Dealer verschwanden noch schnell in irgendwelchen Hauseingängen.

In der Brouwersgracht drehte der Wagen nach Osten ab. Auf der Brücke vollführte eine Frau in schimmerndem schwarzem Kleid, die sich gegen die Silhouette eines Hausboots wie ein Schattenriß ausnahm, einen etwas übertrieben wirkenden Tanz. Grijpstra fiel auf, daß sie einen Hut trug, der aussah wie ein Schmetterling aus Seide mit großen orangefarbenen Flügeln.

Der Fiat schleuderte herum.

«He!» schrie Grijpstra.

Die Reifen quietschten laut auf, als der Wagen abrupt gewendet wurde. «Wir sind gerade an unserem Ziel vorbeigefahren», erklärte de Gier. «Ecke Prinsen-/Brouwersgracht. Ich kann keine andere weibliche Person hier entdecken. Das muß die Dame sein, die Anzeige erstattet hat, oder?»

Sie stiegen aus, wünschten der tanzenden Dame einen guten Abend und traten dann einen Schritt zurück.

«Ich tanze», sagte die Frau auf deutsch mit starkem fremdländischem Akzent, «weil ich mich fürchte.»

Es war Juli und mitten in den Ferien. Die meisten Einheimischen hatten die Stadt verlassen. Sie hatten sich über die letzten Entwicklungen von diversen Bürgerkriegen, über ansteckende Krankheiten, Waldbrände, Erdrutsche, Devisenkursschwankungen, Naturparks und Preisnachlässe informiert und waren in Urlaub gefahren. Viele von ihnen hatte ihre Wohnungen an Touristen vermietet, und jetzt war die Stadt voller ausländischer Gäste, die sich von türkischen Kellnern, marokkanischen Dienstmädchen, russischen Oben-ohne-Tänzerinnen und philippinischen Prostituierten bedienen ließen.

Der Großteil der Amsterdamer Polizeibeamten war ebenfalls in Urlaub, außer denen, die mehrerer Sprachen mächtig waren und dableiben mußten, um die Touristen zu beschützen. Sie bekamen später Sonderurlaub. Grijpstra sprach ein wenig Englisch, und de Gier, der viel las, konnte sich in Deutsch, Spanisch und Französisch verständigen. Sein Englisch war sogar ziemlich fließend.

«Achtung, bitte», sagte die Frau, die sich anschickte, ihren Körper in die nächste eindrucksvolle Stellung zu manövrieren, «mein Vergewaltiger hat leider Waffe.» Sie zeigte auf eines der Giebelhäuser an der Brouwersgracht. «Dort. Er schläft, er trinkt und will mich schießen mit großer Kanone. Ich also tanze heraus.»

Grijpstra bückte sich zu ihr hinunter. Seine zuckenden Nasenflügel konnten nicht den leisesten Duft von Cannabisprodukten ausmachen. Prüfend blickte er der Frau in die Augen, konnte jedoch auch keine Erweiterung ihrer Pupillen feststellen. Ihr langes, modisches Kleid war sauber. Die hockhackigen Schuhe wirkten neu. Der große Schmetterlingshut war ordentlich auf gepflegtes, dickes Haar gesteckt.

«Du schnaufen?» wollte die Frau wissen.

«Ob du Schnüffler bist?» interpretierte de Gier.

Grijpstra schien verlegen. Das gefiel der Frau. «Gut», sagte sie, «du netter Typ von Polizei. Ja?» Dann atmete sie direkt vor seinem Gesicht demonstrativ lange aus. «Ich nicht betrunken. Herr aus England ja. Er sauft. Holländisch. Alkoholdreck. Aus Eisschrank.» Sie streckte ein Bein aus, tanzte ein paar Schritte fort, drehte sich wieder um und tänzelte zurück.

Grijpstra kam zu dem Schluß, daß die Klägerin möglicherweise ein wenig verrückt war. Vermutlich nichts Ernsthaftes also. Ihr Liebhaber hatte sich betrunken, sie waren in Streit geraten. Jetzt schlief er in jenem schmalen silbergrauen Haus, das sie ihnen gezeigt hatte. Vielleicht konnte ja sein charmanter Brigadier die nette Dame wieder zu ihrem Herrn aus England bringen, und dann konnten sie, er und de Gier, sich von diesem Fall verabschieden.

«Was hältst du davon?» fragte Grijpstra seinen Brigadier. Eigentlich war es an der Zeit, irgendwo etwas zu essen. Kollegen hatten erzählt, in der Vijzelstraat gäbe es einen neuen Feinkostladen, der nachts geöffnet hatte. Empfohlen wurden Kalbsragoutkroketten, Krabbenbrötchen und eine Gouda-Hausmarke – also, vielleicht konnte de Gier die Dame ja einigermaßen taktvoll und schnell loswerden …

Zur Bestätigung, daß sein Optimismus durchaus berechtigt war, hielt sich Grijpstra noch einmal vor Augen, was sie diesen Abend bereits, ebenfalls mit Ausländern, erlebt hatten.

Er und de Gier waren in der Stadt unterwegs gewesen, als sie zur Wache am Leidseplein gerufen worden waren, wo ein sehr bekümmerter Japaner aufgetaucht war, der ganz dringend um etwas bat, was der diensthabende Sergeant nicht verstand.

«Moshi moshi», jammerte er in einem fort.

«Einen Augenblick, verdammt noch mal», hatte der Diensthabende geantwortet und nach dem Telefon gegriffen, um die Funkzentrale anzurufen.

Die Einsatzleitung hatte einen Rundruf gestartet: «Spricht irgendwer Japanisch?»

6/14 antwortete: «Mein Brigadier spricht Japanisch.»

«He!» hatte de Gier protestiert. «Weiß der Himmel, wo wir da landen! Niemand spricht hier Japanisch. Japanisch kann man gar nicht sprechen.»

«Japaner schon, oder?» fragte Grijpstra. «Und immerhin warst du in Kioto. Du hattest Freundinnen dort und alles mögliche. An irgendwelche Redewendungen wirst du dich schon noch erinnern.»

Der Mann auf der Wache entpuppte sich als ein gutgekleideter, älterer, sehr aufgeregter Herr.

«Dachte immer, Japaner seien Buddhisten», meinte der diensthabende Sergeant in der Wachstube am Leidseplein. Er hatte gerade an einem Abendkurs der Polizeiakademie über ‹Verhalten und Verhaltensweisen asiastischer Touristen› teilgenommen. «Müssen Buddhisten nicht ruhig bleiben? Können sie sich nicht sogar in jeder Lage von allem möglichen Durcheinander distanzieren?» Enttäuschung lag auf seinem Gesicht. «Schauen Sie sich diesen Moshi Moshi-san doch bloß an. Läßt er sich nicht irgendwie ruhigstellen?»

«Moshi moshi!» schrie der Japaner.

«Das heißt ‹guten Tag›», erklärte de Gier. «Er versucht, mit Ihnen ins Gespräch zu kommen.»

Grijpstra hatte den Mann schließlich beruhigt, indem er ihm schützend den Arm um die zierlichen Schultern legte, ihn zu einem Stuhl führte und ihn Platz nehmen ließ, wobei er ihm in leisem Englisch gut zuredete. «There, there, there», sagte er ein ums andere Mal, «your're safe, Mijnheer. Hier sind Sie in Sicherheit. Hier passiert Ihnen nichts.» Er klopfte ihm auf die Schulter. «Sie brauchen nur meinem Kollegen zu sagen, was wir für Sie tun können.» Er senkte die Stimme noch weiter: «Feel free to speaky your own speaky, Sir.»

De Gier verbeugte sich. «Ja, reden Sie ruhig Japanisch, mein Herr. Nihongo. Nihongo ist okay. Japanisch Yoroshii desu.»

Der Japaner war immer noch völlig durcheinander. «Watashi no okusan wa. Doko desu ka? Huh?»

«Ihre Frau?» übersetzte de Gier. «Ihre Frau hat sich verlaufen?»

Der Japaner versuchte mit Armen und Füßen zu erklären, was geschehen war. Er machte kreisförmige Bewegungen und ahmte das Geräusch einer Eisenbahn nach. Dann lehnte er sich nach vorn, als würde er in ein Fenster hineinschauen. Damit wollte er klarmachen, was er gesehen hatte.

«Sie haben sich also Spielzeugeisenbahnen angesehen», sagte de Gier. «Bei De Bijenkorf? Dort habe ich mir letztens auch im Spielzeugschaufenster am Dam die neuesten elektrischen Modelle angeschaut. Sie haben da also längere Zeit davorgestanden und den Eisenbahnen zugesehen? Gemeinsam mit Okusan, mit Ihrer Frau?»

«So desu.» In der Bemühung, sich diesen Fremden mitzuteilen, traten seine Augen hervor, und die Nasenflügel fingen an zu zittern. «So desu ne. Nah?»

De Gier übersetzte für Grijpstra und den Sergeant. «Er sagt: Richtig.»

«Ich habe Sie also soweit richtig verstanden?» fragte er den Japaner freundlich. «Das freut mich für Sie, Mister – Mister Tourist. Turistu-san. Und was ist dann passiert?»

Der Japaner riß seinen Mund weit auf, atmete ein, atmete aus, schloß die Augen, streckte die Arme aus. «Okusan wa.»

«Gegähnt hat sie? Ihre Frau hat sich also gelangweilt, als Sie ewig und drei Tage diesen gottverdammten Spielzeugeisenbahnen zugeguckt haben?»

«Gottverdammu.» Seine Stimmung schien sich zu bessern. «Ha! So desu ne. Nah?»

Jetzt gestikulierte er wieder. Er stand wieder vor dem Schaufenster und beobachtete, wie die elektrischen Eisenbahnen in ihrer Plastiklandschaft zwischen allen möglichen Gebäuden hin und her fuhren.

«Und während Sie der gottverdammu Eisenbahn weiter zugeschaut haben», fragte de Gier, «ist Ihre liebe Gattin, Ihre Okusan, einfach – pffffft?»

«Sooo desu, ne? Nah!» Jetzt war er tatsächlich bei ebenjenem schrecklichen Moment angelangt. Plötzlich zeichnete sich auf seinem Gesicht der Ernst der Lage ab. Gestik und Mimik spiegelten entsetztes Staunen und das Gefühl, für immer und ewig einsam und verlassen zu sein. Hier, schien er dem vor ihm stehenden Brigadier mit Händen und Füßen sagen zu wollen, hier steht das letzte intelligente Wesen mitten im Nichts des Universums.

Turistu-san schlug die Hände zusammen und jammerte.

«Ogottogottogott.»

Den diensthabenden Sergeant jammerte der Schmerz dieses Mitmenschen. Er wandte sich an Grijpstra: «So ein netter Mann. Kann man nicht vielleicht mit Buddhismus nachhelfen? Sie haben doch auch den Kurs gemacht, Adjutant? Was hat der Professor da ständig von diesen *Koan* gefaselt? Irgendwelche unlogischen Sprüche, die alles lösen sollen? Wie das ‹Geräusch von einer Hand›?»

Er hielt eine Hand in die Höhe. «Hier, Mister, verstehen Sie, was das ist?»

Der Japaner machte ein noch unglücklicheres Gesicht.

De Gier sagte zu ihm: «Bleiben Sie hier und machen Sie sich keine Sorgen. Shimpai ga nai yo. Seien Sie ganz ruhig, Tomodachi? Wir sind Freunde, nicht wahr?» Er zeigte auf seine Kollegen. Tomodachi hier. Sie passen auf Sie auf. Freunde – okay?» Er streichelte dem alten Herrn leicht über die Wange. «Ich bin sofort wieder da.»

Der Sergeant ließ Kaffee und Plätzchen bringen. Grijpstra setzte sich neben den Japaner.

«Ihrer Okusan geht es sicher gut», versicherte er.

«So weit kommt es, wenn man sich von einer Frau abhängig macht», sagte der Diensthabende. «Da hat man eine Frau, und sofort verschwindet sie und tut einem weh. Aber weil es in erster Linie darauf ankommt, zu vermeiden, daß einem jemand weh tut – also: keine Frau. Sehen Sie mich an. Ich lebe mit meinen Rotschnabelfinken. Sehen alle gleich aus. Lassen sich ohne Schwierigkeiten ersetzen. Ich habe sie in einem großen Käfig, füttere sie regelmäßig, und sie zwitschern mir ihr Dankeschön zu. Sind alles ganz nette Sänger.» Mit Daumen und Zeigefinger klemmte er sich die Nase zu: «Dankeschön, piep, piep.»

Der Japaner hob den Kopf. «Sooo desu, ne? Nah!»

«Piep, piep?» fragte Grijpstra.

De Gier, der Blaulicht und Sirene am Fiat in Aktion gesetzt hatte, war schon nach zwanzig Minuten wieder da. Er hatte richtig vermutet. Die verlorengegangene Frau, eine aristokratisch wirkende Oberschichtdame, war intelligent und erfahren genug, um nicht auf gut Glück in der Innenstadt herumzulaufen. Sie war zu De Bijenkorf zurückgegangen, hatte sich dort mit dem Rücken an das Spielzeugeisenbahn-Schaufenster gelehnt und gewartet.

De Gier wünschte guten Abend. «Komban wa.»

Ein wenig hochnäsig grüßte sie zurück.

De Gier lächelte. Er zeigte ihr seine Polizeimarke, deutete dann auf das Blaulicht auf dem Wagen, führte Okusan zur Beifahrertür und stand, Haltung annehmend, dabei, bis sie ihre zierliche Figur auf dem Sitz verstaut hatte.

Okusan sprach gebrochen Englisch. «Polizei-san?»

«Hai, hai», sagte de Gier. «Ja, Ma'am.»

«Mein Mann ...», sie unterbrach sich und atmete ein paarmal tief ein und aus, «wie alle Männer, ist I-di-ot.»

De Gier nickte zustimmend. «So desu ne? Nah!»

«Polizei-san? Männer dumm.»

De Gier nickte stärker. «So desu ne? Nah!» Doch seine Antwort war nicht dazu angetan, Okusans Ärger zu bremsen.

Sobald sie ihres Gatten ansichtig wurde, brüllte sie ihn wütend an, und er schrie, in dem Versuch, sich zu verteidigen, ebensolaut zurück.

Der Sergeant stellte sich zwischen die Streithähne.

«Nicht hier, wenn ich bitten darf.»

«Na, na, na», machte Grijpstra, «so schlimm wird es ja wohl nicht sein.»

«Sehr schlimm!» wurde er von Mann und Frau gemeinsam belehrt.

Adjutant Grijpstra gestattete nicht, daß sie sich ein Taxi riefen, bevor sie ihr Problem beigelegt hatten. Er erklärte ihnen, wobei de Gier übersetzte und er selbst mit Händen und Füßen gestikulierte, daß es Aufgabe der Amsterdamer Stadtpolizei sei, ihre Klienten vor sich selbst zu schützen. Außergewöhnlicher Streß während des Urlaubs könne zu anhaltenden Beziehungsproblemen führen. Er wolle jedenfalls verhindern, daß solche netten Menschen hier, in dieser zauberhaften Stadt, Schwierigkeiten miteinander bekämen.

«Geben Sie sich einen Kuß und tanzen Sie miteinander», befahl er.

Die beiden Japaner wollten nicht so recht verstehen, was er meinte.

Jetzt war de Gier an der Reihe. Er erklärte, Urlaub sei etwas, was Spaß mache. Jedenfalls sei er nicht dazu da, glückliche Paare zu entzweien.

«Kuß geben? Tanzen?» fragte Okusan finster. «Wakarikasen. Nicht verstehen. Bitte zeigen?»

Grijpstra und de Gier umarmten sich und tanzten durch den Raum.

«Nicht küssen?» fragte Okusan.

«Nicht auf meinem Revier», sagte der Sergeant.

Die Frau weigerte sich, doch Grijpstra und de Gier blieben hart, ihr Mann verbeugte sich, und der Sergeant salutierte. Schließlich mußte sie lachen.

Die beiden tanzten miteinander und küßten sich tatsächlich, bevor sie ihr Taxi zum Hilton bestiegen. In der Tür verbeugten sie sich noch einmal. «Vielen Dank, arigatoo, auf Wiedersehen, sayonara.»

Grijpstra hoffte, der Fall der tanzenden Dame würde sich ähnlich beilegen lassen. Nur keine Aufregung. Erst einmal fragte er sie nach ihrem Namen.

«Eira-Liisa.»

«Mach du weiter, Brigadier», ordnete er dann an.

De Gier fragte weiter. Grijpstra beobachtete die Frau dabei aufmerksam und notierte sich alles, was in einem möglicherweise fälligen schriftlichen Bericht von Belang sein konnte. Er schrieb, daß es sich um eine elegante Dame handelte, vierzig

Jahre alt, eins fünfundsiebzig groß, sehr gelenkig, sechzig Kilo schwer. Sie hatte eine dreieckige Gesichtsform, und ihr weißblondes Haar war nicht gefärbt. Grijpstra notierte auch, daß ihre Haut ein paar Fältchen zeigte und ihre Augen groß und blau und leicht geschlitzt waren.

«Eira-Liisa?» erkundigte sich de Gier währenddessen. «Was ist passiert?»

Die Frau, die ihre langsamen Tanzbewegungen wiederaufgenommen hatte, sagte mit ängstlicher Stimme: «Ich vergewaltigt. Ich vielleicht Aids jetzt?»

«Kein Gummi?»

Sie wirkte verlegen. «Nicht er. Ich Diaphragma. Ich Frau allein. So immer Schutz.» Und, beschwörend: «Ich vergewaltigt, Inspektor. Herr aus England zeigt mit Kanone auf mich.» Sie schlängelte um ihn herum und schnellte mit einer Hand auf ihn zu.

«Waffe?»

«Penis?» fragte Grijpstra.

Eira-Liisa nickte und schaute zu Boden.

«Was zuerst?»

Keine Antwort.

«Eira-Liisa», hakte de Gier freundlich nach, «bitte, was war zuerst? Waffe oder Penis?»

Sie sah ihn immer noch nicht an. «Penis.»

«Und Sie wohnen zusammen, Sie und der Herr aus England?» fragte de Gier weiter.

Aber die Sache war natürlich nicht ganz so einfach. Weil nämlich jetzt plötzlich die Frau in ihrer Aufregung anfing, in einer anderen Sprache zu sprechen, die nicht mehr so leicht zu verstehen war wie Deutsch und die selbst den sprachbegabten de Gier verwirrte.

«Wie bitte?» fragte er.

Das Martinshorn eines rasch näher kommenden Einsatzwagens trug nicht gerade zur Beilegung der Verständigungsschwierigkeiten bei. Ein verbeulter Volkswagenbus mit Blutspritzern an der Seite, der über die Südseite der Brouwersgracht herangerast war, schlitterte mit quietschenden Bremsen auf den Panda zu. Zwei uniformierte Polizisten sprangen heraus. Kleinwüchsig alle beide und mit der rechten Hand am Pistolenhalfter, standen sie da. Zwei kleine Konstabel, die lautstark abwechselnd abgehackte Sätze von sich gaben.

«Hallo», brüllte Karate.

«Worum geht's?» schrie Ketchup.

«Hatten auf dem Weg hierher eine Schlägerei in einer Bar. Mußten anhalten.»

«Haben Zeit verloren, mußten erst ein paar liberianische Matrosen fertigmachen.»

«Haben sie in die Realengracht getrieben.»

«Hahahaha!» Sie lachten.

«Verzeihung, Adjutant!»

«Verzeihung, Brigadier!»

«Sind aber so schnell wie möglich hergefahren», sagte Ketchup. «Jetzt sind wir da.»

«Stehen zu Diensten», sagte Karate.

Beide salutierten.

«Hallo, Ketchup», sagte Grijpstra.

»Hallo, Karate», sagte de Gier.

«Finnland», sagte die Frau, «ich komme von Finnland. Habe hier Zimmer gemietet. Möchte Bach-Kantaten hören in Sint Nicolaas Kerk. Herr aus England auch hat Zimmer. Selber Zimmer. Eigene Eingangstür. Nicht zusammen. Nur in gleich Haus.»

«Hat der Herr aus England auch einen Namen?» erkundigte sich de Gier.

«Heißt Michael.»

«Woher wissen Sie das?»

«Haben getanzt.» Sie machte einen Wiegeschritt und summte eine Tangomelodie dazu. «In Vestibül? Eingangshalle?»

«Adjutant?» fragte Karate. «Wir haben diesen Funkspruch doch richtig verstanden? Die Dame behauptet, sie sei vergewaltigt worden? Und mit einer Pistole bedroht? Und im Haus hier sitzt ein bewaffneter Verbrecher?»

Beide Konstabel lächelten eifrig. «Können wir den für Sie rausholen? Wird wahrscheinlich mit Drogen handeln. Wir klären die Sache, während Sie – –»

«Hahaha», machte Ketchup dazwischen.

Karate lachte auch und fuhr fort: «... während Sie sich diese charmante Drogensüchtige hinter geschlossenen Türen in ihrem Zimmer weiter vornehmen ...?»

«Er droht mich mit Kanone», sagte die Frau. Mit den Händen zeigte sie, daß die Waffe gut einen halben Meter groß war. Dann deutete sie auf ihren Kopf. «Hier, Kanone auf mein Kopf.»

«Muß eine Art Maschinengewehr sein», sagte Grijpstra.

«Wir holen dieses Ding», sagte Ketchup.

«Vielleicht können wir übers Dach einsteigen», sagte Karate, «oder am Giebel hochklettern.»

«Dürfen wir, Adjutant?»

«Wir gehen alle, und zwar durchs Treppenhaus», sagte Grijpstra.

Eira-Liisa öffnete mit ihrem Schlüssel die Haustür. Dann machte sich das Grüppchen in dem steilen engen Treppenhaus auf den Weg nach oben. De Gier ging voraus, dann kam die Frau. Die anderen folgten mit gezogenen und entsicherten Waffen. De Gier machte ein ernstes Gesicht. Er war darauf gefaßt, daß sie oben von einem durchgedrehten englischen Killer erwartet wurden, möglicherweise von einem wie dem von ihm erst kürzlich zur Strecke gebrachten Bankräuber aus London, der sich nicht hatte ergeben wollen und nach einer Verfolgungsjagd über die Dächer einen Amsterdamer Polizisten erschossen hatte.

Er bedeutete Ketchup und Karate, die schon wieder zu

kichern anfingen, sie sollten ruhig sein. Grijpstra stapfte schwerfällig hinterher.

«Ich erst?» fragte Eira-Liisa, als sie vor der Tür angekommen waren.

De Gier ließ sie an sich vorbei und zielte mit der Pistole über ihre rechte Schulter.

«Sie sind doch Meister im Preisschießen, Brigadier», flüsterte Ketchup, «zielen Sie auf den Kopf.»

«Brigadier?» Das war Karate. «Geben Sie den Warnschuß erst hinterher ab.»

«Schieß ihm die Pistole aus der Hand», ließ sich nun auch noch Grijpstra vernehmen.

«Gewalt», flüsterte die Finnin und schlüpfte ins Zimmer hinein. Vorsichtig, Fuß vor Fuß setzend, näherte sie sich dem Bett.

Grijpstra tastete nach dem Lichtschalter. Das Deckenlicht ging an. Der Engländer unter der Bettdecke bewegte sich nicht. Aus seinem Mund schnarchte, schnaubte und gurgelte es.

Karate und Ketchup stellten sich, die Pistolen im Anschlag, jeder auf eine Seite des Betts.

Grijpstra und de Gier steckten ihre Waffen wieder ein. Sie standen in einem kleinen Wohnschlafzimmer. «Hat Herr aus England von Agentur gemietet», flüsterte die Frau. «Ich auch. Mein Apartment auf andere Seite. Wir oft auf Treppe begegnet.»

«Fucketyfucketyfuck», summten Ketchup und Karate vor sich hin. Grijpstra schüttelte unwillig den Kopf. De Gier lächelte Eira-Liisa an. «Und? Weiter?»

«Nichts fucketyfucketyfuck», erwiderte sie in Richtung Ketchup und Karate. «Nur begegnet, ja?» Sie griff nach Ketchups Schulter und schüttelte ihn heftig. «Du Dummkopf. Sprechen Finnisch? Ja? Nein? Ich Dichterin in Finnland. Bücher gemacht. Nicht selber, Verlag. Du auch? Dichten? Du Ungarisch sprechen? Nein? Ich fließend in Ungarisch. Du Estnisch? Nein? Komi Sprache? Nein? Karelisch? Ludisch? Ich alle Sprachen.»

Grijpstra stieß Karate an. «Entschuldigen Sie sich bei ihr.»

Karate murmelte etwas vor sich hin.

«Lauter, Konstabel!»

«Tut mir leid, Ma'am», sagte Karate deutlich.

Die Frau gab Ketchup einen Stoß: «Du?»

Auch Ketchup entschuldigte sich.

«Besser.» Sie lächelte de Gier an. «Mister Michael und ich begegnen auf Treppe. Er sagen: ‹I don't dare talk to you, you always so quiet, I curious what you're thinking.›»

De Gier nickte.

«Ich sage: ‹Why not ask me?› Er sagt: ‹No. Then I would know. No fun. Mystery would be ending.› Ich sage: ‹Maybe mystery is beginning?›»

De Gier hob die Augenbrauen. «Sie haben ihn ermutigt?»

Eira-Liisa schüttelte den Kopf. «So dumm, so dumm. Beginning von was? Beginning von Ende? Er bitten mich essen gehen. Wir essen in Restaurant. Ich gehe mit nach hier. Hier er trinken. Ich tanzen.»

Die Polizisten schauten auf den noch immer bis über den Kopf in den zerwühlten Decken liegenden Beschuldigten.

«Hallo», sagte de Gier laut.

Jetzt kam ein Kopf zum Vorschein mit wirrem Haar und einem blutunterlaufenen Auge. «Ich träume wohl», sagte der Mann. «Das kommt vom Genever.» Der Kopf verschwand wieder unter der Decke. Man hörte, wie er mit den Lippen schmatzte, während der Körper sich hin und her wand, um die richtige Stellung zum Weiterschlafen zu finden. «Neonazis», murmelte er noch. «Schon wieder ein Alptraum.»

Dann schnarchte er von neuem.

«Hallo!» brüllte de Gier.

«Kanone», sagte die Frau. «Im Bett vielleicht. Sie besser suchen, ja? Sonst er vielleicht schießen.»

«Decke wegziehen?» fragte Karate.

De Gier nickte.

Nun richteten sich zwei Pistolen auf einen nackten Engländer.

«Sir?» sagte de Gier und hielt ihm seine Polizeimarke hin. «Polizei. Können wir bitte Ihren Revolver haben?»

Der Engländer versuchte, mit der Hand seine Blöße zu bedecken, als er sich zum Sitzen hochrappelte. «Revolver?» fragte er erstaunt.

«Kanone», sagte die Frau. «Du mit Kanone drohen. Ich habe Bullen gerufen. Gibst du jetzt Kanone her?»

«Oh for fuck's sake», sagte der Engländer. Dann lächelte er. «Das ist ein Traum, nicht wahr?»

De Gier sagte sehr leise und deutlich: «Hören Sie, es handelt sich hier um eine ernste Beschuldigung. Offensichtlich haben Sie diese Frau hier vergewaltigt und hinterher noch mit einem großen Revolver bedroht. Können wir jetzt bitte diese Waffe haben?»

Der Engländer schaute die Frau an: «Eira-Liisa – wir haben doch nur getanzt!»

«Nur?» fragte sie.

«Wir hätten gern Ihre Waffe», sagte Grijpstra. «Wo haben Sie sie?»

«For fuck's sake», sagte Michael. «Wir haben Tango getanzt. Sie hat gesagt, die Finnen tanzen Tango. Weil sie so schüchtern sind oder so. Tango tanzen, hat sie gesagt, gehört in Finnland zum Ritual.»

Er summte die Melodie vor sich hin und winkte dazu mit der freien Hand im Takt. «Ta-TA-ta-tahh, tatatatata Ta-TA-ta-tahh …»

«Das stimmt», sagte Karate. «Ich hab's im Fernsehen gesehen. Tango ist in Finnland ‹in›. Man tanzt ihn in jedem Café. In den Musikboxen gibt es Tangoplatten. Die Frauen fordern die Männer auf. Man redet nicht miteinander beim Tanzen, aber anfassen kann man sich. Ist eine Art Vorspiel. Spart das Flirten. Als nächstes heißt es dann: Zu mir oder zu dir?»

«Hier. Bei ihm», sagte Eira-Liisa. «Aber was ist mit Kanone?»

«Und Ihre Waffe?» fragte Grijpstra.

«Ach, die –» Der Engländer lachte. «Das war nur ein antiquarisches Stück. Gehört in die Wohnung. Ich habe sie ihr bloß zeigen wollen. Aber was habe ich mit dem verdammten Ding eigentlich gemacht? Gehen Sie dann wieder aus meinem Traum raus, wenn ich sie finde?»

«Bitte?» fragte de Gier.

Der Engländer sprang aus dem Bett und fing an, wie wild im Zimmer herumzulaufen. Er drückte sich an den Polizisten vorbei und stolperte von einer Ecke in die andere. Dabei fegte er von einem Schränkchen einen Teller Kartoffelchips zu Boden. Zeitschriften und Videocassetten folgten. Einen Laptop hielt er in die Höhe und schüttelte ihn heftig. Dann drehte er einen vollen Koffer um und kickte den Inhalt mit den Füßen auseinander. Er schaute in alle Schubladen, warf die Bücher aus dem Regal und rief: «Da ist sie ja endlich! Hier, bitte, da ist deine verdammte Kanone!» Damit schleuderte er eine große Waffe aufs Bett.

Grijpstra nahm das unförmige Ding schnell an sich.

«Ein Prachtstück», sagte Michael. «Ein antiker Vorderlader. Früher haben sie mit Kugeln und Pulver damit geschossen. Er lag hinter den Büchern. Tut mir leid. In Ordnung? Ich hätte nicht so neugierig sein sollen.»

Grijpstra hielt de Gier die Waffe hin. «Brigadier? Was sagst du dazu?»

«Sogenannte Donnerbüchse, ein Vorderlader, wurde bei der Kavallerie eingesetzt. Frühe napoleonische Zeit, würde ich sagen. Dürfte eine der ersten Handfeuerwaffen mit Abzug gewesen sein.»

«Ist der Besitz illegal?»

De Gier schüttelte den Kopf. «Ist ein Sammlerstück, Adjutant.»

Michael kam zu ihnen und griff nach dem Gewehr. «Der Besitzer ist der, dem die Wohnung hier gehört», sagte er. «Ich habe sie schließlich möbliert gemietet. Ich bin Wissenschaftler, genauer gesagt Historiker und Soziologe, und beschäftige mich mit dem letzten Weltkrieg. Eira-Liisa habe ich es schon erzählt. Mein Spezialgebiet sind die kriegerischen Auseinandersetzungen zu Wasser zwischen England und Holland. Und Waffen faszinieren mich.»

«Mein Spezialgebiet ist Van-Gogh-Museum», sagte die Frau. «Und dann noch Bach-Kantaten. Dieser Sonntag Konzert in Sint Nicolaas Kerk.»

Ketchup hob eine Hand in die Höhe. «Ging es hier nicht eigentlich um Vergewaltigung?»

«Vergewaltigung», sagte Eira-Liisa mit rollendem R und starrte Michael an.

«Es war Tango», sagte dieser. «Du hast mir gezeigt, wie man Tango tanzt. Du hast dazu sogar das Tonband aus deinem Zimmer herübergeholt. Erst haben wir getanzt, und dann –»

«Fucketyfucketyfuck», sangen Ketchup und Karate leise.

«He, meine Herren», brummte Grijpstra sie an, «Sie sind gewarnt, nicht wahr?»

Eira-Liisa schluchzte auf: «Jetzt ich Aids.»

«Bestimmt nicht.» Michael schüttelte den Kopf.

«Hundertprozentig nicht. Von mir jedenfalls nicht. Ich bin absolut clean. Das weiß ich, weil ich diesen Sommer nämlich meine Nase begradigen lassen mußte. Das Nasenbein war bei einem Unfall gebrochen und hat mich beim Atmen behindert. Vor der Operation haben sie einen Bluttest gemacht, und es war alles in Ordnung. Ich bin vollkommen gesund, meine Liebe.»

«Aber Huren», schluchzte Eira-Liisa, «Amsterdam voll mit Huren.»

«Würde ich nie wagen, dorthin zu gehen», sagte Michael. «Nein, du bist wirklich die erste, seit ich im Krankenhaus war.» Er lächelte sie an. «Es war schön mit dir.»

«Ich nicht Hure!» Sie stampfte empört mit dem Fuß. «Polizei! Verhaftung bitte!»

«Aber Sie waren betrunken», gab Grijpstra zu bedenken, «und, Mijnheer, Sie haben mit diesem Gewehr herumgefuchtelt.»

«Wissen Sie, es sind ja nicht nur die Finnen schüchterne Menschen. Sie tanzen Tango, wir trinken Alkohol. Normalerweise trinke ich nicht. In der Agentur, von der ich die Wohnung vermittelt bekommen habe, hat man mir gesagt, ich könne, was an Lebensmitteln vorhanden ist, gern aufbrauchen. Und da habe ich diesen dummen Krug gefunden. Ich vertrage zwar ohne weiteres ein paar Bier, aber Genever ist das reinste Teufelszeug. Dieses Amsterdam ist mir so fremd. Die Sprache hier klingt, als ob die Leute krank wären. Die Frauen sind schön und tanzen in den Eingangshallen der Häuser. Das alles macht mich ganz verrückt.» Er ging zum Kühlschrank und öffnete ihn. «Als ich nachsehen wollte, ob es Bier gibt hier, habe ich das da gefunden.» Er holte einen Steinkrug heraus. «Sieht ganz harmlos aus, nicht wahr?»

In Erinnerung an das, was geschehen war, raufte er sich die Haare.

«Hast du alles?» fragte Grijpstra de Gier.

Der nickte. «Jawohl, Adjutant.» Und den Engländer fragte er: «Und was war dann?»

«Nehme an, ich wurde betrunken. Stimmt doch, oder? Ich habe ihr erzählt, daß ich über antike Waffen oder solche Sachen Bescheid weiß, weil ich Historiker bin.» Er richtete die Donnerbüchse gegen ein Fenster. «Dieses Ding schießt nicht mal mehr.» Er drückte den Abzug.

Die Explosion war so laut, daß es allen das Gehör verschlug. Schwarzer Rauch breitete sich im Raum aus, geborstenes Glas splitterte zu Boden. Eine ganze Ladung Nägel und rostiger Eisensplitter ging auf das Wasser in der Gracht hinunter und schreckte die schlafenden Enten auf, daß sie laut zeternd von dannen flatterten. Von der Wand über dem Fenster rieselte Gips. Beim Einatmen der Schießpulverdämpfe fingen de Gier und Eira-Liisa an zu würgen. Karate hustete. Grijpstra keuchte. Der Engländer, noch immer die Donnerbüchse in der Hand, taumelte zurück. Ketchup bekam Schluckauf.

Ketchup und Karate, die sich eine Wohnung mit Blick auf die Amstel teilten, diskutierten beim morgendlichen Frühstück den finnisch-englischen Konflikt noch einmal durch. Karate, erst vor kurzem von einem Urlaub in Torremolinos zurückgekommen, hatte spanische Omelettes gemacht, während Ketchup, der auf den niederländischen Antillen gewesen war, zwei Dosen eisgekühlten Curubasaft öffnete.

«Noch Brot?»

«Bitte.»

«Dann hat Grijpstra den beiden, Eira-Liisa und Michael noch die Pässe abgenommen», sagte Karate. «Aber vermutlich gibt er sie ihnen heute mittag wieder zurück. Im Dobbe Sandwich Shop.»

«Nachdem er sich vergewissert hat, daß sie keine negativen Gefühle mehr aufeinander hegen», sagte Ketchup. «Sind vielleicht Engel, diese zwei. Und wetten, daß de Gier die Rechnung bezahlt?» Er schüttelte seinen schmalen Kopf. «Schade, daß wir den Fall nicht übernehmen konnten, oder?»

Karate war sich nicht so sicher. «Viel hätten wir auch nicht machen können. Im Prinzip waren es ja ganz gutartige Leute, die einfach ein paar Mißverständnissen aufgesessen sind.»

«Gutartige Leute können mir gestohlen bleiben», meinte Ketchup. «Die kann man so schwer filzen.»

Karate war ganz seiner Meinung. «Diese Eira-Liisa hätte mir schon gefallen.»

«Unsere Vorgesetzten spinnen», sagte Ketchup und trug das schmutzige Geschirr in die Küche hinaus. «Die glauben, sie können irgend etwas verbessern. Dabei wird doch alles sowieso immer nur schlechter. Ich finde das ganz schön so. Man kann Geld annehmen von Dieben. Man kann mit hübschen Nutten vögeln. Mir gefällt das.» Ketchup wusch ab. Karate trocknete ab. Er seufzte.

Ketchup hob den Kopf. «Man muß mit der Strömung schwimmen. Aber Grijpstra und de Gier glauben wohl, sie können alles auf den Kopf stellen.»

Karate überlegte. «Glaube nicht, daß sie das glauben.»

Ketchup ließ einen Becher noch einmal ins Wasser zurückplumpsen. «Aber woran glauben unsere sogenannten Vorgesetzten denn dann? Etwa daran, daß der Mensch gut ist, obwohl die Erde selbst schon gegen ihre lieben Bewohner revoltiert? So wie wir beide, als ernsthafte und deshalb zynische Beobachter daran glauben, daß der Mensch böse ist und böse sein muß?»

«Ich glaube nicht, daß die zwei an das Gute glauben», sagte Karate. «Die sind viel zu klug, als daß sie zeigen würden, was sie wirklich denken. Ich habe ihnen einmal zugehört beim Reden, und da kam es mir eher so vor, als würden sie an gar nichts glauben.»

Ketchup grinste. Die Idee erschien ihm witzig.

«Was?» fragte Karate.

Ketchup erklärte, er würde auch gern an nichts glauben. Und daß nichts schöner sei, als wenn man entweder wirklich gut oder aber wirklich böse sei. «Total cool wäre das.» Aber er könne sich eben nicht vorstellen, daß es überhaupt möglich sei.

«Glück hat nur, wer es herausfordert», sagte Karate. «Wir könnten doch mal versuchen, an nichts zu glauben.»

«Glück hat nur, wer es herausfordert», wiederholte Ketchup, während er die Becher, glänzend sauber und mit ordentlich parallel zueinander ausgerichteten Henkeln, im Schrank verstaute. «Glaubst du das wirklich?»

«Was denn sonst?» fragte Karate, der noch eben das Spülbecken saubermachte. «Glück haben doch sowieso nur Leute, die Glück haben.»

Ein paar Stunden später beobachtete Grijpstra, wie Eira-Liisa und Michael etwas hölzern nebeneinanderher fortgingen, nachdem sie ihre Pässe abgeholt hatten.

«Die beiden haben wir nicht dazu gebracht, miteinander zu tanzen und sich einen Kuß zu geben», sagte de Gier, als er vor ihm her auf den Fiat zusteuerte. «Die sind viel zu schüchtern. Aber vielleicht, wenn sie mal wieder miteinander allein sind?»

«Wen kümmert das schon?» fragte Grijpstra.

De Gier summte die Tangomelodie vor sich hin: «Ta-ta-tah ...» und machte ein paar Tanzschritte dazu. Grijpstra hinter ihm tanzte auch. Plötzlich hielt de Gier an und drehte sich blitzschnell um. Grijpstra blieb mitten in einem Wiegeschritt wie zur Salzsäule erstarrt stehen.

«Ich hab's trotzdem gesehen, Adjutant», sagte de Gier.

Deutsch von Elfi Hartenstein

Die T-Zone

«Hör zu», sagte Deputy-Sheriff Wacko, «das war verdammt ernst. Ich war total aufgeputscht, Adrenalin überall, ich wußte, ich war in Gefahr, ich hatte *Angst.*» Wacko berührte seinen schmalen Schnurrbart. «Das Arschloch war *hinter mir her*, Jannie.»

«Also hattest du keine ruhige Hand», sagte ich.

Wacko lachte. «Ich hab achtundzwanzigmal danebengeschossen Jannie, und dann hab ich ihn in der T-Zone erwischt.

Du weißt, was die T-Zone ist?» fragte Wacko.

«Der fünf Zentimeter breite Querbalken des T befindet sich über den Augenbrauen und wird genau in der Mitte von einer Linie geschnitten, die sich nach unten bis zum Nabel zieht», sagte Wacko.

«Wenn du sie da erwischst, sind sie tot», sagte Wacko.

«Ich sag's dir», meinte Wacko.

«Das war ein ziemliches Ding. Ich weiß nicht mal mehr genau, wo ich ihn erwischt hab. Muß doch in der T-Zone gewesen sein, richtig? Denn er ist tot», sagte Wacko.

«Mit meiner neunundzwanzigsten Kugel hab ich ihn erwischt. Mann, Jannie, du hättest dabeisein müssen. Es war eine Schlacht. Ich bin um den Streifenwagen und die Palmen und die Büsche rumgeschlichen, und diese verdammten kleinen Karabinerkugeln pfiffen mir nur so um die Ohren, und sämtliche Scheiben von dem Streifenwagen gingen zu Bruch, und ich hab Barnie immer wieder zugebrüllt, daß er endlich aufhören sollte, und ich hab über seinen Kopf geschossen, und dann hab ich irgendwann angefangen, zu versuchen, ihn wirklich zu erwischen, und dann hab ich ihn erwischt.» Wacko schwitzte. «Hab ihn in der T-Zone erwischt, Jannie.»

Und Barnie hatte Wacko neunundfünfzigmal in jeder Zone verfehlt, dachte ich. Mit einem Karabiner. Ein Karabiner ist ein Gewehr mit einem kurzen Lauf, aber ein kurzer Lauf bei einem Karabiner ist immer noch verdammt viel länger als der Lauf von Wackos Dienstwaffe.

«War Barnie betrunken?» fragte ich.

«Machst du Witze?» fragte Wacko, während er versuchte, seinen Spitzbauch wieder in seine Hose zu zwängen. «Seine Karre ist in Schlangenlinien die ganze Egret Key Avenue runtergefahren. Als ich mein Blaulicht angemacht hab, wollte er immer noch nicht anhalten. Als ich die Sirene eingeschaltet habe, hat er einen so weiten Schlenker gemacht, daß er gegen eine Palme geknallt ist. Das hätte ihn eigentlich stoppen müssen, aber er ist trotzdem rausgekommen und hat mit diesem gottverdammten Karabiner rumgeballert.» Wacko polierte mit einem weißen Taschentuch seinen kahlen Schädel. «Mann, Jannie.»

Ich wußte, daß Barnie nicht besonders viel trank. Ich kannte Barnies Karabiner, ich hatte selbst schon damit geschossen. Es ist ein kurzes Plastikgewehr, Kaliber zweiundzwanzig, von einer brasilianischen Firma in Lizenz von Remington hergestellt. Um die Waffe zu laden, muß man einen Plastikbolzen im Schaft abschrauben und herausnehmen, dann schiebt man nacheinander vierzehn Patronen rein – kleine Dinger sind das – und schraubt anschließend den Bolzen wieder ein. Es ist eine ausgesprochene Fummelei – selbst bei gutem Licht passiert es leicht, daß man Patronen danebenfallen läßt. Außerdem verzählt man sich leicht und drückt zuviel Munition rein, dann hat man keine Waffe mehr, weil der Karabiner dann nicht mehr funktioniert.

Also, da haben wir Barnie, einen siebzigjährigen Mann, der dieses kleine, sauber gearbeitete Präzisionsgewehr in der Dunkelheit mehrere Male genau nachlädt, und er ist *betrunken*?

«Wacko?» fragte ich, öffnete ein weiteres alkoholfreies Bier und schob es über den Tisch auf meiner Veranda. «Hast du die Schüsse mitgezählt?»

«Ja», sagte Wacko, «genau wie beim Basketballspielen. Ich zähle immer mit. Du weißt schon, wenn wir üben.»

Wacko und ich wohnen auf der Egret Key Avenue genau einander gegenüber. Wacko lebt mit einem Haufen Waschbären zusammen, die sich jeden Abend zwischen den Büschen für Hundefutter anstellen, und ich wohne mit Papagei zusammen, der den toten Hund des toten Nachbarn nachmacht: «Wuff wuff, hah-hah-hah, wuff wuff.» Wacko und ich sind gute Nachbarn. Er kommt manchmal morgens rüber, und dann werfen wir Bälle auf den Korb, den ich direkt neben der Zufahrt zu meinem Haus aufgestellt habe. Wir werfen, solange wir treffen. Wir spielen eine Stunde lang. Wer die meisten Punkte hat, gewinnt. Der Verlierer macht Frühstück. Wacko macht gute überbackene Toasts. Meine Spezialität sind Ingwer-Pfannkuchen.

«Ich hab die Schüsse mitgezählt», sagte Wacko. «Sowohl Barnies als auch meine eigenen. Und die Detectives aus Key West haben die leeren Patronenhülsen gezählt, die am Tatort rumlagen. Ich bin auf neunundfünfzig gekommen, indem ich jedesmal gezählt hab, wenn der Karabiner in meine Richtung geballert hat, und die Detectives haben die leeren Patronenhülsen gezählt, die überall auf dem Asphalt rumlagen. Die sind auch auf neunundfünfzig gekommen.»

«Die haben keine nicht abgefeuerte Patrone gefunden?» wollte ich wissen.

Wacko klackerte mit seinem Gebiß. «Wieso?»

«Ich frage mich nur, ob Barnie nicht vielleicht beim Nachladen mal eine Patrone fallen gelassen hat», sagte ich.

«Barnie hat seine Patronen *verschossen*», sagte Wacko. «Auf *mich*.»

Und Barnie war betrunken, dachte ich, und er hat keine einzige von diesen kleinen Patronen fallen lassen, während er den Karabiner nachlud.

«Nee», sagte ich.

«Irgendwas nicht in Ordnung?» fragte Wacko.

Wir frühstückten zusammen, und ich schob den Teller mit Pfannkuchen über den Tisch. Es war zwei Tage nach der Schießerei, die mit Barnies Tod endete. Barnie starb um neun Uhr morgens am Ende der Egret Key Avenue in der Nähe des Ödlandes, der Magrovensümpfe, wo es von ziemlich üblem Ungeziefer nur so wimmelt. Wacko war in dieser Gegend auf Streife, fuhr ziellos herum, hielt die Augen nach Pärchen offen, die Müll aus ihren Wagen warfen, und dann hatte er Barnies weißen Caddie herumrasen sehen.

Barnie ist ein Fischereiflottenbesitzer im Ruhestand aus Maine, der seine einsamen Winter hier unten in einem luxuriösen Haus ganz in der Nähe verbringt, an der Küste von Egret Cove: ein kleines Stachelschwein von einem Mann, aber im großen und ganzen schon freundlich, wenn man höflich mit ihm redete. Ich mache manchmal kurz an seinem Steg halt, wenn ich draußen rudere. Wir prahlen dann über die paar Investitionen, die wir in unserem Leben gemacht haben und die gut gelaufen sind, und trinken Eiskaffee. Beim letztenmal hat er mir auch seinen Karabiner gezeigt.

«Ein Eskimogewehr, Jannie», sagte Barnie. «Der Eskimo in Alaska nimmt es in seinem Kajak mit raus, und wenn es naß wird, dann schüttelt er die Feuchtigkeit einfach raus, wird's mal schmutzig, schießt er den Dreck raus, erlegt den einen oder anderen Seehund, den er braucht, um über den Winter zu kommen. Schießt nie daneben. Viel besser als Pfeil und Bogen.»

Dann stellte er in zehn Meter Entfernung ein paar Büchsen auf, und ich traf jede einzelne voll in der Mitte. Ich bin wirklich kein besonders guter Schütze, aber bei diesem Karabiner spielte das keine Rolle.

Barnie war der letzte Raucher. Er band ein leeres Marlboro-Päckchen an ein paar Meter Angelleine, die an einem Palmwedel befestigt war, zielte sorgfältig aus ziemlicher Entfernung, traf das Päckchen genau ins Rote. Guter Schuß.

Barnie verfehlte Wacko neunundfünfzigmal?

«Mann», sagte Wacko. «Ich *kannte* den Burschen. Der übellaunige komische alte Kauz *wohnt* auch noch hier. Wieso muß ich ausgerechnet einen komischen alten Kauz, der mir persönlich bekannt ist, voll in der T-Zone erwischen, häh?»

Weil du's so wolltest, Wacko, dachte ich, aber sicher war ich mir nicht. Aber die Zweifel schlichen sich doch ein. Die Zweifel sagten, daß es nicht nur Wackos Verstand gewesen war, der seine .375er Dienst-Magnum lenkte, die Barnie getötet hatte. Es war nicht mal so sehr Giulianos Verstand. Was Barnie höchstwahrscheinlich umbrachte, war vermutlich ich.

Wieso Wacko als meinen verlängerten Arm benutzen?

Wacko besitzt Phantasie. Er behauptet, er wäre irrtümlicherweise auf einem verrückten Planeten Mensch geworden. Er sagt, er fände es hier einfach zum Kotzen. Ich habe ihm gesagt, er haßt diesen Planeten nur, weil seine Frau als Gegenleistung für einen ausländischen Sportwagen mit Getriebeschaden und einen Haufen Trump-Papiere zu ihrem fetten Chef gezogen ist, und Wacko sagt, das wäre schon richtig so, aber es wäre auch wegen all dem Müll, der die Meere verpestet, und wegen der toten Augen der Mexikaner, die ihn während seines letzten Urlaubs bedient hätten, und wegen der fundamentalistischen Fernsehpredigten und wegen all der anderen bösen Burschen, die den Ölpreis manipulieren. Wacko will, um seinem Protest ein sichtbares Zeichen zu geben, einen bösen Burschen umlegen. «Nur einen einzigen.»

Wacko hat mir das erzählt, nachdem er wieder mal morgens beim Basketball verloren hatte.

«In die T-Zone?» fragte ich.

«Genau», sagte Wacko. Er ging über die Straße rüber zu seinem Haus, um das Buch über *Überlebenstechniken auf der Straße* zu holen, das er sich aus einem Katalog für Polizeibedarf bestellt hatte. Da war das Bild von einem nackten Mann mit einem Bart, der mit einer Kanone zielte, und man konnte die Gedärme und die Leber und die Lunge sehen, aber das waren nicht die Stellen, wo man ihn erwischen mußte, um das Arschloch aufzuhalten. Man mußte ihn in der T-Zone erwischen, von der Stirn aus genau in der Mitte runter: Nase, Mund, Brust, Oberbauch. Wacko sagte, er hätte mit Papierzielscheiben geübt. Er sagte, die Papierzielscheiben hätte er sauber getroffen.

Ich erinnerte mich, wie ich Barnie erzählte, zwischen Eiskaffeetrinken und Bierbüchsenschießen, daß Deputy-Sheriff Wacko gerne «einen einzigen bösen Burschen» umlegen wollte, und daß Barnie das prima fand. Ich sagte ja schon, daß Barnie ein Stachelschwein von einem Mann war. Überall um seine kleinen Blaubeeraugen herum hatte er Haare. Normalerweise ist er eher bärbeißig, aber Wackos Wunsch schien ihn doch sichtlich aufzuheitern.

«Wacko ist der Bursche mit den Waschbären und der Frau, die ihm durchgebrannt ist?» fragte Barnie. «Der verrückte Cop, der in dieser Müllkippe von einem Turm wohnt, den er sich aus Plunder zusammengebastelt hat, der am Strand angeschwemmt worden ist?»

Ich sagte, ja, genau der.

«Und er würde sich besser fühlen, wenn er nur einen einzigen bösen Burschen umlegen könnte?»

Ich sagte, ja, auch das wäre richtig.

«Prima», meinte Barnie.

«Ich hab dich auf der Brücke gesehen», sagte Barnie, «wie du mit Giuliano geangelt hast.»

Ich sagte, ja, da hätte er richtig gesehen.

«Ich hab Giulianos Hund aufgeknüpft», sagte Barnie. «1945. Ein flauschiger kleiner Köter, der auf den Namen Button gehört hat. Süßer kleiner Hund. Nette Ohren. Ich hab ihn aufgeknüpft.»

Ein längeres Schweigen trieb vorbei, füllte den weiten Himmel über Egret Cove.

«Hast Giuliano dir mal davon erzählt?» fragte Barnie.

Pelikane stürzten sich auf der Jagd nach Fischen in die Bucht. Ein Fregattvogel glitt mühelos und leicht über uns weg.

«Macht mir schlechte Träume», sagte Barnie.

Zwei Geier flatterten vorbei.

«Dann will Wacko also nur einen einzigen bösen Burschen umlegen?» fragte Barnie. Das war ein übler Augenblick. Wäre es ein Film gewesen, würde jetzt irgendeine düstere Musik aus dem Lautsprecher des Fernsehers triefen. Man wüßte genau, daß jeden Moment was ganz Scheußliches passieren würde, Ereignisse, die man sich vage vorstellt und von denen man weiß, daß der Regisseur es nicht zulassen wird, daß sie vom Bildschirm auf deine armen unschuldigen Augen einschlagen werden – aber dann passiert es doch. Das Problem mit Regisseuren ist, daß sie ihr Publikum nicht um Erlaubnis fragen, und das Problem mit Barnie war, daß er mich um Erlaubnis bat, und das Problem mit mir war, daß ich grunzte. «Ächz, ächz.» Als wäre ich einverstanden.

Giuliano meint, ich sehe genau so aus, wie er sich Gott vorstellt. Ich sage, ich sehe wie ein Reiher aus. Ich bin groß und dünn, habe spindeldürre Beine und lange Affenarme, die an meinen Seiten baumeln, und meine Stirn ist hoch, und ich habe jede Menge lange graue Locken in meinem Guru-Bart. Meine Stimme ist tief, was bei einem so in die Länge gezogenen mageren Burschen ziemlich albern wirkt. Hier auf den unteren Keys haben mich ein paar noch albernere Leute in ihre Legende eingebaut. Sie projizieren alle möglichen tieferen Einblicke und Zauberei in meine in weite Kleider gehüllte Gestalt, die auf neubesohlten Sandalen durch die Gegend flattert. Da ich nun mal eitel bin, habe ich nie etwas gegen die Metaphorik unternommen, die dumme Menschen scheinbar anturnt. Tatsächlich unterstütze ich all diesen Unsinn noch dadurch, daß ich bei

Mondschein draußen in der Bucht herumrudere und singe und Bongos spiele, in einer Hütte meditiere, die Wacko in der Form eines Tipi gebaut hat, und mit endloser Geduld den Monologen der Leute zuhöre. Manchmal grunze ich. Die Grunzer werden dann als Zustimmung interpretiert. Ich grunzte, als Wacko sagte, er wollte seinen bösen Burschen erledigen – nur einen einzigen –, und ich grunzte, als Barnie von sich gab, daß Wackos mörderischer Wunsch prima wäre, und ich grunzte nicht, als Giuliano erzählte, er hätte ein schlimmes Herz und er könnte jeden Augenblick abkratzen und daß er deshalb vielleicht eine Entschuldigung hätte, wenn er Barnie ungeschoren davonkommen ließ. Giuliano ist in einem Stall auf Sizilien auf die Welt gekommen, und ein Schwein setzte sich auf sein Bein und zerquetschte es dabei ein bißchen. Aufgewachsen ist er in New York. Als der Zweite Weltkrieg ausbrach, verhinderte das teilweise gelähmte Bein, daß er zum Militärdienst eingezogen wurde. Alle seine Brüder marschierten in Italien ein und kämpften gegen die Faschisten, während Giuliano das Geschäft der Familie am Laufen hielt, indem er die US Navy vor Manhattan mit Ladys und Alkohol versorgte. Um das tun zu können, beteiligte er Barnie an der Sache, der damals bei der Küstenwache war, die den Hudson River überwachte.

«Tja, und dann hab ich einmal nicht bezahlt», erzählte mir Giuliano, als wir zusammen auf der Flagler Bridge Rotaugen angelten, «und Barnie hat mich gewarnt. Aber alles lief schief, und ich kriegte einfach kein Bares zusammen. Also hat Barnie mich wieder gewarnt. Und als nächstes baumelte dann Button von einem Dachsparren des Speichers in Tribeca, von dem aus ich meine Geschäfte machte.»

Hunde waren gute Burschen. Ich stimme mit Wacko darin überein, daß der Homo sapiens der schlimmste Fehler der Evolution und daß es bei Hunden ganz anders ist. Hunde begrüßen dich, wenn du nach Hause kommst, und sie kuscheln sich an deinen Rücken, wenn er dir weh tut, und sie grinsen doof, nachdem sie zuerst kräftig gebellt haben, weil der Wind jetzt schlecht steht und du dich nicht rührst, und sie denken, vielleicht bist du am Ende der Einbrecher, und was jetzt?

Hunde sollten nicht von Dachsparren baumeln.

Giuliano hat sich auch nach Egret Key zurückgezogen. Er hat sich von einem Architekten eine protzige Villa im Ibiza-Stil bauen lassen. Er fährt einen Rolls. Er hat eine Frau, die wie seine Enkelin aussieht und früher mal Model war. Sie macht gute Arbeit. Giuliano ist kerngesund, mal abgesehen von seinem Herzen, an dem die besten Chirurgen eine Bypassoperation durchgeführt haben, das aber trotzdem immer noch nicht richtig funktionieren will. Bei all dem Luxus und dem Angeln und dem Sex und seinem körperlichen Problem machte Giuliano vor Begeisterung keinen Satz, als das Schicksal ihm Barnie fünfundvierzig Jahre zu spät präsentierte.

«Ich hätte ihn damals umlegen sollen», sagte Giuliano, «aber der Krieg war vorbei, und meine Brüder brauchten mich im freien Sizilien, um Armeebestände an die Armen zu verkaufen, und Barnie wurde aus dem Dienst entlassen, und ich hab's aufgeschoben, und *du* weißt ja, wie's eben so geht.»

Ich grunzte nicht. Angenommen, irgendwas würde Papagei zustoßen. Angenommen, ich würde eines Tages nach Hause kommen, und Papagei würde nicht kläffen und jappen, sondern an einem Dachsparren baumeln. Angenommen, ich würde das durchgehen lassen.

«Hat Barnie eine Schlinge benutzt?» fragte ich.

«Eine meiner eigenen Seidenkrawatten», sagte Giuliano. «Barnie glaubte, ich würde zur Mafia gehören, und so was macht die Mafia eben, schreckliche Sachen, du verstehst? Gib ihnen, was sie verstehen. Aber ich hab nie irgendwelche schrecklichen Sachen gemacht.»

Giuliano legte seine Hand auf sein Herz. Er seufzte.

In letzter Zeit mache ich taoistische Übungen, verbrenne Kräuter, rezitiere Mantras auf chinesisch und stehe auf einem

Bein. Dadurch soll man angeblich die Träume anderer Menschen sehen können. Ich sah, wie Giuliano sich in den Mafiahimmel träumte, und der Padrone wollte ihm keine Wolke geben, auf der er sitzen konnte.

«Du würdest doch nicht die ganze Ewigkeit immer nur rumstehen wollen, ohne eine Wolke zu haben, auf der du sitzen könntest», sagte ich.

Giuliano warf mir seine komischsten Blicke zu. Manchmal hätte er mich gerne ersetzt, aber, wie auch im Fall seiner reizenden Frau, mit steigendem Alter wird es immer schwerer, seine Umwelt auszutauschen. Als sein einziger Freund bin ich bereit, zu ihm rüberzukommen und seine Tintenfischsoße auf Spaghetti zu genießen, und ich fahre ihn auch zu seinen Untersuchungen ins Krankenhaus, wenn Katarina ihre Massage hat oder gerade eine Wiederholung von «Die Schöne und das Biest» läuft oder wenn sie sich nackt auf der Terrasse hinter dem Haus sonnt und der rote Touristendoppeldecker aus Key West seine Kreise am Himmel zieht.

Wir beließen es dabei. Ich grunzte nicht. Ich ging still nach Hause. Und jetzt war Barnie von Wacko umgelegt worden.

Irgendwo fehlte da ein Verbindungsglied.

Am Morgen nach Barnies Selbstmord fühlte Giuliano sich besser. Er lag in seiner Hängematte, und Katarina lief auf hockhackigen Schuhen herum und servierte Fruchtsaft.

«Was ist passiert?» fragte ich.

«Giuliano hat's versucht», sagte Katarina. «Wirklich, Jannie, er hat's versucht, aber irgendwas war mit seiner Kanone nicht in Ordnung.»

Katarina verbrennt nie irgendwelche Kräuter, singt auch keine Mantras oder stellt sich auf ein Bein, und *trotzdem* kann sie meine Träume lesen. Vielleicht ist es bei Frauen anders.

Giuliano besitzt eine Walther PPK, genau wie James Bond. Eine Walther wird von den Deutschen so gemacht, wie die Deutschen die Walther auch früher schon gemacht haben. Eine

Walther liegt in deiner Hand, und man berührt nur ganz leicht den Abzug und *Wammm!* – voll in die T-Zone. Es ist eine Waffe von der Sorte, die sich ganz von allein genau ins Ziel richtet. Man kann gar nicht danebenschießen. Nicht mal Bypass-Giuliano konnte danebenschießen.

«Paß auf», sagte Giuliano, « es war mehr, als daß nur die Kanone nicht funktioniert hat. Hör zu, Jannie. Zuerst taucht Barnie hier auf. Wieso muß er sich ausgerechnet auf Egret Key zur Ruhe setzen? Es gibt eine ganze Menge Keys.»

Das hatten wir alles schon mal durchgekaut. Giuliano ist fromm, er glaubt an eine lenkende Hand, an Wachsen durch Leiden, an das Flammenschwert, an die blinde Dame mit der Waage, an das Schicksal, sag irgendwas, und schon faltet Giuliano seine Hände und fängt an, leise vor sich hin zu murmeln.

Katarina sagt, das liegt daran, daß er alt und sein Herz schlecht ist.

«Also, was mache ich?» sagte Giuliano. «Ich mache das einzig Richtige. Ich hätte einen Killer auf ihn ansetzen können, aber ich hab's selbst versucht.»

«Um zu zeigen, daß es ihm leid tat», sagte Katarina, als sie mehr Saft brachte. «Aber da war das Problem mit der Kanone.»

«Bitte», sagte Giuliano, «zieh dir was über und unterbrich mich nicht. Mit der Kanone war noch alles in Ordnung, als ich hier aufbrach, um meine Pflicht zu tun. Alles war bestens. Halb sechs morgens. Die Sonne war noch nicht aufgegangen. Kein Mensch unterwegs. Ich nahm mein Fahrrad, nicht den Wagen. Kein Laut.»

«Du hast ein Fahrrad?» fragte ich.

«Zum Training», sagte Katarina. «Er trainiert nie.»

«Bitte», sagte Giuliano. «Ein guter Hit geht schnell, einfach: *Hi-Peng-Bye*.»

«Kein Peng», sagte Katarina.

«Kein Peng», sagte Giuliano. «Ich sagte: ‹Morgen, Barnie.›

Er lag im Bett, setzte sich auf, erwartete mich vielleicht, ein alter Mann, alte Männer werden früh wach, und ich sage: ‹Alles klar? Und ab geht's› und drücke den Abzug, und nichts passiert.»

«Du hast nicht entsichert?» fragte ich.

«Genau das hat Barnie auch gesagt», sagte Giuliano. «Also habe ich das sofort nachgeprüft. Die Waffe war entsichert. Ich versuchte es noch mal: kein Klicken, absolut nichts.»

«Laß die Kanone mal sehen», sagte ich.

«Genau das hat Barnie auch gesagt», sagte Giuliano, «also hab ich sie ihm gegeben.»

Ich grunzte. Ich konnte es jetzt ganz klar und deutlich sehen. Es war immer noch zum größten Teil ich, aber die anderen spielten auch eine gute Rolle. Giuliano wollte meine Zustimmung, daß er Barnie nicht umgelegt hatte, als dieser Button aufgeknüpft hatte (He, Giuliano ist alt, he, Giuliano ist krank) – und ich grunzte nicht. Wacko wollte meine moralische Unterstützung, als er seinen Wunsch äußerte, «nur einen einzigen bösen Bruschen» umzulegen – und ich grunzte. Barnie wollte meine Zustimmung, daß er sich Wacko ans Messer lieferte, falls Giuliano weiterhin kneifen sollte – und ich grunzte. Daher war es zum größten Teil ich, der diese rachsüchtigen Ereignisse ausgelöst hatte, aber ich habe immer noch das Chaos, das mir den Rücken stärkt, da war immer noch der Zufall im Spiel, waren immer noch die Götter, die Würfel spielten. Der Beweis? Die Walther war nicht losgegangen. Das gefiel mir. Ich meine, es macht mir nichts aus, daß ich nur den größten Teil dazu beitrage, wenn diese großen moralischen Entscheidungen gefällt werden, aber es ist schon nett, einen Anteil am Schicksal zu haben.

«Du hast Barnie die Kanone gegeben, mit der du ihn erschießen wolltest, die dich dann aber im Stich ließ», sagte ich.

«Klar», sagte Giuliano, «also hat er sie repariert.»

«Was war denn nicht in Ordnung?» fragte ich.

Giuliano zuckte mit den Achseln. Er erklärte, es hätte nicht an der Kanone gelegen. Eine Unebenheit am Rand der Patrone ließ das tödliche Projektil im Verschluß hängenbleiben. Barnie schnipste das Ding raus, und die nächste Patrone sprang aus dem Magazin hoch und schob sich anstandslos in die Kammer.

«Barnie hat dir die Kanone zurückgegeben?» fragte ich.

«Aber dann konnte Giuliano es nicht mehr tun», sagte Katarina. «Findest du das nicht nett?»

Ich grunzte.

Kurz danach versagte Giulianos Herz. Wacko, Katarina und ich streuten seine Asche in die Bucht. Wußten sie, daß sogar die Asche von bösen Burschen sich rosa verfärbt, während sie in trägen Wirbeln zu den Korallen hinuntersinkt? Wacko bekam zwei Monate Urlaub, die Hälfte davon bezahlt, und gegen Ende seines Urlaubs kam ein junger Hund auf seinen Hof geschlendert. Das Hündchen sieht aus wie Barnie: erinnert an ein Stachelschwein, ist mürrisch, bärbeißig, unterdrückt demütig, aber irgendwie, auf seine eigene Art und mit allen gebührenden Vorbehalten, ganz und gar nicht lieblos. Wackos wilde Waschbären waren einverstanden, Barnie II an ihr Hundefutter zu lassen.

Also ist das schon okay. Keiner von uns hat dem menschlichen Barnie verziehen, aber wenn er als Hund zurückkommen will, finden wir uns mit seiner neuen Gestalt ab. Wenn Wacko Dienst hat, nehme ich den neuen Barnie in meinem Boot mit raus. Er mag es nicht besonders, aber es ist immer noch besser, als auf Wackos Hof allein gelassen zu werden. Er ist gegen Flöhe allergisch, aber Katarina wäscht ihn mit medizinischem Shampoo. Auch das mag er nicht besonders.

Was er allerdings sehr gerne macht, ist, Papagei besuchen zu kommen und gemeinsam mit ihm zu kläffen und jappen.

Deutsch von Jürgen Bürger

Saito und die Füchsin

Das Mädchen sagte «Guten Morgen» und «Entschuldigen Sie bitte», aber keibi Saito hörte sie nicht. Sie hatte eine tiefe Stimme, und das Geknatter der am Zaun entlangrasenden Mopeds mit ihren defekten Schalldämpfern zerfetzte ihre melodischen Worte. Außerdem war Saito beschäftigt. Er hatte am frühen Morgen Holz gehackt und stapelte jetzt die ordentlich gespaltenen Birkenscheite in einem Schuppen am Zaun auf. Das Mädchen kam näher, betrachtete den keibi und lächelte bei dem Anblick. Saitos kräftiger Körper war nur in enge Jeans gekleidet. Schweiß glänzte auf seinen schwellenden Schultern und Brustmuskeln.

«Guten Morgen, Saito-san.»

Die störenden Explosionen des letzten Mopeds knatterten in der Ferne. Er schob den Tuchstreifen aus Baumwolle hoch, den er um das Haar gebunden hatte, damit ihm der Schweiß nicht in die Augen rann.

«Wie? Wer sind Sie? Wie lange sind Sie schon hier?»

Sie lachte. «Ich bin Hamada Yoschiko und erst seit einer Minute hier. Entschuldigen Sie, daß ich Sie störe.»

Er verbeugte sich. «Sie stören mich nicht. Saito Masanobu, zu Ihren Diensten. Ach, bin ich froh, daß die Mopeds weg sind! Ich bin sicher, die sind auf dem Weg zu irgendeinem Rennen. Die kommen hier jeden Sonntagmorgen vorbei. Denen gefällt es, den Frieden zu stören. Was kann ich für Sie tun, Hamada-san?» Er warf einen Blick auf seine Uhr. «Sie sind tatsächlich eine frühe Besucherin. Ich habe noch nicht einmal gefrühstückt.»

Er fragte sich, ob er sie ins Haus bitten sollte. Die Anwesenheit seiner erst vor kurzem eingestellten Haushälterin Oba würde jede Unterstellung verhindern, er sei zu zudringlich einer jungen Dame gegenüber. Bevor die alte Frau bei ihm arbeitete, war es anders gewesen – wenn er Damen in seine Privatgemächer einlud, hatte ihn das in alle möglichen Schwierigkeiten gebracht. Entweder waren die Gäste beleidigt wegen seiner Gastfreundschaft, oder sie erwarteten, daß er zudringlich wurde. Falls er es jedoch wurde, gab es selbstverständlich neue Schwierigkeiten: Telefonanrufe, Briefe, hysterische Ausbrüche. Die gute alte Oba – kein besonders schöner Anblick, gebeugt, mit einem schiefen Gebiß, manchmal ein schlechtgelauntes Ungeheuer. Er hatte sie mit all ihren Eigenschaften übernommen, ihren Vor- und Nachteilen, als sein Onkel sie ihm hinterließ.

Oba, Haushälterin erster Klasse, Zeugnisnote Eins. Er erkannte sein Haus in diesen Tagen kaum wieder. Sie hatte das zerrissene Papier in Schiebetüren und Fenstern erneuert, jede einzelne Strohmatte gereinigt und gelüftet, unter der Papierrolle mit der Kalligraphie seines Großvaters frische Blumen arrangiert. Sie hatte alles wiedergefunden, was im Laufe der Jahre verlorengegangen war, in denen er in diesem großen Haus gelebt hatte. Seine Eltern, die bei einem Autounfall gestorben waren, hatten es ihm hinterlassen. Sie hatte den eigentlichen Geist des Hauses wiederhergestellt. Dazu kam ihre vortreffliche, feine Kochkunst. Er freute sich jetzt wirklich auf das Frühstück.

Er schaute das Mädchen an. Er hatte keine Ahnung, wer sie war, aber sie schien in seltsamer Weise achtbar zu sein. Die westliche Kleidung paßte gut zu ihr. Er bewunderte die kurze Jacke und die Bluse, die einen sehr üppigen Busen bändigte. Ihm gefiel besonders ihr Gesicht, beinahe dreieckig unter dem langen Haar. Saito hatte nie das traditionelle japanische Frauenideal geschätzt, das ein längliches Gesicht, einen winzigen Mund und einen langen Hals vorschrieb. Der Mund des Mädchens war voll und feucht unter den vorstehenden Bakkenknochen und den riesigen, auffallend schräg stehenden Augen. Er meinte, er hätte sie schon einmal gesehen. Nicht sie, aber jemanden wie sie. Da er das Bild, das ihm im Sinn schwebte, nicht festhalten konnte, runzelte er wütend die Stirn. Da. Die Füchsin selbstverständlich, die Fuchsgöttin. Das ganze Bild, das so gut bekannt war, paßte sofort zusammen. Er sah den kleinen Tempel im Osten der Stadt, den er mehrmals im Jahr besuchte, um die seltsame Erscheinung zu bewundern, die hinten in einem Altarschrein thronte – eine Füchsin von doppelter Lebensgröße, aufrecht und gelassen, die Augen zu einem nach innen gerichteten Lächeln halb geschlossen, die geschmeidige Brust mit einem leuchtendroten Lätzchen geschmückt.

«Entschuldigen Sie, keibi-san», sagte das Mädchen, «ich weiß, dies ist kein guter Zeitpunkt für einen Besuch, aber ich wollte mich Ihnen nicht in Ihrem Büro aufdrängen und hoffte, Sie würden nichts dagegen haben ...»

Er trocknete sich das Gesicht mit einem Taschentuch. «Sie haben ein Problem?»

«Ja.»

«Kommen Sie mit ins Haus, um es mir zu erzählen. Wir können zusammen frühstücken. Ich bin sicher, meine Haushälterin hat genug für uns alle gekocht.»

«Wird sie nicht überrascht sein, wenn Sie eine unbekannte Frau ins Haus bringen?»

Saito grinste. Das Mädchen lächelte. «Es ist nicht das erste Mal, nicht wahr? Mein Vetter sagt, Sie seien ledig.»

«Ihr Vetter?»

«Er heißt ebenfalls Hamada, er ist dschunsa in Ihrem Präsidium. Ich nehme nicht an, daß Sie ihn kennen, aber er kennt Sie und sagt, Sie seien der intelligenteste und aktivste Offizier in dem Haufen.»

Saito verneigte sich. «Ihr Verwandter muß sich irren. Obasan!»

Die Tür hinter dem Balkon glitt seitwärts. «Ja, Saito-san?»
«Wir haben einen Gast, Oba-san – Hamada Yoschiko-san. Würden Sie sich mit ihr unterhalten, während ich mich wasche und umziehe?»

Saito duschte und suchte sich zerstreut einen dünnen Baumwollkimono aus, in Gedanken bei seinem Gast. Hamada dürfte intelligent sein, urteilte er, aber nicht sehr gebildet. Sie dürfte zum unteren Mittelstand gehören und nur die Grundschule besucht haben. Sie sprach im Singsang des hiesigen Dialekts, den die meisten während ihrer Gymnasialzeit ablegen, aber die Art, wie sie ihre Worte formulierte und sich gab, sowie ihr seltsames Füchsinnengesicht fesselten ihn.

Oba hustete vor der Badezimmertür. «Ihre Hausschuhe stehen im Korridor, Saito-san.»

«Ja, ich komme», versicherte er.

Als er das Eßzimmer betrat, sah er, daß das Mädchen zurückhaltend hinter dem niedrigen Tisch kniete, den Rücken gerade, die Hände im Schoß. Die gefüllten roten Schüsseln gefielen ihm. Oba hatte eine ganz schöne Schau abgezogen, ein zweites komplettes Frühstück mit vielen Beilagen. Er betrachtete die Mixed Pickles, die gebratenen kleinen Pilze und das Stück gegrillten Tintenfisch.

«Eier sind da, Saito-san, Rührei auf amerikanische Art.»

«Großartig!» sagte er.

Oba verbeugte sich und ging aus dem Zimmer.

«Sie haben ein schönes Haus», sagte das Mädchen. «Ißt Ihre Haushälterin nicht mit Ihnen?»

«Nein, sie ist altmodisch. Essen Sie bitte, und vergeben Sie einem einsamen Junggesellen seine schlechten Manieren.»

Sie äußerte den korrekten Widerspruch, und er antwortete mit einer weiteren höflichen Bemerkung. Es war noch nicht nötig, den Grund ihres Besuchs anzusprechen; sie würde schon rechtzeitig damit herausrücken.

Als die meisten Schüsseln leer waren, legte das Mädchen die Eßstäbchen hin. «Es gibt da eine unangenehme Sache. Haben Sie etwas dagegen, wenn ich sie Ihnen jetzt erzähle?»

«Bitte, erzählen Sie.»

«Es ist eine ziemlich lange Geschichte.»

«Das macht nichts.» Innerlich war Saito gereizt. Er hatte seinen Tag geplant. Er wollte die Schiebkarre reparieren, im Garten lesen, mit seinem alten Motorrad aufs Land fahren; er hoffte, die Geschichte werde nicht zu lang sein. Was konnte es schon sein? Aus welchem Grund würde eine anständige junge Dame einen keibi von der Mordkommission Kioto an seinem freien Tag wohl besuchen?

«Ich wurde vergewaltigt», flüsterte Hamada.

«Aha», sagte Saito traurig. «Wann?»

«Gestern abend im Daimon-dschi-Tempel, gegenüber dem kleinen Laden meines Vaters.»

«Gestern abend? Warum sind Sie nicht sofort zur Polizei gegangen? In der Gegend ist eine Wache. Ich kenne ihren Chef – er ist ein guter Mann.»

«Ich wollte meine Situation zuerst überdenken. Wissen Sie, ich kann nichts beweisen. Es gab zwar Zeugen, aber die genossen den Anblick.»

Saito nippte an seinem Tee und warf über den Tassenrand hinweg einen Blick auf das Mädchen.

«Die Mönche haben mich vergewaltigt – zwei von ihnen. In dem Tempel sind fünf Mönche. Die anderen drei standen dabei. Ihr Lehrer war nicht da. Einer der Mönche rief mich herein. Ich kenne ihn seit Jahren, er gilt als heiliger Mann, deshalb war ich nicht mißtrauisch. Er sagte, er wolle mir etwas zeigen. Aber als ich auf dem Tempelgelände war, schloß er das Tor und schleppte mich zu einem der Gebäude. Er hatte getrunken. Ich versuchte, mich zu befreien, aber er hielt mich fest. Schreien konnte ich nicht, weil er mir die Hand auf den Mund gepreßt hatte. Darf ich mir eine Zigarette anstecken?»

Saito schob seine Zigaretten über den Tisch und zündete ein Streichholz an. «Sie brauchen mir die Einzelheiten nicht zu erzählen.»

Sie inhalierte den Rauch tief. «Es gibt keine besonderen Einzelheiten. Er vergewaltigte mich, einer der anderen Mönche tat es ebenfalls. Sie waren betrunken und plump. Ich wurde nicht verletzt. Ich bin keine Jungfrau und nehme die Pille, eine Schwangerschaft wird es also nicht geben. Ich verteidigte mich nicht und verhielt mich, als hätte ich nicht zuviel dagegen einzuwenden. Ihre Namen sind Han-san und Gi-san. Han-san ist fett und Gi-san sehr klein. Die drei anderen standen herum und schauten zu. Sie wollten mich ebenfalls haben, aber ich sagte, ich hätte Schmerzen und wolle heimgehen. Ich sagte zu ihnen, ich würde irgendwann abends mal wiederkommen.»

Saito nickte. «Gut. Hätten Sie sich widersetzt, wären Sie vielleicht schlimm verletzt worden. Sind an Ihrem Körper sichtbare Spuren?»

«Grüne und blaue Stellen auf den Oberschenkeln. Ich zeige sie Ihnen, wenn Sie wollen.»

Saito setzte seine Tasse mit ein bißchen zuviel Kraft ab. «Nein, aber der Arzt könnte sich dafür interessieren. Ich werde Sie jetzt zum Präsidium bringen.»

«Nein, ich möchte keine Anzeige erstatten. Mein Name würde in den Zeitungen stehen, und meine Eltern würden bestürzt sein.»

Saito schenkte Tee nach. «Ich verstehe. Mich überrascht, daß es im Daimon-dschi passiert ist – der Tempel hat durchaus Tradition. Einige der wirklich erleuchteten Lehrer, von denen wir jetzt lesen, sind dort ausgebildet worden. Das Kloster muß sechshundert Jahre alt sein. Ich habe es neulich besucht, um den berühmten Steingarten zu sehen.»

Das Lächeln des Mädchens kam einem Zähnefletschen sehr nahe. «Die Mönche stellen professionelle Helfer ein, die sich um alles kümmern. Ich habe noch nie gesehen, daß sie selbst arbeiten. Sie gehen dreimal in der Woche in unserer Gegend herum, um Geld und Reis zu erbetteln. Jeder gibt ihnen, um eine gute Tat in ein künftig gutes Karma zu verwandeln. Es gilt als Ehre, der Geistlichkeit etwas geben zu dürfen.»

Oba kam herein, um den Tisch abzuräumen.

Saito stand auf. «Oba-san, mein Gast und ich werden noch einige Minuten auf dem Balkon verbringen.»

Draußen fühlte er sich besser, als er neben dem Mädchen saß und nicht mehr in die strahlend gelben Augen schauen mußte.

«Auch ich bin Buddhist, wissen Sie», sagte er. «Meine Eltern haben den Tempel in diesem Viertel früher unterstützt. Nach ihrem Tod habe ich diese Pflicht übernommen. Ich kenne die Priester und ihren Lehrer, ein wahrhaft heiliger Mann. Ich kenne sogar seinen Lehrer, meine Eltern waren seine Schüler. Er ist sehr alt und hat sich irgendwohin in die Berge zurückgezogen. Es tut mir leid, zu hören, was Ihnen zugestoßen ist. Was soll ich tun?»

Sie zuckte die Achseln. «Ich weiß es wirklich nicht. Vielleicht sind die Priester und Mönche, mit denen Sie zu tun haben, von anderer Art, aber die vom Daimon-dschi taugen nichts. Ich hätte es wissen müssen. Ihr Tempel ist so nahe an unserem Haus und Laden, daß ich sehen kann, was sie tun – nämlich nichts. Sie gehen abends in gewöhnlicher Kleidung aus und trinken und machen herum mit den Straßenmädchen. Ihr Lehrer ist kaum jemals da. Er hat ein Auto. Wenn er im Kloster ist, dienen ihm die Mönche. Manchmal spielt er Flöte im Steingarten. Ich glaube nicht, daß sie jemals meditieren. Ich kann sehen, wenn sie ins Meditationsgebäude gehen. Drinnen klingeln sie mit Schellen und klappern mit Rasseln. Dann kommen sie wieder heraus und spielen Karten in ihrer Unterkunft.

Üben tun sie überhaupt nicht. Sie verbringen nur einige

Jahre im Tempel, um sich für einen höheren Rang zu qualifizieren, und dann gehen sie so schnell wie möglich als Würdenträger aufs Land.»

«Ja», sagte Saito. «So etwas kann eintreten, wenn die Regeln gelockert werden. Und jetzt haben sie ein Verbrechen begangen, sagen Sie. Aber was kann die Polizei tun, wenn Sie es ablehnen, Anzeige zu erstatten?»

Er steckte sich wieder eine Zigarette an und paffte nachdenklich. Wenn das Mädchen nun log oder übertrieb? Sie könnte einen Grund haben, die Mönche in einem schlechten Licht erscheinen zu lassen. Vielleicht gab es Schwierigkeiten im Laden ihres Vaters, oder vielleicht hatte sie sich in einen Priester verliebt, der ihre Gefühle nicht erwiderte.

«Sind Sie verlobt?»

«Nein, ich bin frei.»

Dennoch nahm sie die Pille. Er kannte dschunsa Hamada, er war ein älterer, verantwortungsvoller Mann, der die gleichen seltsamen Merkmale aufwies wie das Mädchen: das dreieckige Gesicht, die großen, strahlenden Augen. «Hamada-san, es ist mir unmöglich, zu erkennen, was ich tun kann.»

Ihre Stimme war kalt. «Sie haben recht. Vielleicht habe ich einen Fehler gemacht. Ich habe meinen Vetter gestern abend besucht, nachdem es geschehen war. Er hat Sie erwähnt und mir Ihre Adresse gegeben. Er hat gesagt, die Mönche hätten ein Unrecht begangen, deshalb müsse ihnen irgendwie Einhalt geboten werden.»

Sie wollte aufstehen, aber seine Hand hielt sie zurück.

«Es gab keine Zeugen», sagte er. «Erinnern Sie sich, ob jemand auf der Straße war, als Han-san Sie aufforderte, zu ihm hereinzukommen? Es war doch Han-san, nicht wahr?»

«Auf der Straße war niemand. Ja, es war Han-san, der mich aufforderte. Er ist der Prior.»

«Wissen Sie, ob sie auch andere Mädchen mißbraucht haben?»

«Ja. Ich habe heute morgen meine Freundin Eido besucht. Wir kennen uns von klein auf. Ihr Vater ist der Obst- und Gemüsehändler neben uns. Ich erzählte ihr, was geschehen war, und sie sagte, die hätten sie vor einigen Wochen ebenfalls mißbraucht. Sie hat es keinem gesagt, weil sie sich schämt – sie ist etwas kokett und hat oft mit den Mönchen gescherzt.»

«Was ist mit Ihnen?»

Sie lächelte. «Ich mag Männer, aber nicht die Mönche. Ich habe mich von ihnen ferngehalten.»

Sie sieht wirklich aus wie eine Füchsin, dachte Saito. Jetzt liegt sie auf einem Baumstumpf, gewärmt von der Sonne.

Er stand auf.

«Ich danke Ihnen für Ihr Kommen, Hamada-san.»

Sie verbeugte sich, als er ihr das Tor öffnete. «Werden Sie etwas unternehmen, keibi-san?»

«Ja, aber was, das weiß ich noch nicht. Sie werden vielleicht von mir hören, aber seien Sie nicht ungeduldig. Meine Bemühungen können eine Weile dauern.»

«Ich danke Ihnen», sagte sie und ging.

Er ging zum Haus zurück, ärgerlich auf sich, weil er ein Versprechen gegeben hatte, das er höchstwahrscheinlich nicht halten konnte. Er hätte es ihr nicht versichert, wenn sie ihn nicht irgendwie angerührt hätte mit ihren eigenartigen Augen und ihrem eigenartigen Verhalten – dem Verhalten einer anderen Wesensart.

Oba wartete im Haus auf ihn.

«Was halten Sie von unserer Besucherin, Oba-san?»

Die alte Frau spitzte den rissigen Mund. «Seien Sie vorsichtig, keibi-san. Ich kannte mal eine wie sie, vor langer Zeit, als ich im Dorf meiner Eltern lebte. Die Person war nicht wie andere Menschen. Sie lebte für sich und baute Kräuter an. Nachts verließ sie uns, um in den Wäldern umherzustreifen.»

«So?»

«Ja. Und in den Wäldern war sie kein menschliches Wesen.»

Er versuchte zu lachen. «Was war sie?»

«Eine Füchsin, keibi-san.»

«Haben Sie sie je als Füchsin gesehen?»

Oba murmelte vor sich hin und schlurfte davon.

Er bemühte sich, den Vorfall zu vergessen, indem er der Routine eines Tages folgte, der eigentlich der Entspannung dienen sollte. Nichts klappte jedoch. Er ließ ein Scheit Feuerholz auf seinen Fuß fallen und verletzte sich später das Schienbein an einem anderen. Das Motorrad ließ sich nicht störungslos starten, nicht einmal, nachdem er die Zündkerzen erneuert hatte. Als der Vergaser überfloß, gab er angewidert auf.

Er saß auf dem Balkon und versuchte zu denken. Aber sein Verstand lieferte nur die Idee, Han-san und seinen Kumpanen in einer Hintergasse aufzulauern und sie zu verprügeln. Rache ist jedoch kein angemessenes Polizeiverfahren. Die Polizei wahrt die Ordnung und stellt den Frieden nach altbewährten Regeln wieder her und mischt sich so wenig wie möglich ein. Die Bürger müssen vor anderen ebenso wie vor sich selbst geschützt werden. Er verbrachte eine Stunde in Gedanken, ging ins Haus, zog saubere Jeans und eine Lederjacke an und kehrte zur Garage zurück. Diesmal sprang die alte Honda mit Leichtigkeit an. Er fuhr auf schmalen Pfaden in die Berge nördlich der Stadt, ohne einer bestimmten Route zu folgen. Sein Verstand war jetzt leer, er würde sich zufrieden mit allem begnügen, was ihm begegnete.

Er traf auf eine Hütte inmitten einer Waldlichtung.

Er bockte die Maschine auf, wobei ihm klar wurde, daß hier die Unterkunft des alten buddhistischen Lehrers war, zu der ihm jemand mal den Weg beschrieben hatte.

«Aha», sagte der alte Mann. «Du bist gekommen, um mir eine Geschichte zu erzählen? Ich dachte, du würdest mir ein Geschenk bringen. Deine Eltern brachten mir immer Geschenke.

Das war Unfug, weißt du. Ich brauchte nie viel, mit dem ganzen Zeug wurde nur mein Zimmer vollgestopft. Ich mußte alles wieder weggeben. Deine Eltern waren beschwerliche Menschen, und jetzt bringst du mir eine beschwerliche Geschichte.»

Er streckte die Hand aus und klopfte auf die Brusttasche von Saitos Jacke. «Du hast Zigaretten. Gib mir eine. Obwohl ich vergessen worden bin, rauche ich noch.»

Saito gab ihm eine Zigarette und Feuer. Er hustete. «Pah! Die ist zu stark!»

Saito nahm sie ihm ab und machte sie aus.

«Du meinst, das Mädchen sagte die Wahrheit?»

«Ich bin mir nicht sicher, Kita-san, aber ich glaube schon.»

«Eine Füchsin. Also gibt es die Füchse noch. Sie haben sich nie wie die anderen verhalten. Na, heraus damit, Saito, was möchtest du?»

«Ihren Rat, Kita-san.»

«Rat!» knurrte der alte Lehrer. «Rat. Wenn du nicht so beschäftigt wärest, verehrter keibi, und dich nicht nach allen Seiten ziehen ließest wie eine Puppe aus dem Bunraku*, würdest du nicht einen unschuldigen Einsiedler belästigen. Deine Eltern hatten einen schönen Altarraum. Gibt es den noch?»

«Ja, Kita-san.»

«Vielleicht solltest du dich dorthin gelegentlich zurückziehen, um die Fragen zu vernichten, die dir im Kopf herumsummen.»

Der alte Mann bat um eine Zigarette, und diesmal wartete Saito schweigend, bis sie in der zerbeulten Zinndose, die als Aschbecher diente, ausgedrückt wurde. Dann stand er auf und bat, sich verabschieden zu dürfen. Der Lehrer wischte die Bitte beiseite.

«Du kannst tun und lassen, was du willst», sagte er.

* Puppentheater in Kioto

«Komme, wenn dir danach zumute ist, gehe, wenn du genug gehabt hast. Aber da ist etwas, was du tun *kannst*. Hier sind noch zu viele Sachen, die an mir kleben. Drüben im Schrank wirst du Kameras finden, mit denen ich zuviel Zeit verbracht habe. Nimm sie. Die große arbeitet exakt, die kleine könnte sich als handlich erweisen. Sie ist einer von diesen neumodischen Apparaten, die so lichtempfindlich sind, daß sie kein Blitzlicht benötigen. Nimm beide. Nimm alles. Da sollten noch Filme, ein Stativ, Entwickler und eine lederne Kameratasche sein.»

Saito brauchte eine Weile, um alles einzupacken. Der Lehrer las unterdessen eine Zeitung.

«Die *Kioto Schimbun*, Saito. Sie sagt nicht viel aus, aber das sagt sie vielen Menschen.»

«Ja, Kita-san», sagte Saito. «Ich danke Ihnen.»

Er fuhr den Bergpfad langsam hinab, die Sachen vom Lehrer auf dem Rücken festgebunden. Als er in die Stadt kam, lächelte er.

Am selben Abend klopfte er ans Haupttor vom Daimondschi. Der Tag der Tempel, sagte er vor sich hin. Zuerst die alte Hütte auf dem Hügel und jetzt dieses glorreiche Beispiel einer alten Architektur. Eigentlich könnte ich auch eine Robe anziehen und die heiligen Riten zelebrieren, dachte er.

Er klopfte noch einmal und betete. «Buddha», sagte Saito, «du bist Inder und vor zweitausendfünfhundert Jahren gestorben. Ich bin Japaner und lebe heute. Man sagt, du hättest den rechten Weg gelehrt. Auch ich versuche, diesen Pfad zu gehen. Wenn du nicht zu beschäftigt bist und es dir nicht zu lästig ist, könntest du mir Hilfe schicken – ich wüßte sie zu schätzen.»

«Ja?» Ein junger Mann kam ans Tor.

Saito verbeugte sich. «Verehrter Mönch, ich bin Journalist und arbeite für die *Nippon Schimbun*. Meine Vorgesetzten haben mich aufgefordert, einen Artikel über diesen prächtigen Gebäudekomplex zu schreiben und Aufnahmen von diesem abgeschirmten Ambiente zu machen. Gestatten Sie bitte dieser demütigen Person den Eintritt.» Er hatte sich für diesen Anlaß entsprechend gekleidet. Er trug einen dreiteiligen Sommeranzug und hatte das Haar toupiert. Ein falscher Schnurrbart zierte seine Oberlippe.

Der Mönch zögerte.

«Ich weiß», sagte Saito und verbeugte sich noch tiefer, «daß ich Ihnen Unannehmlichkeiten bereite, aber ich habe Ihnen ein kleines Geschenk mitgebracht, um Ihren Geist zu erfreuen.» Er hielt eine Flasche amerikanischen Whiskey hoch, die in einem prächtigen, bunten Karton verpackt war. «Denken Sie bitte daran, daß meine Zeitschrift lebenswichtig für unsere große Nation ist. Sie ermutigt den Außenhandel und bringt Geld herein, das auf allen Ebenen unserer Gesellschaft benötigt wird.»

Der Mönch nahm den Karton an. «Einen Augenblick, bitte. Ich werde meinen Vorgesetzten fragen.»

Er war nach wenigen Augenblicken wieder da und führte Saito zum Hauptgebäude des Tempelkomplexes. Der Prior, der mit lose übereinandergeschlagenen fetten Beinen auf einem Haufen Zierkissen saß, neigte seinen rasierten Schädel.

«Seien Sie willkommen. Mein Assistent Gi-san wird Sie herumführen.»

«Ich danke Ihnen, ehrwürdiger Prior-san», sagte Saito. «Meine Direktoren haben mich gebeten, zu versuchen, Ihnen Ihre Freundlichkeit zu vergelten. Wenn ich hier fertig bin und Sie und Ihre Mönche Zeit haben, möchte ich zu einem Essen in einem Restaurant Ihrer Wahl einladen. Ich bin dafür mit reichlichen Geldmitteln ausgestattet worden.»

Das rasierte Haupt glänzte noch einmal im Schein der Zierkerzen. «Wir nehmen die Einladung an. Kommen Sie bitte wieder in diesen Raum, sobald es Ihnen beliebt.»

Saito, geführt vom unterwürfigen Gi-san, fotografierte mehrere Gebäude. Er ließ sich Zeit. Gi-san posierte für ihn und saß meditierend auf einem Balkon. Die anderen Mönche kamen und standen mit zusammengelegten Händen vor passenden Hintergründen, während Saitos Kamera klickte. Saito wurde auch zum Meditationstempel gebracht, in dem die Mönche, nachdem sie ihre Gewänder geordnet hatten, sich in einer ausgerichteten Reihe auf Kissen neben dem Altar setzten, auf dem dicke Weihrauchstäbchen glimmten.

Gi-san schlug an eine schwere Kupferglocke, und die rhythmischen, zarten Klänge schwebten durch die offenen Fenster hinaus zur geschäftigen Welt hinter den hohen Mauern. Saito brauchte gut zehn Minuten, um seine Kamera aufzustellen und die Lichtverhältnisse zu messen. Als die Mönche schließlich mit steifen Gliedern aufstanden, stellte er fest, daß sie glücklich waren, sich wieder bewegen zu können.

Er wandte sich an einen von ihnen. «Sie müssen wohl viele Stunden hier verbringen.»

Der Mönch grinste. «Wir sollten, aber gewöhnlich haben wir keine Zeit – es sind so viele andere Dinge zu erledigen.»

«Glauben Sie, ich könnte Ihren Lehrer treffen? Vielleicht würde er mir gestatten, eine Aufnahme von ihm zu machen.»

Der Mönch schüttelte den Kopf. «Der Abt ist gegenwärtig nicht hier. Er ist ebenfalls sehr beschäftigt und muß sich seine Zeit einteilen.»

Der Prior kam. «Sind Sie fertig, Journalist-san?»

«Ja, ich glaube schon», antwortete Saito. «Ich danke Ihnen sehr.»

«Gut, dann können wir gehen. Entschuldigen Sie uns bitte, während wir uns umziehen. Es wäre nicht recht, wenn wir uns in einem Restaurant in unseren Gewändern zeigten. Die Leute sehen es nicht gern, daß wir uns amüsieren, deshalb tragen wir dem Rechnung, indem wir uns umziehen.»

Fünf Herren in Anzügen, den rasierten Schädel unter einer Mütze verborgen, kamen ein wenig später zu Saito ans Seitentor. Han-san führte die Gesellschaft zu einer wenig renommierten Bar in einer Straße, die in einiger Entfernung vom Tempel lag. Nach etlichen Drinks wurden sie in ein Hinterzimmer geführt, wo ihnen Kellnerinnen im Minirock ein reichliches Essen servierten. Reiswein floß reichlich, weitere Kellnerinnen kamen, die Tür wurde geschlossen, es folgte ein allgemeines Getümmel. Saito hielt sich beiseite und nutzte den Platz, um seine kleine, unter einer Serviette verborgene Kamera zu bedienen. Als ihm der Film ausgegangen war, beteiligte er sich an dem Trubel und sang sogar, wobei er die Worte undeutlich aussprach und durch den Raum taumelte. Mehrere Mädchen machten Annäherungsversuche, aber Saito scheuchte sie mit einem Winken zurück zu seinen Ehrengästen.

Er bedauerte, daß er seinen Film so schnell verschossen hatte, als er Han-san in einer zärtlichen Umarmung mit einem drallen Mädchen vor einem grellen Plakat an der Wand sah.

Da alle guten Dinge einmal ein Ende haben, äußerten mehrere Mönche den Wunsch, nach Hause zu gehen. Sie hielten sich nur mit Mühe auf den Beinen, und es war drei Uhr morgens.

Am Tempeltor vom Daimon-dschi stellte Han-san fest, daß er seinen Schlüssel verloren hatte. Da Saito groß war, bat man ihn, sich an die Mauer zu stellen, damit die Mönche seine verschränkten Hände als Tritt zum Hochsteigen benutzen konnten. Dann zogen sie Saito hoch, denn Han-san und Gi-san waren noch munter und wollten mit ihrem neuen Freund noch einen letzten Drink in ihrer Unterkunft nehmen.

Aber als Saito von der Mauer hinabstieg, fiel er auf den ausgestreckten Körper eines Mönchs. Er bückte sich und sah, daß der Mönch blutete.

«Er muß sich beim Fallen einen Kratzer zugezogen haben», sagte Han-san. «Der kommt bald wieder zu sich. Einfach liegenlassen.»

Saito ignorierte Han-san, hob den Mönch auf und trug ihn zum Hauptgebäude. Er legte ihn auf eine Matratze und beleuchtete mit seiner Taschenlampe die Wunde. Der Kratzer war ziemlich tief, und Gi-san brachte unter Protest einen Kasten für Erste Hilfe, damit Saito die Wunde reinigen und bandagieren konnte.

Han-san kam mit dem amerikanischen Whiskey, und sie zogen sich in den Meditationstempel zurück, um zu trinken. Saito hatte die Möglichkeit, einen neuen Film einzulegen, und er machte noch einige Schnappschüsse von den beiden Mönchen, die vor dem Altar als Hintergrund Karateschläge und -würfe zeigten. Als er ging, schlief Han-san ausgestreckt auf einer Matte. Gi-san brachte Saito zum Haupttor und schloß auf. «Danke», sagte er. «Kommen Sie mal wieder.»

Saito stolperte hinaus in die Nacht. Er fand ein Taxi und war nach einer Viertelstunde zu Hause, wo ihm eine gluckende Oba aus der schmutzigen Kleidung half und ihn am Arm stützte, als er zum Badezimmer taumelte. Eine kalte Dusche und starker Kaffee machten ihn ein bißchen nüchterner. Dann machte er sich mit dem Entwickler zu schaffen, wobei er etwas verschüttete, aber ihm gelangen eine Reihe ziemlich deutlicher Abzüge. Dann setzte er sich und schrieb einen Artikel mit der Überschrift *«Mönche bei Arbeit und Spiel – eine Nacht im Leben der Priester vom Daimon-dschi»*. Der Artikel bestand aus einer Anzahl von Untertreibungen, die sich auf die Fotos bezogen. Er fand einen großen Umschlag, steckte die über einem Gasofen getrockneten Fotos hinein und bat Oba, ihm telefonisch ein Taxi zu rufen. Eine halbe Stunde später war er zurück und schlief fest ein.

Zehn Stunden danach saß er hinter seinem Schreibtisch im Präsidium, schlürfte bitteren Tee und versuchte zu entscheiden, ob ein weiteres Aspirin seinen kläglichen Zustand mildern oder verschlimmern würde.

Ein leises Klopfen an der Tür ließ ihn die Stirn runzeln.

«Herein», flüsterte er.

Ein dschunsa trat ein mit einer Zeitung auf einem Tablett. «Die *Kioto Schimbun*, Saito-san – ich dachte, Sie wären vielleicht daran interessiert.»

«Ich danke Ihnen. Legen Sie sie bitte auf meinen Schreibtisch.»

«Ich heiße Hamada, Saito-san. Ich habe den Artikel auf Seite zwei bereits gelesen. Für mich war er sehr interessant. Ich – äh – danke Ihnen, Saito-san.»

«Hamada!» stöhnte Saito, als die Tür geräuschlos zugemacht wurde. Als wüßte er das nicht. Das lange, dreieckige Gesicht, die strahlenden Augen. Er warf einen Blick auf den Artikel. Die Fotos waren gut. Als Unterzeile stand nach dem Titel «von einem unserer freien Mitarbeiter».

Über den Artikel wurde viel diskutiert, und nicht nur im Polizeipräsidium. Weitere Artikel erschienen an den folgenden Tagen. Die buddhistischen Autoritäten wurden aktiv. Ein hoher Abt in einem Brokatgewand, den Kopf vor der Sonne geschützt von einem verzierten Schirm, den ein Gehilfe trug, traf am Tor des Daimon-dschi ein. Seine Assistenten begleiteten den Tempellehrer und seine fünf Schüler zu deren Unterkunft, wo sie in einer kurzen Zeremonie ihre Gewänder ablegen mußten. Die Roben wurden beschlagnahmt und die sechs Männer fortgeschickt. Die Tore des Daimon-dschi wurden verschlossen und versiegelt.

Andere hohe Äbte kamen aus mehreren Städten und entschieden, daß der Tempel erst in einigen Jahren wieder geöffnet und bis dahin nicht einmal unterhalten werden solle. Ein Sprecher der Sekte als Eigentümerin des Tempels entschuldigte sich in einem Leserbrief an die *Kioto Schimbun* und später im Fernsehen.

Am Wochenende schlief Saito lange. Er wurde wach, als er unten im Haus Stimmen hörte. Er war neugierig und wollte sehen, wer Oba besuchte, stand auf und spähte durch das Fenster. Das Mädchen war auf dem Weg durch den Garten zur Straße.

Als Oba ihm Kaffee brachte, gab sie ihm ein Päckchen. Sie wartete darauf, daß er es öffnete. Er fummelte daran, um den winzigen Knoten zu lösen, und schlug das Papier zurück. Das Päckchen bestand aus einer zarten Holzdose. Er hob den Dekkel an. Der kleine, aus Mahagoni geschnitzte Fuchskopf starrte ihn mit leuchtendgelben Augen an. Einen Augenblick lang glaubte er, die Augen seien kleine Edelsteine, vielleicht Topase.

«Zu teuer», murrte er. «Ein so wertvolles Geschenk kann ich nicht annehmen, Oba-san. Es muß zurückgegeben werden.» Aber dann sah er, daß die Augen nur Glasperlen waren und die in die Dose scheinende Sonne die Illusion geschaffen hatte.

«Ich entschuldige mich», sagte Oba leise. «Ich habe mich in dem Mädchen geirrt.»

«Ist sie nun doch keine Hexe, Oba-san?»

«Das ist unwichtig», sagte Oba, als sie aus dem Zimmer schlurfte. «Als ich Sie am vergangenen Sonntag warnte, zeigte ich nur meine Unwissenheit. Verzeihen Sie mir bitte.»

«Ja, meine Liebe. Ich werde gleich zum Frühstück nach unten kommen. Gibt es Pilze?»

«Ja, und Rühreier.»

Saito nahm den Fuchskopf aus der Dose und ließ ihn an der dünnen Kette baumeln. Dann legte er sich die Kette um den Hals.

Deutsch von Hubert Deymann

Die Harley und die Nachbarin von oben

Die Nachbarin über mir – sie hat die Wohnung direkt über der unseren – hat lange Beine und schlanke Fesseln. Das war mir als erstes an ihr aufgefallen. Sie wird jetzt so um die Dreißig sein, aber ich kenne sie schon zehn Jahre, von dem Augenblick an, als das Hochhaus zum erstenmal bezogen wurde. Sie war damals ganz frisch verheiratet. Ihr Mann ist ein kleiner Kerl mit einem Eichhörnchengesicht. Er ist Chefkoch, abends nie zu Hause und schläft morgens aus. Samstags und sonntags geht er mit den Kindern im Park gegenüber spazieren, und solange mein Sohn noch klein war, ging ich mit ihm auch dorthin, und dann grüßten wir uns: «Guten Tag.» Und ein paar Worte über das Wetter und die Kinder.

Während jener ersten Tage, an denen wir alle mit dem Umzug beschäftigt waren, bat mich seine Frau, bei einer Anrichte mit anzufassen. Ich trug sie zu ihr hinein und stellte mich vor. Ich nannte nur meinen Nachnamen, also siezten wir uns. Sie hat große, schräg liegende Augen und hellblondes Haar, das sie manchmal zu einem Knoten aufsteckt oder offen trägt. Sie hat dichtes, glänzendes Haar, und ich hätte es gerne gestreichelt, damals, als wir schwitzend neben der Anrichte standen. Ich habe es natürlich nicht getan. Ich bin ziemlich schüchtern und sehe die Möglichkeiten erst, wenn sie längst vorüber sind.

Zehn Jahre hindurch sind wir uns fast täglich begegnet, im Fahrstuhl und auf der Straße. Sie wohnt im vierten Stock und ich im dritten. Der Fahrstuhl ist recht schnell und braucht nur acht Sekunden. In acht Sekunden kann ich kaum einen ganzen Satz sagen, also habe ich meistens geschwiegen. Ich richtete es allerdings immer so ein, daß ich ihr die Tür aufhielt, und dann lächelte sie; manchmal hielt ich zwei Türen auf, die Eingangstür und die Fahrstuhltür. Dann lächelte sie zweimal. Auch bei dem zusammenklappbaren Kinderwagen und den Einkaufstaschen habe ich gelegentlich mit angefaßt.

Sie weiß, daß ich Vertreter bin, sie weiß sogar, was ich verkaufe. Ich arbeite für eine Wollfabrik und habe immer eine Tasche mit Farbkarten bei mir; die Farbkarten sind etwas größer als die Tasche und schauen deshalb heraus. Jede Karte zeigt eine Kollektion säuberlich nebeneinander geklebter Wollfäden. Diese Farbkarten macht meine Frau, zu Hause. Meistens helfe ich ihr; ich finde das eine schöne Arbeit, darüber hinaus ist sie gut bezahlt; auch wenn wir nicht darauf angewiesen sind, ich bekomme ein gutes Gehalt.

Neulich habe ich ausgerechnet, daß ich schon einundzwanzig Jahre lang mithelfe, die Wollmarke berühmt zu machen. Jeden Werktag starte ich meinen Fiat Kombi und mache mich auf in meinen Bezirk, Nordholland und Friesland. Ich bin ein guter Verkäufer, ein Hundertprozentiger, sagt man bei uns: jemand, der immer seinen Umsatz erreicht, sogar wenn die Geschäfte schlechtgehen.

Es ist eintönige Arbeit, aber das finde ich nicht schlimm. Obwohl es mich manchmal schon irritiert, wenn ich lange an der Ladentheke warten muß. Ich besuche vorwiegend Handarbeitsgeschäfte, die von älteren Damen geführt werden, und wenn ein Kunde hereinkommt, muß der Vertreter warten. Der Vertreter bin ich. Wenn ein Vertreter wartet, lächelt er. Manchmal vergesse ich, das Grinsen abzulegen, wenn ich den Laden verlassen habe, und dann fahre ich viele Kilometer mit einem faden Lächeln, das in den Mundwinkeln schmerzt. Die Autobahnen und Schnellstraßen hierzulande sind auch nicht sehr abwechslungsreich. Ich kenne jede Handbreit Asphalt und bin froh, wenn es eine Umleitung gibt. Dann sehe ich wieder einmal etwas anderes, ein paar Schilfrispen oder eine Windmühle, oder Kühe mit schwarzen Leibern und weißen Gesichtern.

Vor ein paar Monaten ist meine Mutter gestorben. Ihr Abschied hat mir keinen Kummer bereitet. Sie war in den letzten Jahren nicht mehr ganz richtig im Kopf, und ich glaube nicht, daß sie glücklich war zwischen den Betonplatten ihrer Altenwohnung. Der Notar erzählte mir, ich hätte dreißigtausend geerbt, die Spargroschen meines Vaters, die meine Mutter nie hat ausgeben wollen.

Meine Frau und ich haben auch immer gespart, und ich wußte nicht, was ich mit dieser plötzlichen Erbschaft anfangen sollte. Wir hätten vielleicht ein eigenes Haus kaufen sollen, doch die Wohnung gefällt uns gut. Meine Frau mag keine Veränderungen. Jedes Jahr fahren wir in denselben Ferienort. Einmal habe ich gesagt, wir sollten doch ins Ausland fahren, ein paar Wochen auf die Kanarischen Inseln, hatte ich gedacht, doch meine Frau bekam auf dem Rücken ein Ekzem, und der Arzt bestellte mich zu sich. Er meinte, es sei Nervosität. Als ich meiner Frau erzählte, wir sollten besser doch nicht zu den Kanarischen Inseln fliegen, klang das Ekzem wieder ab. Unser Besitz ist schon seit Jahren vollständig, wir haben alles, die Wohnung steht voller Elektrogeräte, das Mobiliar ist recht neu, den Teppichboden und die Gardinen haben wir im vorigen Jahr ersetzt. Mein Sohn verdient schon und zieht demnächst nach Deutschland, wo er eine gute Stellung bekommt.

Ich habe noch daran gedacht, etwas zu sammeln, Antiquitäten zum Beispiel, oder Briefmarken oder Porzellan. Als Sammler wird man sein Geld immer los, und man hat den Eindruck, daß es gut angelegt ist. Es kostet auch Zeit, und Zeit habe ich ja, ich habe an allen Abenden und an den Wochenenden frei.

Doch der Gedanke ans Sammeln verschwand, als ich sah, wie der Nachbarsjunge seine neue BMW aufpolierte. Als ich ihm erzählte, daß ich einen Motorradführerschein habe, ließ er mich einmal um den Block fahren. Ganz zu Anfang hatte ich selbst ein Motorrad, auf Geschäftskosten: Hilfsvertreter bekamen damals noch kein Auto. Ich hatte eine leichte BSA mit einer Holzkiste hinten, für die Farbkarten und Muster.

Ich bin noch am gleichen Tag in die Stadt gefahren, um mich umzusehen. Es gab genug Motorräder zu kaufen, allerlei BMW-Modelle, eine einzige englische Marke und viele japanische. Die Verkäufer taten ihr Bestes, doch es kam nichts dabei heraus. Ich glaubte schon, die Anwandlung sei vorüber, als ich beim Zahnarzt auf eine Zeitschrift stieß, die nur von Motorrädern handelte. Darin stand eine kleine Anzeige, jemand bot eine alte Harley Davidson zum Verkauf, «guter Zustand».

Ich sah sie mir an, doch die Maschine war ein Wrack. Ich legte einen Tausender auf den Tisch, die Hälfte des geforderten Preises, und der Mann sagte, ich könne sie mitnehmen. Als ich sie starten wollte, fiel sie um, und der Mann mußte mir helfen, ich bekam sie nicht von der Straße, sie blieb ruhig auf dem Sturzbügel stehen. Das Anfahren war auch nicht so einfach, Harleys haben eine sonderbare Kupplung. An jeder Ampel ging der Motor aus, und ich hatte jedesmal die größte Mühe, den Kickstarter anzutreten. Trotzdem war ich seltsam glücklich. Ich war schweißgebadet, als ich das Garagentor aufzog.

An diesem Abend ging ich bestimmt viermal nach unten, um sie zu betrachten. Ich fand es eigentlich nicht merkwürdig, daß mich die Maschine aufregte. Bagger und Bulldozer machen mich auch kribbelig; wenn ich sie in Aktion sehe, stelle ich das Auto am Straßenrand ab und schaue zu. Manchmal eine ganze Stunde. An einem solchen Tag verkaufe ich dann etwas weniger. – Der Lenker einer Harley erinnert an die Hörner eines spanischen Stiers, nur daß die zur anderen Seite hin gebogen sind. Das hintere Schutzblech läßt mich an eine weibliche Gesäßhälfte denken. An ein Negerinnengesäß. Nicht eines, das man auf der Straße sieht, sondern ein richtiges, aus dem Urwald, mit Tamtam-Musik im Hintergrund. Der Tank hat eine fließende Linie, wie die einer plötzlich entblößten Brust einer Stripteasetänzerin, und die zwei Scheinwerfer gleichen ebenfalls Brüsten, aufgerichteten Brüsten, die geradewegs nach vorn zeigen. Ich habe einmal jemanden sagen hören, man müsse «eine Frau bespielen wie eine Geige», aber ich fand das ekelhaft: die Frau ausstrecken, ihren Kopf unter dem Kinn und ihre Zehen in der Hand und dann mit einem Geigenbogen über ihren Bauch … Nein. Aber bei einer Harley wäre ich schon zu bildlichen Vergleichen fähig. Wenn man zum Beispiel mit der linken Hand die Zündung regelt, oder das Gas aufdreht mit der rechten; und dann der bemerkenswerte Choke-Hebel, mit vier Stellungen. Und die Art, wie man im Sattel sitzt. Der Sattel übrigens ist etwas Besonderes, der Mann, der mir das Motorrad verkaufte, hatte etwas darüber gesagt. Er hat eine kleine Rückenstütze und ist groß genug für zwei Personen, gerade eben groß genug. Wer hinten aufsitzt, wird gegen den Fahrer gepreßt.

Am nächsten Morgen fuhr sie überhaupt nicht mehr, und ich habe sie mit einem gemieteten Kleinlaster zu einem Mechaniker gebracht. Ich mußte drei Jungs aus der Nachbarschaft bitten, mir schieben zu helfen, und trotz all der Hilfe ging es schwer. Ich verzerrte mir einen Rückenmuskel, meine Frau hat mich eine Woche lang mit einer Salbe einreiben müssen.

Der Mechaniker war skeptisch und wollte im voraus bezahlt werden. Als er merkte, daß ich Geld genug hatte, wurde er etwas entgegenkommender. Er hat schließlich einen ganzen Monat daran gearbeitet, und danach war die Harley wieder wie neu. Ich habe sie auch neu lackieren lassen, in einem stumpfen, fahlgrünen Feldgrau. Erst sollte sie ja beige werden, aber in der Nacht träumte ich von einer Militärkolonne, die durch eine leere Ebene fuhr. Ich fuhr mit einer roten, flachen Mütze auf dem Kopf voran, und ich hatte eine Maschinenpistole in einer Waffentasche am Lenker. Ich glaube, ich habe im Krieg so einen Motorradfahrer gesehen, und das Bild ist irgendwie hängengeblieben.

Meine Frau hat nie über die Harley reden wollen. Ihre

Augen wurden rund, als sie sie zum erstenmal sah, und noch runder, als ich ihr erzählte, was sie gekostet hatte. Als sie sah, daß ich auch weiterhin Geld ausgab, wollte sie Kleider haben und einen neuen Mantel und ein Dampfbügeleisen und einen größeren Kühlschrank. Ich habe ihr alles gekauft. Mein Sohn wollte einen kleinen Sportwagen, den habe ich auch gekauft. Er geht ja doch aus dem Haus, und er ist ein ruhiger, netter Kerl, wir sind immer gut miteinander ausgekommen.

Die Harley steht neben dem Fiat in der Garage. Die Garagenmiete zahlt das Geschäft. Viel Unkosten habe ich nicht durch sie, der Mechaniker hat seine Sache gut gemacht, er war auch sehr stolz, als er sie ablieferte. Er selbst hatte früher eine Harley gefahren und zeigte mir noch ein Album mit Fotos, aber er ist aus der Kurve geflogen und hinkt jetzt, und seine Frau läßt ihn nicht mehr. Trotzdem riet er mir, nicht allzu vorsichtig zu sein; auf einem Motorrad müsse man ab und zu etwas riskieren. Wochenlang bin ich jeden Abend ein kurzes Stück gefahren, erst auf Parkplätzen in der Nachbarschaft, um mich ein wenig einzugewöhnen, und später ganz normal durch die Stadt und über schmale Deiche, und auch einmal quer durch einen Wald, mitten in der Nacht und bei Mondschein. Das werde ich nicht mehr tun, denn ich habe nur mit Müh und Not einem Liebespärchen ausweichen können. Es muß recht unangenehm sein, wenn man gerade sein Äußerstes gibt, und dann rasen einige Zentner brüllenden Eisens haarscharf an einem vorbei.

Die Nachbarin oben hatte die Harley schon am ersten Abend gesehen. Am nächsten Tag machte sie im Fahrstuhl eine Bemerkung. Sie trug eine lange, dunkelblaue Hose, die etwas durchsichtig war. Ich sah es, als wir auf den Fahrstuhl warteten. Sie hatte sich ans Fenster gestellt und hatte die untergehende Sonne im Rücken.

Als ich abends zu üben anfing, sah ich sie am Fenster stehen. Meine Frau stand ein Stockwerk tiefer am Fenster. Ich wagte nicht, zu winken, denn dann hätte ich den Lenker loslassen müssen. Tags darauf traf ich sie wieder im Fahrstuhl, und sie fragte, ob es schön gewesen sei. Ich sagte ja, und sie meinte, es sei ein schönes Motorrad. Tags darauf sagte sie, sie habe mich nach Hause kommen hören. Ich fragte, ob der Lärm sie störe. «Nein, sie gurgelt so schön.» Sie hat eine tiefe Stimme, aber sie spricht sehr leise. Ich muß mich ein wenig zu ihr hinüberbeugen, um sie zu verstehen.

Letzte Woche hatte ich das Motorrad draußen stehenlassen. Ich hatte etwas vergessen, und als ich wiederkam, stand sie daneben. Sie hatte ihre Hand auf den Tank gelegt.

Ich grüßte höflich und wartete, bis sie ihre Hand zurücknähme, doch sie blieb stehen.

«Warum fährst du nicht mal mit», fragte ich, «hintendrauf?» Ich hatte «du» gesagt. Als der Satz ausgesprochen war und zwischen uns hing, wollte ich noch etwas sagen, hatte jedoch keinen Atem mehr. Ich hatte das Gefühl, sie bei den Schultern ergriffen, sie an mich gedrückt und mitten auf den Mund geküßt zu haben.

«Ja, in Ordnung. Aber ich habe keinen Helm.»

«Den kaufe ich.»

Sie nahm ihre Hand zurück, drehte sich um und lief ins Haus.

Den Helm habe ich am nächsten Morgen gekauft, einen weißen, genau wie meiner. Danach habe ich sie drei Tage lang nicht gesehen. Der Helm hing in der Garage, über dem Fahrrad meiner Frau. Meine Frau fragte mich während des Frühstücks, was ich mit zwei Helmen wolle. Ich habe irgend etwas gebrummt, während des Frühstücks reden wir nie. Ich habe das Essen stehenlassen und bin aus dem Haus gegangen und habe meine Mustertasche vergessen. Mein ganzer Tag war durcheinander.

Ich glaube, sie ist mir diese drei Tage lang ausgewichen. Sie weiß natürlich genau, wann sie mich am Fahrstuhl erwarten kann, denn ich lebe nach einem genau berechneten Zeitplan. Oder vielleicht war es Zufall, der gleiche Zufall, der bei meiner Frau den Entschluß reifen ließ, zwei Tage bei ihrer Schwester zu verbringen, und meinen Sohn dazu bewog, eine Woche Urlaub zu nehmen, um zu segeln.

Ich traf sie im Supermarkt, kurz vor Ladenschluß.

«Ich habe deinen Helm gekauft.»

Sie stand da mit einem Glas Chilimus in der Hand, das sie gerade aus dem Regal genommen hatte, und sah mich unverwandt an.

«Heute abend?»

«Ja», sagte sie.

«Um acht Uhr.»

Wir hätten auch früher losfahren können, aber ich wollte erst noch unter die Dusche. Außerdem mußte ich mich umziehen. Ich habe keinen richtigen Motorradanzug, sondern ziehe meistens eine Jeans an und meine Lederjacke. Ich bin ziemlich groß und breit, und die Jacke steht mir gut, ich würde sie gerne auch tagsüber tragen, aber das Geschäft schreibt vor, daß Vertreter einen Anzug und Krawatte tragen. Im Anzug fühle ich mich wie ein Bauer, der sich für eine Hochzeit verkleidet hat. In den letzten Jahren habe ich mir Maßanzüge gekauft, aber das Gefühl ist noch dasselbe.

Um acht Uhr stand ich mit den Helmen unten. Ich kickte das Motorrad an, doch sie kam nicht. Ich sah nach oben, und sie schaute hinter dem geschlossenen Fenster hervor zurück. Wir haben so vielleicht eine halbe Minute gestanden, und dann habe ich den Helm wieder über das Fahrrad meiner Frau gehängt und bin allein losgefahren.

Am nächsten Tag stand sie wieder am Fahrstuhl.

«Ich hatte nicht den Mut.»

«Heute abend?»

«Ja», sagte sie, «aber wenn ich wieder nicht den Mut habe, darfst du nicht böse sein.»

«Hast du Angst vor dem Motorrad?»

«Nein.»

Als ich das Motorrad aus der Garage schob, stand sie wartend bei der Tür. Sie hatte auch eine Jeans an, und eine Lederjacke in fast der gleichen Farbe wie die meine. Ich kickte das Motorrad an, und sie glitt hinter mich. Ich dachte, sie würde Schwierigkeiten haben, denn der Sattel ist recht hoch, aber sie machte es in einer einzigen Bewegung.

Als sie hinter mir saß, verstand ich, was der vorherige Besitzer gemeint hatte, als er mir von dem Sattel erzählte. Sie saß so an mich gedrückt, daß ich sie ganz genau spüren konnte, vor allem ihren Unterleib. Ich habe mir die kleine Rückenstütze später noch einmal genau angesehen, und sie hat einen Knick. Dieser Knick schiebt die Vagina hoch, genau gegen die Gesäßspalte des Fahrers. Ich würde niemals einen Mann hintendrauf haben wollen.

Ich fuhr langsam an. Zum Losrasen bin ich zu alt. Mit meiner kleinen BSA war ich auch vorsichtig beim Anfahren. Imposantes Anfahren ist eher etwas für die ohnmächtige Mopedjugend. Bei einer Harley weiß jeder, daß du schnell fahren kannst.

Ich habe die schönste Route ausgesucht an diesem Abend, über einen Deich den Fluß entlang und später auf der anderen Seite zurück.

Sie hatte die Arme erst um meine Taille gelegt, doch später ließ sie mich los; wieder später hielt sie meine Schenkel fest, aber unnachdrücklich und ohne den Druck ihrer Hände zu verändern. Als wir an einer Laterne vorbei kamen, schaute ich mich kurz um. Sie lächelte. Sie lächelte mit ihren vollen Lippen. Das Lächeln war verträumt, und ich hatte den Eindruck, daß sie tief atmete.

In einer Kneipe haben wir Bier getrunken, am Tresen. Jeder zwei große Gläser.

Nach dem zweiten Glas hielt sie kurz meine Hand, und ich habe ihr Haar gestreichelt.

«Hattest du auch etwas davon?» fragte sie.

Aber bei einem Mann ist es anders, denke ich. Ich hatte keine Lust, zu versuchen, es ihr zu erklären, statt dessen habe ich mich über sie gebeugt und ihre Wange geküßt.

Meine Frau ist jetzt wieder zu Hause. Es sieht ganz so aus, als sei sie bei ihrer Schwester noch dicker geworden. Ich habe ihr heute abend bei der Bettwäsche geholfen.

Deutsch von Rolf Erdorf

Eine Frau von sieben Fuß

«Los jetzt», hatten die Herren von der Direktion gesagt.

Ich hatte noch alles mögliche fragen wollen, ein Umzug in eine Republik in Mittelamerika ist keine Kleinigkeit. Ein gewaltiger Schritt. Ist es wohl schön dort? Wie ist das Klima? Verdiene ich auch genug? Werden Sie nett zu mir sein und meine Briefe beantworten? Bekomme ich ein Auto? Und einen Tropenanzug? Und Klimaanlage in mein Appartement?

Aber es war in den fünfziger Jahren, und der Kapitalismus stand in voller Blüte, und ich sollte nicht so ein Gewese machen. Ich sollte zum Flughafen Schiphol und los. Die Herren von der Direktion hatten in jener Bananenrepublik eine Niederlassung, und die lief nicht. Der Direktor war davongelaufen, nachdem er alle Schubladen geleert hatte. Jetzt durfte ich es einmal versuchen. Ein Dreijahresvertrag, hier unterzeichnen und hier auch noch unterzeichnen, sehr gut, rechts unten. Gehalt soviel, Umsatzprovision soviel.

Guten Tag, der Herr. Guten Tag, die Herren.

Und so kam ich dort an, in Santa Barbara Bendita, eine Woche später. Bendita bedeutet «gesegnet», aber es war ein fürchterlicher Sauhaufen, mit schiefhängenden Holzgebäuden und Geiern überall, kleinen, schwarzen Geiern, die einen zwischen ihren Schulterblättern hindurch ansahen, von jedem Dach herunter, manchmal auch einfach von der Bordsteinkante aus. Stirbst du schon? Ich wurde krank. Im Flugzeug hatte ich mich erkältet, und jetzt schüttelte mich das Fieber. Als ich einen toten Esel sah, der sich bewegte, verstand ich, daß ich jetzt sehr krank war.

Der Arzt war ein Zwerg, ein buckliger Mann mit einem fusseligen Bart, so, als ob er vornüber in nasse Watte gefallen wäre. Er sprach Englisch mit deutschem Akzent, alle th wurden zu s. Statt «the» sagte er «sieh». Aber ich vergab ihm, weil er einen Buckel hatte, und wunderbare blaue Augen, und ich außerdem krank war.

«Was haben Sie?»

«Visionen.»

«Was für Visionen?»

Ich erzählte von dem Esel.

«Woher wissen Sie, daß er tot ist?»

Der Esel lag auf der Seite, hatte Löcher anstelle von Augen, der Mund war in einer Todesgrimasse verzerrt.

«Und er bewegte sich?»

Ja, die Leiche hatte sich ruckhaft bewegt.

Er setzte seinen Hut auf und nahm mich bei der Hand. Der Esel lag ein Stück weiter, am Ende der Hauptstraße. Und zum Glück war alles so, wie ich es gerade beschrieben hatte. Er war tot und bewegte sich. Der Arzt fing an zu lachen, hörte damit wieder auf, rannte auf die Leiche zu und versetzte ihr einen Tritt in den Bauch. Zu meinem Entsetzen hörte das Rucken nicht auf, sondern verlagerte sich weiter nach hinten, dabei richtete sich der Schwanz auf, ein Geier hüpfte aus dem aufgesperrten Anus und flatterte davon.

«Fressen sich von hinten hinein», sagte der Arzt. «Ich hatte es mir schon gedacht, aber du hättest mir nicht geglaubt, also ist es besser, du siehst es einmal selbst. Klar?»

«Ja, Doktor.»

«Ein Gläschen Rum, komm mit, hier ist eine gute Bar, mit Ventilatoren, wenn ich nicht zu Hause bin, kannst du mich meistens dort finden.»

Außer Ventilatoren sah ich auch noch Frauen in der Bar, die ich betrachtete, in aller Ruhe und ohne rot zu werden, denn es waren natürlich Huren, und die darf man betrachten, mehr oder weniger. Ich blieb aber höflich und schaute durch meine Wimpern. Sie schauten zurück. Zwei waren schwarz und schön, eine war braun und schön, und die Weiße war auch schön.

«Findest du sie schön?»

«Ja, Doktor.»

Er bewegte einen seiner Wurstfinger, hin und her. «Finger weg. Sie sind krank. Allesamt. Wenn sie nur so krank sind, kann ich dich vielleicht wieder hinbekommen (der Finger zeigte auf meinen Hosenschlitz), aber wenn sie die Syph' haben, mußt du nach New York. Das kostet viel Geld.»

«Aber sie sind doch nicht allesamt krank?»

Er nickte düster. «Gewiß. Allesamt. Nur eine von zehn ist gesund. Jeder denkt, daß er die zehnte mit nach Hause nimmt, aber so ist es nicht. Sie sind verrottet. Klar?»

«Ja, Doktor.»

Der Rum war kalt und mit Ananassaft vermischt. Der Barkeeper hatte einen großen Schnurrbart und freundliche braune Augen. Die Ventilatoren knirschten entspannt über meinem Kopf. Ich warf einen Blick nach draußen. Auf der Straße gingen schöne Frauen. Zwei. Dezent gekleidet, aber mit leicht schräg liegenden Augen und feuchten Mündern.

«Findest du die schön?»

«Ja, Doktor.»

«Sind sie auch. Die sind nicht krank. Aber wenn du an ihnen herumfummelst, mußt du sie heiraten.»

Ich zog die Schultern hoch.

Der Wurstfinger bewegte sich wieder vor meinen Augen. «Heiraten, und zwar augenblicklich. Tust du es nicht, wirst du erschossen, vom Vater oder dem Bruder, dem Onkel, dem Vetter, dem Großvater, dem Großonkel. Egal, von wem. Das ist gesetzlich erlaubt. Die einzige Art, dem zu entkommen, ist die, all deine Freunde um dich zu versammeln und dann als Gruppe das Flugzeug zu besteigen. Und nie mehr wiederzukommen.»

Ich trank mehr Rum, viel mehr blieb mir nicht übrig. Rum.

An den anständigen Frauen stirbt man, und von den unanständigen wird man krank.

Es kam noch eine Frau vorüber. Sie hatte rotes Haar, kurz und strähnig. Vorstehendes Gebiß. Brille. Ein gelbes Schlabberkleid. Ziemlich dick.

«Wie findest du die?»

Ich schüttelte den Kopf.

Ich hörte ihn hinter seinem Fusselbart kichern, aber die klaren blauen Augen schauten ernst. «Schön ist die nicht, aber du brauchst sie nicht zu heiraten, und sie wird dich auch nicht krank machen. Das ist ein amerikanisches Mädchen. Ich kann dich vorstellen.»

Ich ließ mich von meinem Hocker gleiten. Ich hatte Geld auf den Tresen gelegt. Der Arzt hielt mich zurück. «Du bist ziemlich groß.»

Allmählich fing er an, mich zu ärgern. Ich wollte in mein Büro, arbeiten, alles war besser als das hier. Ich hatte kein Fieber mehr, der Rum hatte mich geheilt. An die Arbeit also, Geld verdienen für die vaterländischen Aktionäre.

Aber der Arzt hielt mich fest. «Ja, du bist ziemlich groß. Mehr als sechs Fuß. Und sie ist weniger als sieben Fuß. Ein Unterschied von einem Fuß.»

«Was sagen Sie, Doktor?»

Er sah mich nachdenklich an. «Ja. Heute abend gibt der General im Palais ein Fest. Der Generalpräsident. Den mußt du kennenlernen, denn wenn du seinen Namen erwähnen kannst, erweiterst du dein Geschäft; das möchtest du doch?»

«Ja, Doktor.» Dieses ständige *Ja, Doktor* steckte mir langsam quer im Hals.

«Dann kommst du mit mir mit. Und vielleicht können wir dann das andere Problemchen auch regeln. Hol mich hier ab, heute abend gegen neun. Zieh deinen besten Anzug an.»

«Ja, Doktor.»

Und so begegnete ich ihr, am gleichen Abend, auf dem Rasen des Palais, vor einem Hintergrund von tropischen Sträuchern, unter einer Palme, mit einem Riesenvollmond in einem blauschwarzen Himmel, einem Kristallkelch voller Champagner in der einen und einer Zigarre in meiner anderen Hand. Brigitte hieß sie. Sie war schön. Deutsch schön. Blond das Haar, rosig die Haut. Straff der Körper, mit vollen Rundungen, diese Rundungen auch sehr straff gehalten. Hohe, dünne Knöchel. Ein voller, sinnlicher Mund. Wunderbar proportioniert, aber in großem Maßstab. Sieben Fuß hoch, das sind zwei Meter zehn. Ich bin nur eins neunzig. Dazwischen liegt viel.

Verzweifelt suchte ich nach etwas, worauf ich mich stellen konnte. Eine Kiste. Es gab keine Kiste. Ich konnte auch nirgendwo hinaufklettern. Wir standen auf einem Rasen. Die Palme stand hinter ihr. Ich konnte schwerlich um sie herumgehen und auf den Baum springen. Ich hatte übrigens keine Hand frei. Palmen haben auch keine Äste.

Der Arzt stellte uns einander vor und verschwand. Nur sie war da, und ich. Sie fing ein Gespräch an, ich stotterte meinen Kommentar dazwischen. Wir gingen gemeinsam ins Haus. Ein Kellner brachte uns wieder Champagner, und der General gab uns die Hand. Der Kellner und der General glichen einander aufs Haar. Ich sagte, vielleicht seien sie Brüder, und Brigitte lachte über den Scherz. Als sie ausgelacht hatte, sagte ich, ich sei gleich wieder da, und ging nach Hause.

Sie war mir zu groß. Dann lieber gar nichts, abwechselnd mit vielen Gläsern Rum. Ich hatte ein Restaurant gefunden, in dem man gut essen konnte. Und ein Geschäft voller Schallplatten. Es würde schon gehen.

Aber es ging ganz und gar nicht, denn das Restaurant gehörte Brigittes Tante, und das Schallplattengeschäft Brigitte selbst. So begegnete ich ihr immer wieder, und wenn ich ihr nicht begegnete, brachte sie der Arzt mit. Der Arzt war andauernd dabei, sie zu verkaufen, mit derselben schlauen Weitschweifigkeit, mit der ein Araber sich eines Kamels entledigt. Der Arzt beschrieb ihre Brüste, plastisch, in der Luft herumtastend. Diese Brüste standen aufrecht, ganz von allein. Er wußte das, weil Brigitte erkältet gewesen war oder ein Knötchen gehabt hatte, oder vielleicht war es auch nur warm gewesen. Wie auch immer, der Arzt hatte ihren Busen gesehen und gefühlt, und *ach, ach war das schön gewesen*.

Hübsch. Aber ich wollte trotzdem nicht. Sie war mir immer noch zu groß.

Der Mensch denkt, der Doktor lenkt. Er organisierte eine Expedition an der Küste entlang. Unterwegs würden wir zelten und angeln und jagen. Wir fuhren mit Lastwagen. Ich lag hinten zwischen dem hochstehenden Brett am Ende und, wie konnte es anders sein, Brigitte. Wir hätten auch einfach so zusammen im Bett liegen können. Ich hatte schon fast die Absicht, vorzuschlagen, wir sollten etwas ausziehen, als wir anhielten. Beim Aussteigen sah ich erneut, wie groß sie war.

Der Arzt gab mir ein Schlauchboot und eine Angel, und Brigitte wollte mit, aber ich bat sie, etwas aus dem Wagen zu holen, und war schon weit auf See, als sie zurückkam. Mit einer Riesin in einem Schlauchboot, nie im Leben. Ich fing Fische, und beim Lagerfeuer, als die Fische geröstet wurden, ging ich Brigitte aus dem Weg.

In der Nacht schlief ich in dem Zweipersonenzelt des Arztes, mit dem Arzt. Brigitte schlief in einem anderen Zweipersonenzelt. Ich begann mich zu schämen. Was war ich doch für ein Trottel, ein Ekel, ein Schlappschwanz.

Genau so wollte der Arzt es haben. Er intrigierte und manipulierte weiter. Ein Konzert fand statt, und ich saß neben Brigitte. Ich hielt ihre Hand und schämte mich weniger, denn ihre Hand war größer als die meine, und trotzdem hielt ich sie, einfach so. Auch in mir fand sich offenbar der kühne Mut wieder, der den Holländern so sehr eigen ist. Allerlei vaterländische Erinnerungen fielen mir ein: der Seeheld Piet Hein, der die spanische Silberflotte eroberte. Im schlichten, karierten Blauhemd hatte er das Steuerrad seines Schiffes gedreht – und am großen Rad der Geschichte. Und darum war es schade, daß Brigitte eine Deutsche war. Der Krieg war damals zwar schon vorbei, aber noch nicht so lange. Ich erinnerte mich noch gut an so manches. Und obwohl Brigitte immer Englisch mit mir sprach, mit dem gleichen Akzent wie der Arzt, verglich ich sie doch mit Walhalla und dem brennenden Rotterdam.

Nach dem Händefesthalten lud ich sie zu einem Souper ins Restaurant ihrer Tante ein. Hierüber dachte sie nach. Ob ich nicht lieber mit ihr nach Hause gehen wolle? Sie hatte ein Appartement mit Ausblick auf die See. Und einen kühlen Balkon. Wir könnten eine Bratwurst auf Toast essen und dazu ein Glas Liebfrauenmilch zu uns nehmen. Ja.

Danach stand sie auf und blieb stehen. Meine Ängste kehrten zurück, aber jetzt war es soweit.

Ich bot ihr eine Fahrt in meinem gerade gekauften Landrover an, aber sie hatte ihren eigenen Wagen dabei, einen Morris Mini. Ich begleitete sie. Der Wagen war eingeklemmt und konnte nur im Rückwärtsgang ausgeparkt werden, aber der funktionierte nicht. Brigitte riß den Kleinwagen zu sich heran, gegen die Steigung und mit einer Hand, während sie sich weiter mit mir unterhielt.

An diesem Abend wurde es nichts. Wir küßten uns, aber als sie mir das Schlafzimmer zeigen wollte, bekam ich einen Krampf in meinem Nacken und noch andere Schmerzen. Ich mußte dringend nach Hause.

Beim darauffolgenden Mal ging es ungefähr genauso. Aber der Arzt führte weiter seine Verkaufsgespräche, und ich traf Brigitte auch weiterhin.

Es kam zum dritten Mal. Jetzt oder nie. Ich hatte mir lange zugeredet. Ich war gut vorbereitet. Ich drang, nach dem Küssen und dem Wein auf dem Balkon, in ihr Schlafzimmer ein wie ein russischer Panzer in ein ostdeutsches Dorf im Mai 1945. Das hier würde eine mechanische Vergewaltigung werden, begleitet von Wagner persönlich. Posaunen würden erschallen und Pauken geschlagen werden.

Mit zitternden Fingern öffnete ich ihren Reißverschluß. Sie sank hernieder, ich war bereit zum Sprung.

Wer sah mich da an? Ein Ölporträt in schwerem Goldrahmen. Hohes Tier mit Totenkopf und gekreuzten Knochen. Darunter dieselben Augen wie die seiner Tochter.

«Mein Vater», sagte Brigitte. «Er ist nicht zurückgekehrt.»

Ich hatte meine Hose schon wieder an. Innerhalb von einer Minute saß ich in meinem Landrover und fuhr den Hügel hinter ihrem Appartementhaus hoch. Oben angekommen, wendete ich den Wagen und zündete mir eine Zigarette an. Ich hatte eine schöne Aussicht. Kurz darauf kam Brigitte nach draußen, in einem blauen Bademantel. Ich sah, wie sie den kleinen Morris Mini aus der Garage zog. Sie stieg ein und fuhr los, mit kreischenden Reifen. Sie war böse. Verständlich, sehr verständlich.

Es war noch zu früh, um nach Hause zu fahren. In der Stadt würde ich womöglich dem Arzt begegnen. Ich entschloß mich, zum Strand zu fahren, sogar auf den Strand hinauf. Der Landrover hielt so etwas aus.

Ich ließ den Wagen mit den rechten Reifen durch die Ausläufer der Brandung fahren und machte eine Bugwelle. Ich fuhr weiter, bis die Lichter der Stadt hinter mir lagen. Ich sprang aus dem fahrenden Wagen, nachdem ich das Lenkrad in seine äußerste Position gedreht hatte, und ließ den Landrover allein Runden drehen, während ich nackt herumrannte, in die See und wieder hinaus. Der Landrover tuckerte weiter, im ersten Gang, träge brummend. Ich setzte mich auf einen Felsen und betrachtete die anrollenden Wellen. Ich versank ins Träumen, vielleicht schlief ich auch eine Weile.

Sie saß neben mir, starr vor sich hin sehend. Ich glaube, ihre

Wut hatte mich geweckt; irgend etwas zitterte in meinem Rückgrat, als ich sie neben mir spürte.

Dann wurde ich auch böse, noch böser als sie. Im Krieg war ich ein kleiner Junge gewesen, und kleine Jungs konnten nichts tun. Aber jetzt war ich ein Mann. Neben mir saß das Dritte Reich, im Bademantel. Ich sprang auf, keuchend vor Raserei. Sie sprang auch auf und rannte zum Meer. Ich sprintete hinter ihr her und riß ihr den Bademantel von den Schultern. Darunter war ein Bikini; zwei reißende Griffe, und er war verschwunden. Ich trat gegen ihren Fußknöchel, und sie fiel. Ich schleifte sie zurück. Sie wehrte sich und wollte sich befreien, aber ich war jetzt auch stark, und grob. Als sie zuviel strampelte, schlug ich sie einfach.

Sie zeigte zum Strand und fing an zu schreien. Später erzählte sie mir, sie habe den Morris Mini so geparkt, daß mein herumkreisender Landrover ihn nicht erreichen konnte, aber mein Wagen mußte aus seiner Bahn geraten sein, vielleicht wegen wegspritzender Steinchen oder einer anderen unerforschlichen Ursache. Jedenfalls fuhr der Landrover geradewegs auf den geparkten Mini zu.

Aber was interessierte mich das? Ich trat erneut, und Brigitte fiel. Ich ließ mich auch fallen. Vor uns besprang der Landrover den Mini. Vom Mini blieb nicht viel übrig, aber Brigitte sah hinterher noch völlig intakt aus.

«Gott im Himmel», sagte sie, als wir uns Hand in Hand das Mini-Wrack ansahen. Der Landrover stand auf ihm, mit abgewürgtem Motor. Das Opfer war bis über beide Achsen in den Sand gedrückt. Brigitte blutete.

Ich fing an, mich zu entschuldigen. Ich versprach, für den Wagen zu zahlen. Ich erzählte, daß ich nicht wüßte, was in mich gefahren sei. Aber es war schon in Ordnung. Ich fuhr mit ihr nach Hause und meldete mich am nächsten Tag beim Arzt.

Ich mußte alles haarklein erzählen, manche Einzelheiten mehrmals.

Er bestellte immer wieder Rum. Wir hoben die Gläser.

Er schüttelte den Kopf. «So mußte es kommen, ja, so mußte es kommen. Es ging nicht anders.»

«Ja, Doktor.»

Wieder hörte ich, wie er hinter seinem Fusselbart kicherte, aber diesmal lachten seine Augen auch.

«Ich bin schon ziemlich drauflosgegangen», sagte ich.

Er antwortete in demselben Ton. «Was soll's?»

«Eine Frau von sieben Fuß.» Zweistimmig.

Danach waren wir betrunken und kicherten.

Deutsch von Rolf Erdorf

Mangrove-Mama

Jamy ist ein bißchen beschränkt, und ich glaubte nicht, daß er seine Freundin Mangrove-Mama umgebracht hatte. Doch er behauptete, es getan zu haben, während er mich mit den Augen eines Zwölfjährigen anstarrte. Jamy ist beinahe vierzig, aber geistig zurückgeblieben. Er habe Mangrove-Mama getötet, sagte er, indem er sie in ihren schwangeren Bauch getreten habe. Unabsichtlich natürlich. Er sei in dem Moment einfach völlig durcheinander gewesen, und außerdem habe er einen kleinen Kokainrausch gehabt.

Die Umstände haben mich, ganz ohne mein Zutun, zum Hüter dieser Insel gemacht. Diese Insel ist Egret Key, Florida, ein provisorischer Himmel für die Reichen. Warum mich? Ich glaube, man brauchte einen Schutzengel, und ich sehe einfach so aus, als ob ich für dieses Amt geeignet wäre. Niemand, außer um Anhänger werbende Fernsehprediger und kämpfende Mullahs natürlich, hat jemals einen Engel gesehen, doch wenn Niemand mir begegnete, könnte Niemand diesen freundlichen und harmlosen alten Kauz mit der Inkarnation eines solch verehrungswürdigen Wesens verwechseln.

Hallo! Jannie ist mein Name. Ich bin in der niederländischen Stadt Rotterdam geboren, zusammen mit meinen Eltern ausgewandert und als kleiner Immobilienmagnat in Boston zu Geld gekommen.

Vor vielen Jahren habe ich mich hierher zurückgezogen, auf meine viertausend Quadratmeter mit Blick auf Egret Cove Eagle Island. Ich kam mit meiner lieben Frau hierher, die mich nie mochte, sich aber an mich gewöhnte, dann jedoch starb, und mit meinem lieben Papagei, der sich nie an mich gewöhnte, aber mit der Zeit lernte, mich zu mögen.

In letzter Zeit kreischt der Papagei nicht mehr durchdringend, wenn wir uns begegnen, sondern macht es sich auf meiner Schulter bequem, nagt und knabbert an meinem Ohr und imitiert sanft, unendlich sanft, den bellenden Hund meines Nachbarn.

«Arf, arf, arf», macht der Papagei leise, keucht dann «Huh, huh, huh» und holt scharf Luft, und ich erstarre vor Angst, denn das Kreischen eines Papageis in solcher Nähe zerreißt einem leicht das Trommelfell, aber nein, sein Schlußrefrain ist wieder ein melodiöses «Arf, arf, arf».

Der Papagei war gerade bei seiner Hundenummer, als der betrunkene Jamy an jenem Abend erneut gestand, die wunderschöne Mangrove-Mama mit den langen Beinen und den hohen Brüsten, Mutter seines ungeborenen Kindes, getötet zu haben.

«Das ist nicht gut, Jamy», stimmte ich zu und schenkte Bourbon ein. Wir hatten bißfeste Steinkrebse und frisches französisches Weißbrot mit Butter gegessen, gefolgt von einer lockeren, schaumigen Zitronentorte und kubanischem Kaffee. Wir pafften dominikanische Zigarren. «Also, was ist passiert?» fragte ich.

Jamy erklärte, und Bad George, sein Kapitän, und Sopwith, sein Diener, brachen in laute «Ooohs» und «Aaaahs» aus.

Der Schauplatz? Eagle Island, wo Jamy in der genauen Nachbildung eines buddhistischen Tempels aus der Tang-Dynastie residiert, der zum Teil über einer Lagune erbaut ist. Delphine spielen, während Jamy zu Abend ißt. Ganz Eagle Island war, nachem Jamy drei Jahre zuvor alle wildlebenden Tiere und wildwachsenden Pflanzen ausgerottet hatte, von dem Zen-Architekten ‹Goldy› Yamamoto für eine runde Million oder zwei gestaltet worden. Das Ergebnis ist ein haarsträubender, übertriebener Luxus, selbst gemessen an unseren märchenhaften Key-Maßstäben.

Ich meide Eagle Island heute. Diese Art von Menschenhand

geschaffener Perfektion stößt mich ab. Im Innern der Gebäude umgeben endlose Flächen pastellfarbener Wände schneetigerfellbezogene Möbel aus Elefantenzähnen. Jamy fährt ein Lincoln-Kabriolett, Baujahr 1920, mit Holzspeichen, auf seiner wenige Meilen langen asphaltierten Privatstraße. Die Zufahrt zum Tempel säumen per Hubschrauber eingeflogene Mahagonibäume, deren Rinde sich eindrucksvoll schält, immer blühender Jasmin und eine sorgfältig angelegte Banjananpflanzung, deren Umfang sich jährlich verdoppelt. Jamys Yachthafen ist mit symmetrisch angeordneten Quellenbäumen verziert, deren fächerförmige Wedel einladend winken. Lebensgroße Pelikane, Reiher, Fischadler, ja sogar – der Teufel soll die Seele des lieben Jungen holen – Weißkopfseeadler, alle aus Plastik, sitzen auf geschwungenen Toren und gewölbten Dächern. Ein olympischer Swimmingpool ist von riesigen Spiegelwänden umgeben, der Neun-Loch-Golfplatz wird durch eine Berieselungsanlage mit Wasser zu einem Dollar die Gallone frisch gehalten. Diener Sopwith muß die Bäume im Kokospalmenwäldchen hinaufklettern, um Riesennüsse zu pflücken, die Jamys lieben Kopf zerschmettern könnten, wenn er in seiner Hängematte unter den Bäumen schaukelt und Gedichte verfaßt

… eines Abends, beim Tanz auf dem Mallory Square
traf ich meine Lihiebe …

Ledergebundene Ausgaben der fertigen Gedichte, auf Pergamentseiten handgedruckt, werden ausgewählten Empfängern überreicht. Zu denen ich gehöre. Oh, Jamy ist schon ein lieber Junge, aber meistens ärgert er mich. Sie sollten einmal seine Yamamoto-Küche sehen, mit den rostfreien Stahltheken an den Wänden, dem Boden aus echtem italienischem Marmor und mit einer vollständigen Ausstattung an Küchenmaschinen (makellos saubergehalten von Sopwith), einschließlich eines Backofens, eines Pastetenofens … Und was ißt Jamy gewöhnlich zu Abend? Ein Fertiggericht vor dem Fernseher, das Bad

George, der Fährmann, mit dem Schnellboot herbeikatapultiert. Kein Wunder, daß Jamy gern bei mir vorbeischaut, und wenn ich gerade einen frischen Schnapperfisch oder andere erlesene Meeresdelikatessen zubereite, mit denen mich Egret Cove bei meinen täglichen Ausfahrten mit dem Ruderboot versorgt, nun, dann mag Jamy, da er sich nun einmal als mein Freund betrachtet, ruhig Platz nehmen und kräftig zugreifen.

Ich sitze hier in meinem alten Haus fest, das ich, lange bevor die Keys in Mode kamen, gekauft habe. Mir graut vor dem Aufheulen von Jamys Rennboot, das die Entfernung zwischen Eagle Island und meinem Ufer in wenigen Minuten zurücklegt. Ich habe nie Zeit zu entwischen. Ich hasse Jamys endlos sich wiederholenden Monologe; sie verursachen mir Kopfschmerzen, die nur der Papagei mit «Arf, arf, huh-huh-huh, arf» besänftigen kann. Doch ich verzieh Jamy beinahe, als er mir von seinem Mord erzählte.

Wie aufregend. Sollte er Mangrove-Mama tatsächlich in den Bauch getreten haben? Noch dazu in Gegenwart seines aufsässigen Sklaven Sopwith und seines eifersüchtigen alten Kumpels Bad George?

Hm.

Wenn meine Key-Mitbewohner mir schon göttliche Fähigkeiten zuschreiben, kann ich sie genausogut auch nutzen. Nebenbei bemerkt, es macht mir Spaß, Menschen zu manipulieren, und während Jamy weinte und schluchzte, sah ich plötzlich eine Möglichkeit, die Dinge zum Besseren zu wenden.

Worum geht es hier also? Ich werde Ihnen sagen, worum es hier geht: ein wunderbares Zusammentreffen von Umständen, die zu einer Verbesserung des Planeten führen können.

Lassen Sie mich ein wenig die Vorgeschichte erläutern.

Bevor unsere Florida Keys zu dieser verrückten, übervölkerten, Touristen anlockenden Bonanza wurden, war Eagle Island einer der vielen Mangrovensümpfe, die Vögel anziehen. War es nicht ein großartiger Anblick, wie die silbergrauen Pelikane, die die Wildnis ernährte, grazil dahinschwebten, bevor sie geräuschvoll im Sturzflug ihren täglichen Fisch jagten? Es gab auch weiße Reiher und schieferfarbene Silberreiher und einige bunt schillernde Ibisse, eine Menge zierlicher kleiner Schnepfenvögel und natürlich den unaufhörlich kreisenden Truthahngeier, doch am meisten faszinierte mich ein Paar Weißkopfseeadler. Weißkopfseeadler sind aufsehenerregende Geschöpfe und selten, eine gefährdete Art.

Jamy hat diese beiden Adler abgeknallt.

Woher ich das weiß? Weil er es mir erzählt hat, nach einem anderen Abendessen, ebenfalls in Bourbonlaune.

Ich glaube, für diesen Adlermord gab es damals ein gutes Motiv. Harmlose freilebende Tiere zu töten ist genau das, was egozentrische liebe Jungen tun, besonders wenn sie reich sind und während der prägenden Jahre unter langer elterlicher Abwesenheit zu leiden hatten.

Welches Motiv genau?

Eitelkeit. Ursprünglich kaufte Jamy Eagle Island, um damit anzugeben. Es genügte ihm nicht, sich mit anderen glücklichen Leuten eine normale Insel zu teilen, nein, er brauchte eine Insel ganz für sich allein. Dann begegnet er ‹Goldy› Yamamoto in einer Stripteasebar auf Key West, und Yamamoto ist, wie sich herausstellt, Spezialist für antike chinesische Architektur. Ein Vertrag wird unterzeichnet. Doch bevor Bulldozer aus Landungsfahrzeugen ausschwärmen, um die Flora der Insel niederzuwalzen, inspizieren unsere Verschwörer das Gelände und entdecken nistende Adler.

Nistende Adler sind ein Grund, Baugenehmigungen zu verweigern.

Jamy, total vollgekokst, schultert sein Automatikgewehr Kaliber zwölf, besteigt sein Superschnellboot, braust nach Egret Cove und knallt zwei seltene Adler ab – bildschöne Exemplare mit einer Flugspannweite von zweieinhalb Metern und makellos weißen Köpfen und Schwänzen. Wie oft habe ich sie morgens beobachtet und bewundert, wenn sie sich in ihrem hoch oben in den Mangroven versteckten Nest zum Ausruhen niedergelassen hatten.

Peng! Peng!

Jamy schießt auch gleich noch die Ibisse und Pelikane mit ab.

Zen-Architekt Yamamoto unterbreitet seine Pläne der Baubehörde von Egret Key, der ich angehöre. Ich war damals abwesend. Die anderen Mitglieder sahen keinen Grund, den Antrag abzulehnen. Sie überprüften die Insel, aber es gab dort keine gefährdeten Arten – nichts, nur uns und die immer noch zahlreich vorhandenen Enten und Kormorane.

Sie fragen sich, wie ich Jamy noch zu meinem köstlichen Abendessen einladen konnte, nachdem er mir erzählt hatte, was er mit diesen prächtigen Vögeln gemacht hatte?

Weise behalten einen kühlen Kopf.

Gestatten Sie mir noch ein paar Bemerkungen zur Vorgeschichte.

Jamys Vater machte Millionen mit Öl, Häuten, Hochhäusern und anderen texanischen Dingen in jenen hochfliegenden Zeiten. Jamys Mutter ließ sich währenddessen von Macho-Männern bumsen.

Jamy selbst schmückte seinen hübschen Kopf mit einer Kornblumengirlande, stieg aus allem aus und kam in unserer Hauptstadt, Key West, wieder zum Vorschein. Wie diese höchst unabhängige kleine Stadt schien dieses ungewollte Kind die elterliche Vernachlässigung zu begrüßen.

Ich vermute, daß er hier glücklich war in diesen ungebundenen Jahren. Trotz all seiner schlechten Gewohnheiten ist Jamy immer noch attraktiv; in seiner Jugend muß er umwerfend ausgesehen haben. Er lernte Mangrove-Mama kennen, eine vollkommene Gefährtin mit unübertroffenem Lorelei-Sex-Appeal. Weitere Mitglieder der Bande waren: der schlaksige Bad George, der mit ‹Stoff› handelte, und der vertrottelte Sopwith, der sich dazu hingezogen fühlte, deutsche Gentlemen zu bedienen. Es ist hier von Blumenkindern die Rede, späteren Hippies, die sich einen Dollar verdienten, wenn es sein mußte, und sich meistens an exotischen Orten herumtrieben, betrunken, bekifft, ohne Bedürfnis nach Sinn.

... Eines Abends, beim Tanz auf dem Mallory Square ...

Jamy, damals Teilzeit-Küchenhilfe, betätigte sich ein wenig als Zuhälter für Mangrove-Mama, die Kellnerin spielte und sich nebenbei einsame Touristen angelte. Zweifellos amüsierten sich alle großartig.

Ein weiterer Sonnenuntergang sieht unsere Bande zu den Gitarren kubanischer und haitianischer Flüchtlinge tanzen und New Yorker Poeten in einen Bongorausch verfallen.

Ebendieser Sonnenuntergang sah eine kleine Weile davor Jamys Vater in einem 1958er Cadillac einen tödlichen Herzanfall erleiden. Das Auto gerät zwischen San Antonio und Austin wild ins Schlingern, kommt von der Straße ab und schießt durch eine Reihe von Musterhäusern hindurch. Verkäufer und ihre Kunden springen von Balkonen und verletzen sich. Jamy senior war bei der Kollision bereits tot.

Derselbe Sonnenuntergang, noch etwas früher, sah, wie Jamys Mutter, eine schmächtige Frau, hinter den Plastikrollos eines Motels in Montana von einem überenthusiastischen Lastwagenfahrer totgequetscht wurde.

Waisenkind Jamy ist reich.

Und was tut er nun?

Eine Zeitlang begeistert sich Jamy für die Gemeinschaftsidee. Er teilt sein Vermögen mit den anderen. Mama fährt den Jaguar, den ihr Jamy als Zeichen der Verbundenheit gekauft hat, umgehend zu Schrott. Sopwith gerät bei dem Versuch, den frühen Marlon Brando zu imitieren, unter seine Vierzylinder-Honda. Bad George verliert in seiner Rolle als Popeye infolge böiger Winde und offener Luken vor den Bahamas eine teure Yacht. Alle zusammen ruinieren sie eine Villa, als sie in der

Absicht, großzügigere Räumlichkeiten zu schaffen, tragende Wände niederreißen. Um zu sparen, kaufen Bad George und Sopwith aus der Gemeinschaftskasse einen gebrauchten Schulbus. Beim Restaurieren dieser Rostlaube werden zweihundert Liter alten Benzins in einen städtischen Kanal abgelassen. Besser, man verbrennt das Benzin. Ein Streichholz löst heftige Explosionen aus. Die Stadt präsentiert eine Rechnung für neuen Beton. In keinem der Fälle hatte es eine Versicherung gegeben. Während Jamy die Ersatzansprüche regelt, protestiert er, nicht so sehr wegen der entstandenen Verluste, sondern weil keiner Respekt vor ihm hat. Er löst die Kommune auf.

Da er noch immer nicht gelernt hat stillzusitzen, stürzt er sich in weitere Schwierigkeiten.

Jamy kauft Grundstücke, um deren Verkäufer zu beeindrucken, die aber nur so lange beeindruckt sind, bis der Vertrag abgeschlossen ist. Auch die Frauen, mit denen er sich verabredet, lassen Jamy im Stich. Sie halten ihn für verrückt. Es sind überwiegend Barbekanntschaften. Er erzählt ihnen, welche Grundstücke er besitzt, kritzelt Gesamtbeträge von Staatsanleihen, Aktien, Optionsscheinen, Edelmetallbarren und Barreserven in ausländischen Währungen auf Servietten. Er lädt seine neuen Freundinnen zu Reisen auf der Queen Elizabeth und mit der Concorde ein. Sie tauchen nie an den verabredeten Orten auf. Er kann sich nicht vorstellen, warum.

Auch Mangrove-Mama macht eine schwere Zeit durch. Sie befindet sich im Suchtstadium. Das Tauschgeschäft Sex gegen Drogen funktioniert bei ihr nicht. Sie wird in einem Lieferwagen vergewaltigt und an einem Strand ausgesetzt. Ein erregter Liebhaber wirft ihre Kleider aus dem Fenster einer billigen Absteige. Es passieren andere bizarre Dinge, an die sie sich nicht genau erinnert, aber ständig tauchen Polizisten auf, um ihr lästige Fragen zu stellen. Mama findet ein Kanu und paddelt, um unbegreiflichen Auseinandersetzungen zu entgehen, zwischen den äußeren Keys hin und her, wo ihr ein verlassenes Kokainschiff Zuflucht bietet. Sie lebt von Seetang und rohem Fisch.

Bad George transportiert als Pilot eines Flugzeugs mexikanisches Marihuana. Die alte Kiste stürzt in die Everglades. Er wird mit der Ambulanz ins Gefängnis gebracht.

Sopwith fährt wieder mit einsamen Deutschen auf blauen Mietfahrrädern, doch keiner der Touristen möchte ihn behalten. Er versucht es mit Gartenarbeit und füttert schwere Palmwedel in lärmende Reißwölfe. Er mogelt bei den Stunden und wird ständig entlassen.

Also, sind wir nicht einer Meinung, daß diese Kinder die Hilfe eines Schutzengels brauchen?

Außer Mangrove-Mama, der blonden Loreleisirene, die ein Leben in der Wildnis führt und bei Egret Cove herumpaddelt, bin ich noch keinem dieser Kinder begegnet. Mama und ich verstehen uns gut. Gelegentlich bringe ich ihr Feinschmeckermahlzeiten ans Schiff.

Und nun beginnt das Treiben auf Eagle Island. Ich entdecke zu meinem Kummer und Zorn, daß die Adler verschwunden sind. Die Insel wird ihrer Mangroven beraubt, Yamamoto baut seine gräßliche Tempelvilla, Jamy zieht ein.

Jamy und ich lernen uns in der Bucht von Egret Cove kennen, als ich ihn anbrülle, weil er mit dem Kielwasser seines Rennboots mein Beiboot beinahe zum Kentern bringt. Die ausgiebigen Entschuldigungen des lieben Jungen sind der Anfang meiner fürstlichen Bewirtungen dieses Halunken.

Der meist arbeitslose Sopwith und der bedingt haftentlassene Bad George erledigen zu jener Zeit Gartenarbeiten für mich, und Jamy trifft die beiden auf meinem Grundstück. Er stellt sie als Butler beziehungsweise Kapitän ein, versichert seinen ehemaligen Kumpels jedoch, daß es keinen Mr. Freundlich mehr gibt.

Sopwith besucht mich gelegentlich, um sich über seinen Herrn zu beklagen, der ihn und Bad George auf Distanz hält.

Ich erfahre, daß auch Mangrove-Mama ihre frühere Beziehung zu Jamy wiederherzustellen versucht, aber lediglich ab und zu eine Nacht bei ihm verbringen darf.

Soviel zur Geschichte. Ich hoffe, ich habe die wesentlichen Linien von Ursache und Wirkung deutlich machen können. Jetzt wollen wir sehen, wo sie sich kreuzen. Vielleicht ergibt ihr Schnittpunkt ein erfreulicheres Bild als Mangrove-Mamas blutende Leiche.

Ich schenkte aus der Flasche nach und verteilte mehr Zigarren. Die Zitronentorte ruhte leicht auf den Steinkrabben. Ich konnte spüren, wie sich die kleinen trockenen Füße des Papageis auf meiner Schulter bewegten. «Arf, arf», murmelte der Vogel schläfrig. Ein weiterer lieblicher Abend unter Palmen, genossen im Kreise von Freunden.

«Mangrove-Mama totgetreten, wie?» fragte ich. «Erzähl's mir noch einmal, Jamy. Und laß nichts aus.»

Jamy erhob sich, setzte sich in Positur und gestikulierte. Da stand er wieder auf dem Schauplatz des Verbrechens, am Rande seiner Lagune, und dort zerrte Mama bettelnd mit spitzen Fingern an seinem Ärmel. Sie wollte über Nacht bleiben. Er wollte nicht, daß sie über Nacht blieb. Er wollte New-Wave-CDs auf dem neuen Klangsystem hören, das Bad George installiert und Sopwith erklärt hatte.

«Arf, arf, huh-huh-huh ...»

Lieber Papagei.

«Und dann hast du Mama getreten?» fragte ich.

Jamy sagte, er erinnere sich, ihr einen Schubs gegeben, sie fallen und eine Menge Blut auf dem Fußboden gesehen zu haben.

«Aber hast du sie getreten?»

Jamy konnte sich nicht erinnern. Bad George behauptete, Jamy habe sie getreten, und Sopwith bestätigte es, also hatte Jamy sie wohl getreten. Hier waren zwei nüchterne Zeugen, und Jamy, der Täter, war voll mit Kokain.

«Du warst benebelt, mein Lieber?»

Jamy gab zu, ein bißchen geschnupft zu haben, um sich auf den New Age Jazz auf seinen neuen CDs richtig einzustimmen.

«Kannst du dich erinnern, sie geschubst zu haben?»

Das konnte er.

«Du kannst dich nicht erinnern, sie getreten zu haben?»

Das konnte er nicht. Bestimmt? Bestimmt. Er erinnerte sich jedoch an das Blut, viel Blut, das unter Mama hervorkam, die ihr Baby verlor, weil Jamy sie getreten hatte. Jamys Baby. So sagten Sopwith und Bad George später.

«Hatte Mama dir erzählt, daß sie schwanger war?»

Das hatte sie nicht.

«Wie konnte sie dann das Baby verlieren? Dein Baby? Wieso *dein* Baby?»

Jamy gestand, er habe hin und wieder mit Mama geschlafen.

Ich sagte zu Jamy, daß Mama jetzt über vierzig sei. Vierzigjährige Frauen werden zwar manchmal schwanger, doch was war mit Mamas genügsamem Lebensstil, ihrer Kanufahrerei jeden Tag, ihren Mahlzeiten aus rohem Fisch und Meeresalgen …

«Hast du jemals eine Frau geschwängert?» fragte ich.

Er antwortete, äh, jetzt, wo ich davon spräche, äh, nein …

«Nun stirbt Mama», sagte ich. «Sie liegt auf deinen Marmorfliesen im Zen-Salon dicht bei der Lagune, und sie stirbt.»

Nein, nein, das hätte ich mißverstanden, meinte Jamy. Da lebte Mama noch, aber sie sei sehr krank gewesen und blutete, und er sei high gewesen und außerstande, mit der Situation fertig zu werden. Bad George und Sopwith jedoch seien nüchtern gewesen, deshalb habe er sie gebeten, Mama ins Key West Hospital zu bringen und sie behandeln zu lassen. Bad George sagte, Krankenhäuser nähmen keine alleinstehenden Frauen auf, die bluteten, nicht ohne Geld. Jamy spuckte Geld aus.

«Wieviel?»

Tausend Dollar, sagte Jamy. Während er das Geld holte, wickelten Bad George und Sopwith Mama in eine Decke und trugen sie ins Schnellboot – die Rettungsmannschaft schießt in die dunkle Nacht davon. Das Boot gleitet über die flachen Wellen von Egret Cove, das Gebrüll der beiden Außenbordmotoren verliert sich im schwarzen Raum.

«Du bist zu Hause geblieben, Jamy?»

Ja, sagte er. Jamy haßt Blut, und er haßt leidende Frauen. Und da waren noch die neuen CDs. Während Mangrove-Mama von der modernen Medizin wieder zusammengeflickt wurde, wollte Jamy sich beim Klang der sanften, sphärischen New-Age-Musik entspannen und seine geistige Energie konzentrieren, um sie auf telepathischem Wege Mama zu übermitteln, damit die umgehend wieder gesund würde. Sie wurde nicht umgehend wieder gesund. Sie starb, bevor sie die Krankenhausküste erreichte. Bad George und Sopwith brachten die Leiche zurück, die immer noch in die blutige Decke gewickelt war. An der einen Seite hingen Mamas lange blonde Haare heraus und an der anderen ihre toten Füße. Ein unerträglicher Anblick, der Jamy dazu brachte, seine Musikanlage auszuschalten.

«Wo ist die Leiche, Jamy?» fragte ich, aber ich mußte eine Pause einlegen. Jamy, im Alkoholrausch, schlurfte um meinen Stuhl herum, fuchtelte wild mit den Armen und stimmte sein Klagelied an. Wie sehr er Mangrove-Mama geliebt habe, jammerte er, wie sehr er sich wünschte, den Schaden, den er ihr, allen und allem zugefügt habe, wiedergutzumachen. Die Welt gehe zugrunde, und er habe mit seinen Millionen gespielt, zur zerstörerischen Verschwendung und Verschmutzung beigetragen, das Ozonloch vergrößert, während er ein weiterer heiliger Jacques Yves Cousteau hätte sein können oder Kapitän eines Greenpeace-Schiffes mit Mama als Maat; oder er hätte japanische Walfangschiffe torpedieren können oder ein solargetriebenes Flugzeug fliegen, um über russischen Atommüllagern zu patrouillieren, die die Versorgung mit Pfifferlingen beeinträchtigten, mit denen New Yorker Bettlerinnen ernährt werden konnten.

«Ja», sagte ich, «ja.»

Während ich dem Papagei, der ebenfalls genug hatte, in seinen Käfig half – der müde kleine Kerl fiel mir fast von der Hand –, ging ich zur Analyse über.

War es der französische Romancier Stendhal, der einmal gesagt hat, daß erfolgreiche Geschäftsleute gute Philosophen abgeben, weil sie den Mut haben, die Dinge klar zu sehen? Großverdiener sehen, was vor sich geht, anstatt das zu sehen, was sie möchten, daß es vor sich geht, und ziehen Gewinn aus dem Akzeptieren unangenehmer Wahrheiten.

Was würde ich gern sehen? Gerechtigkeit natürlich. Jamy in Handschellen und unkrautjätend am Straßenrand, während ein Kaugummi kauender sadistischer Südstaatenwachposten mit dem Gewehr vor seiner Nase herumfuchtelt.

Und dann würde ein anderer reicher Dummkopf auf Eagle Island herumlümmeln. Sieh ihn dir doch an, diesen nichtsnutzigen Trottel, diesen elenden Schwachkopf Jamy, wie er daherplappert …

Egret Keys Schutzengel zwingt sich, ruhig, wohlwollend, freundlich distanziert zu bleiben und härter an sich zu arbeiten. Ja, selbst Engel geraten in Versuchung, aber ich hatte nicht die Absicht, Luzifer zu folgen. Es sei denn, der Schritt gefiele mir.

«Hast du die Leiche ins Meer geworfen?» fragte ich. Meine Atmung wurde ein wenig unregelmäßig. Dies war die entscheidende Frage, von der meine Lösung abhing.

«Habe Mama begraben», schluchzte Jamy.

«Wo, mein lieber Junge?»

«An Bad Georges Pißfelsen», schluchzte Jamy.

Besser, viel besser. Dieser Steinhaufen, überwuchert mit giftigen Florida-Stechpalmen und von Säure tropfenden Pappeln, befindet sich auf halbem Wege zwischen Eagle Island und meinem Haus. Wir haben ihn so genannt, nachdem Bad George anfing, ihn auf seinen Fährtouren über die Bucht als Pissoir zu benutzen.

«Laß uns hinfahren und einen Blick darauf werfen», sagte ich.

Jamy, erschöpft von der Selbstanklage, war auf meinem Walnußfußboden eingeschlafen. Ich goß mehrere Gießkannen über ihm aus. Jamy begann zu wimmern, erhob sich jedoch.

Der Papagei wachte auf. «Arf?»

«Nein, du bleibst hier, kleiner Freund.» Ich fand einen Spaten, schleppte Jamy zu meinem Anlegeplatz und ließ ihn ins Ruderboot fallen. Jamy umklammerte meine Knie. «Bitte, Jannie, laß Mangrove-Mama in Frieden.»

Er blieb im Boot, vornübergesunken, den Kopf in den Händen, während ich grub. Bad George und Sopwith hatten gute Arbeit geleistet, die Leiche lag zwei Meter unter Steinen und Geröll, aber es war nicht Mangrove-Mama. Ich glaubte das alte Mädchen zu erkennen. Auf der anderen Seite von Egret Cove gibt es eine ganze Flottille von Schiffswracks, auf denen ständig wechselnde Bootsbesetzer leben. Diese Frau hatte mir einmal mit erhobener Flasche zugewinkt, als ich vorbeiruderte, und eine sexuelle Begegnung vorgeschlagen. Ich entwickelte eine Theorie, die mit allen Fakten übereinstimmte. Wieder einmal betrunken, war diese Frau ins Wasser gefallen und ertrunken. Ihr Körper trieb in jener verhängnisvollen Nacht in der Bucht und kollidierte mit dem Boot von Bad George, Sopwith und Mangrove-Mama.

Das Licht meiner Taschenlampe erfaßte Mangrove-Mamas blonde Locken, die geschickt in das verfilzte Haar der toten Frau geflochten waren. Wer hatte sich diese schauerliche Mühe gemacht? Mama war angeblich krank. Der zimperliche Sopwith? Während Bad George ihn mit drohend erhobener Faust dazu zwang? Ich mußte lächeln, als ich mir die Szene vorstellte: das Plätschern der Wellen, die Schreie der Eulen, das Flattern von Fledermausflügeln, unheimliche Laute, die Sopwiths schwachen Protest begleiteten. Sein Quieksen klingt wie Stan Laurels dünnes Greinen, und Bad George, der stolz einen Bowler trägt und dicker geworden ist, verkörpert an der Seite des bemitleidenswerten Introvertierten den unerbittlichen Oliver Hardy. Mangrove-Mama glänzt darin als die schöne Frau, die Komikerpaare als Kontrast brauchen.

Ich verneigte mich vor dem Leichnam, schaufelte das Geröll zurück, stampfte das Grab wieder fest und stieg in mein Boot.

«Wie geht es Mama?» fragte Jamy.

«Ausgezeichnet», antwortete ich. Wir ruderten schweigend zu meinem Haus. Ich brachte Jamy im Gästezimmer unter. Am nächsten Morgen schlug Jamy, während er mir beim Frühstücken zusah und sich in eine Wolke aus Zigarettenrauch hüllte, vor, ich solle ihm die Hand halten, wenn er sich dem Sheriff auslieferte.

«Nicht nötig», sagte ich. «Ich kann dich retten, mein lieber Junge, unter bestimmten Bedingungen.»

Voller Ehrfurcht flüstert Jamy: «Du kannst Mangrove-Mama wieder zum Leben erwecken?»

«Warum nicht?» entgegnete der Weise von Egret Key seinem unerleuchteten Schüler.

Ein Hoffnungsschimmer glomm in Jamys Augen auf.

Wie schon gesagt, schreiben mir meine Nachbarn gewisse Kräfte zu. Das hängt mit diesem teuflischen New Age zusammen. Es gibt hier alle möglichen reichen selbsternannten Spiritualisten, und der allgemeine Trend geht dahin, das Wachstum der Seele voranzutreiben. Die meisten Suchenden an dieser Küste streben nach dem Buddhawesen, und um etwas Abwechslung in die allgemeine Suche zu bringen, gestehe ich, daß ich es mit dem Tao halte.

Taoisten, abgesehen davon, daß sie den namenlosen Weg namens Tao gehen, vollführen Tricks. Die hiesige Legende verweist auf meinen «magischen Swimmingpool», der «den Geist reflektiert», auf meinen betagten Hibiskusbaum, «einen Startpunkt für den astralen Sprung in den Raum», auf mein Barbecuegestell, «ein alchimistisches Instrument zur Herstellung unsichtbar machender Zaubertränke». Mein Alter wird auf hundert Jahre und mehr geschätzt. Da ich in Europa geboren bin, traut man mir zu, daß ich mich an den Ersten Weltkrieg und den belgischen Freiheitskampf erinnern kann. Wenn ich dazu gedrängt werde, bestätige ich, daß ich bei dem zaristischen Spion Gurdjieff im Kum-Bum-Kloster in Tibet tantrischen Lamaismus studiert habe. Auf einer von der Smithsonian Institution finanzierten Reise nach Neuguinea, die ich kürzlich unternommen habe, erwarb ich eine Schädeltrommel, die bei Vollmond meine indianischen Penobscot-Tänze begleitet. Ich singe häufig Kinderlieder und kann in W.-C.-Fields-Manier mit Telefonbüchern jonglieren. Kein Wunder, daß Jamy mir glauben wollte.

«Jamy», sagte ich, «du hast in gemeiner, egoistischer und ignoranter Weise, was drei Seiten derselben Medaille sind, ein Paar herrlicher Adler, wenigstens vier Pelikane einer bedrohten Art und eine Gruppe seltener Ibisse getötet, um dir ihre Insel anzueignen. Du bist ein übergeschnappter Tyrann. Ich kann dir Mangrove-Mama wiedergeben, aber ich muß dafür auf deiner prompten Besserung bestehen.»

Jamy murmelte salbungsvolle Versprechen.

«Okay?»

«Okay», flüsterte Jamy.

«Also gut», sagte der Hüter der Insel, während er sich über den weißen Schnurrbart strich und seine stahlblauen Augen aufblitzen ließ, «du wirst Mama zurückbekommen, um sie zu lieben und für sie zu sorgen. Du und deine karmischen Brüder Sopwith und Bad George, plus die von mir wiederzubelebende Muse, werdet eure wahre Bestimmung erfüllen und den heiligen Jacques Yves Cousteau unterstützen. Nachdem ...»

«Arf?» fragte der Papagei aus seinem Käfig.

«Ja?» fragte Jamy aus seiner Hölle.

«... du die Behörden aufgesucht und ihnen mitgeteilt hast», sagte ich von meiner Wolke herab, «daß du ein Vogelschutzgebiet für bedrohte Arten einrichten willst und die Genehmigung brauchst, dein häßliches Haus abzureißen. Überwache persönlich das Abbrennen des Gebäudes sowie die Sprengung deiner Privatstraße und deines Yachthafens. Übertrage den Besitz von Eagle Island auf die Egret Key Wetlands Conserving Society, und ermächtige mich, ihren Präsidenten, die Insel für alle Zeiten in ein offiziell anerkanntes Naturschutzgebiet umzuwandeln.» Ich wies auf die Tür. «Tu es *jetzt*, lieber Junge!»

Jamy faltete seine Hände. «Und du wirst mir Mama zurückgeben?»

Ich sagte, daß ich diese Kleinigkeit erledigen würde.

Ich befreite den Papagei. Gemeinsam beobachteten wir, wie Jamy am Anfang eines geschäftigen Tages wiedergeboren wurde. Wenn Jamy eine Sache erst einmal begriffen hat, weiß er, wie er sie anpacken muß.

Ich ruderte hinaus, um Mama ausfindig zu machen. Sie versteckte sich zuerst, aber ich hatte ein Mittagessen mitgebracht, und der gute Duft lockte ihr Kanu aus den Mangroven hervor.

«Unser kleiner Plan funktioniert also nicht», meinte sie, nachdem sie sich bis zum Grund meines Freßkorbs vorgearbeitet hatte.

«Er funktioniert sehr gut», sagte ich. «Was macht die Blutung, Mama?»

Sie errötete unter ihrer Inselbräune. «Ein Frauenleiden, Jannie. Ich bin jetzt in einem gewissen Alter, und dieses karge Leben bringt die Dinge nicht ins Gleichgewicht. Entweder alles oder nichts.»

Ich errötete ebenfalls. «Keine verunglückte Schwangerschaft?»

«Nein», sagte sie.

«Es ist alles einfach so passiert?» fragte ich. «Ihr habt nicht zuerst die Leiche der alten Frau gefunden, sie irgendwo an die Leine gelegt und dann im richtigen Augenblick hervorgeholt, um deinen Liebhaber in ein Erpressungskomplott zu verstrikken?»

«Es ist alles einfach wieder passiert», schluchzte Mangrove-Mama, «so wie immer alles einfach passiert ist.» Zuerst sei sie blutend zusammengebrochen, dann sei das Boot gegen die Leiche der betrunkenen Frau gestoßen, und dann seien sie auf den dummen Erpressungsplan verfallen.

«Alles ist in Ordnung», sagte ich. «Jamy liebt dich.»

Ich sang: *«Eines Abends, beim Tanz auf dem Mallory Square ...»*

Ich deutete auf ihr kurzes Haar. «Sieht hübsch aus.»

Mama schluchzte weiter.

«Das brauchst du nicht», sagte ich. «Warte hier noch ein wenig. Die Aussichten sind gut.»

An jenem Abend sahen ich, Bad George und Sopwith von meiner Kaimauer aus dem Feuerwerk auf Eagle Island zu.

«Ich würde Jamy ja gern dabei helfen», sagte Bad George, «aber ich glaube, er ist wütend auf mich.»

«Bad George», murmelte ich. «Mit der Leiche der alten Frau herumzupfuschen und für Geld Lügen zu erzählen ist nicht gut für das, was dein Pfadfinderführer im Sinn hatte.»

Bad George senkte seinen dicken Kopf, und Sopwith gab wieder das Stan-Laurel-Quieksen von sich. Sie wollten wissen, wann der Sheriff sie abholen würde.

«Engel verpfeifen keine Kumpel», sagte ich, «aber es wird sich einiges ändern müssen.»

Mangroven haben wieder Besitz von der Insel ergriffen.

Jamy kam kürzlich von der Entziehungskur zurück. Die Ärzte haben gute Arbeit geleistet. Der Patient hat sogar das Rauchen aufgegeben. Mangrove-Mama hilft ihm, einen alten

Schoner zu restaurieren. Bad George und Sopwith sind mit von der Partie, und die Bande nimmt an einem Navigationskurs der Küstenwache teil. Wer als erster die Prüfung besteht, wird Kapitän der *Saint Cousteau* und darf das Schiff auf Patrouille steuern, Umweltsünder verfolgen, Wale aus frei herumtreibenden Netzen befreien.

Jamy sagt, ich dürfe mitkommen und zusehen.

Während ich geduldig warte, bewundere ich einen Adler, der hoch über der Bucht schwebt und dann und wann herabgleitet, um seinen prüfenden Blick über die Insel schweifen zu lassen. In der Nähe des Ortes, wo einst ‹Goldy› Yamamotos Zen-Tempel sein Dach erhob, habe ich auf einem Pfosten ein Holzrad installiert. Es hat noch nicht den Beifall des Vogels gefunden.

Deutsch von Klaus Schomburg

Let's go Bananas

Ich kann nichts dafür, das versichere ich Ihnen. Was Herrn Huber, meinem früheren Arbeitgeber und Peiniger, angetan wurde, ist einzig und allein das Werk von Madame Pele. Pele ist eine hawaiische Göttin und äußerst grausam. Ich selbst hätte mir nie die Strafe ausdenken können, die Pele Herrn Huber auferlegte. Ich sage Ihnen, ich hatte wenig damit zu tun, obwohl ich vielleicht irgendwie dazu beitrug, ihm all diese Schmerzen zuzufügen. Könnte auch sein, daß es etwas mit dem Zeitgeist zu tun hat, denn auch Ihnen dürfte nicht entgangen sein, daß sich das Gleichgewicht der Geschlechter verlagert hat. Vielleicht war ich der schwache menschliche Minimann, der von der allgewaltigen Riesengöttin manipuliert wurde.

Ja, ich weiß, was Sie meinen, «Befehl ist Befehl» gilt heute nicht mehr, und ich kann die Sache nicht einfach einer höheren Macht in die Schuhe schieben. Das ist schön und gut, wenn es um menschliche Beziehungen geht. Hier geht es nicht um Nazis, oder Hutus gegen Tutsis, Serben gegen Kroaten; hier geht es um ein hilfloses menschliches Wesen in den Händen einer übermächtigen Göttin.

Erinnern Sie sich noch, was Baghwan sagte? Dieser indische Guru, der in Kalifornien ein ganzes Rolls-Royce-Geschwader unterhielt und alle möglichen Einsichten verkündete? Baghwan behauptete, Gott begegnet zu sein, und sagte: «Gott ist kein netter Mann, kein lieber Onkel.»

Also, ich muß Ihnen sagen, ich bin Madame Pele zweimal begegnet, und sie ist keine nette Frau, keine liebe Tante.

Entschuldigung. Sie wissen natürlich gar nicht, wovon ich rede. Gut, ich will es Ihnen erklären. Ich spreche von einer

Göttin, die Hawaii beherrscht, genauer gesagt das, was die Hawaiianer «die große Insel» nennen, die aus einem gewaltigen Vulkan mit diversen aktiven Kratern und einer Menge erstarrter, zumindest für eine Weile zu Land gewordener Lava um diese Krater besteht.

Vulkane sind ein faszinierendes Phänomen, verbinden die dünne illusionäre Oberfläche des Planeten mit seinem eigentlichen Kern. Die Wahrheit blubbert hoch wie glühheißes flüssiges Feuer. Sie meinen, ich übertreibe? Dann schauen Sie doch mal hinab in den Kilauea Vulkan, Peles Mund. Das Feuer lodert ständig und schießt in regelmäßigen Abständen aus dem Berg. Versuchen Sie, ein Haus in dem aus den Dörfern Naalehu, Kelakekua und Kurtistown gebildeten Dreieck zu bauen. Schon möglich, aber nur, wenn Sie bar bezahlen. Keine Bank wird Ihnen eine Hypothek auf das Haus geben, keiner wird es Ihnen versichern.

Wissen Sie, was Pele anrichten kann, wenn sie wütend ist? Machen Sie es sich in Ihrem Hotelzimmer bequem, und schauen Sie sich das Video des letzten Kilauea-Ausbruchs an. Sie werden sehen, wie die Menschen um ihr Leben rennen, während die Häuser hinter ihnen in Flammen aufgehen und die Funken sie jagen wie kleine Todesvögel.

Ich heiße Martin Schuppke. Damals war ich Journalist. Na ja, das ist vielleicht ein bißchen übertrieben. Ich war «Reiseberichterstatter». Herr Huber hatte mich nach Hawaii geschickt, um Nettes über ein neues Hotel in japanischer Hand zu schreiben.

Herrn Huber gehörte zu der Zeit der Huber-Verlag. Ja, den Verlag gibt es immer noch, Sie haben bestimmt schon unsere Reiseberichte, Reiseführer und ähnliches gesehen. Die meisten Buchhandlungen führen sie. Früher gab der Verlag auch Werbebroschüren heraus. Ich wurde durch die ganze Welt geschickt, auf Billigticket, vorzugsweise in letzter Minute gebuchten Charterflügen, meist in den letzten Reihen bei den

Rauchern (ich selbst bin Nichtraucher), um Hotels zu besuchen, die ihre Geschäfte aufbessern wollten.

So kam ich ins Hualalai Hotel auf der großen Insel. Mir gefiel es sehr gut dort, bis Herr Huber auftauchte, zusammen mit Jutta. Herr Huber war ein gutaussehender Mann, der stets maßgeschneiderte Anzüge trug. Jutta arbeitete für eine Hamburger Begleitagentur. Er hatte sie für die Reise angeheuert. Sie war, und ist, eine wunderschöne Frau mit einem normalerweise freundlichen Wesen. Herr Huber kam im Hualalai in tropischer Aufmachung und einem breitkrempigen Leinenhut an. Sein blonder Vollbart war sauber beschnitten, und seine meerblauen Augen funkelten. Jutta hat lange schlanke Beine, was Herrn Huber veranlaßte, sie in einen winzigen Minirock zu stecken. Sie hat auch hübsche Brüste, also verlangt er, daß sie eine tief ausgeschnittene Bluse trug und ihren Busen ordentlich hochschnürte, so daß sie wie eine übergroße Barbiepuppe aussah.

Juttas Erscheinung sollte die Leute davon überzeugen, daß Herr Huber etwas Besonderes war. Herr Huber macht sich nichts aus erwachsenen Frauen, er mag kleine Mädchen, aber das wissen nur wenige. Ich natürlich schon, denn ich mag kleine Mädchen auch, aber aus anderen Gründen. Ich bewundere ihre Unschuld. Ich glaube, ich hätte gerne Töchter, wäre gern ihr Vater, würde mit ihnen Schlittschuh laufen gehen oder in den Zoo und ihnen bei den Hausaufgaben helfen. Jutta kann keine Kinder bekommen wegen einer schiefgegangenen Abtreibung, nach der ihr die Gebärmutter entfernt werden mußte.

Herr Huber mißbraucht gern kleine Mädchen. Er pflegte sich Videos zu kaufen, auf denen so was gezeigt wird.

Ja, ich bin Martin Schuppke. Wenn Herr Huber mich ansprach, betonte er immer die erste Silbe und sprach die zweite in herablassender Weise aus, wie manche das Wort «Ski». Schupp-ke. Als käme ich aus der äußeren Mongolei, und als sei das schlecht.

«Ah, Schupp-ke», sage Herr Huber, als er mich auf der Terrasse des Hualalai Hotel erblickte. Er zeigte auf mich, damit Jutta mich sah, als sei ich ein Insekt, ein «Schuppke», eine örtliche Unterart der Küchenschabe. Wir wurden einander nicht vorgestellt. Auch auf sie wurde gezeigt. Sie war kein Insekt, aber eine Hure, die er gemietet hatte. «Jutta gehorcht auf Befehl, Schupp-ke. Tut sie das nicht, kriegt sie Ärger mit der Agentur, weil ich mich beschweren werde, und dann schickt man sie zurück auf die Straße, nicht? Liebling?»

Sie gab keine Antwort. Er starrte sie an. «Antworte mir, Liebling.»

«Ja, Herr Huber.»

Ich habe Jutta nie gefragt, was sie damals von mir dachte. Ich brauchte nicht zu fragen, weil ich es wußte. Sehen Sie, ich bin ein untersetzter, kinnloser, dicknasiger Typ mit großen Füßen. Auch mein Kopf ist groß, und ich habe kleine Augen. Sie sind farblos und starren dümmlich durch dicke Brillengläser. Sie stehen zu eng zusammen. Meine Augen sind nicht gerade das Beste an mir.

Heute ziehe ich mich besser an, aber zu jener Zeit trug ich noch die Anzüge meines Vaters: zweireihige Jacketts, zu weite Hosen und ausgefranste Seidenkrawatten in schreienden Farben. Von dem, was Herr Huber mir zahlte, konnte ich mir nichts anderes leisten.

Herrn Hubers Ankunft verdarb mir den Abend. Das Hualalai ist ein viel zu teures Hotel (die billigsten Zimmer kosten 600 Dollar pro Nacht), und alles ist ziemlich überzogen, aber die Musik ist phantastisch. An dem Abend sollten die Kahuku Song Boys spielen. Ich hatte die Gruppe schon einmal gehört und freute mich auf den Auftritt.

Hawaiische Musik ist etwas Besonderes. In Europa hören wir Zeug, das auf Hawaiimusik getrimmt und von Imitatoren gespielt wird. Wenn wir das jaulige Zirpen von Metallsaiten hören und die kindischen Stimmen, die von Sonnenuntergängen und Ananassaft singen, glauben wir, das wäre echt, besonders, wenn dazu auch noch ein paar Asiatinnen die Hüften rollen und Baströckchen hüpfen lassen.

Nichts dergleichen. Die Kahuku Song Boys sind übermäßig fette Männer und lassen nichts rollen oder hüpfen, höchstens die enormen Speckfalten ihrer Bäuche. Ich konnte es nicht fassen, als ich sie das erste Mal sah. Die Sänger sehen auf ihren Stahlstühlen (die «Boys» sind zu schwer, um mehr als ein paar Sekunden stehen zu können) wie menschliche Puddinge aus, mit kleinen Köpfen obendrauf wie Dekorkirschen. Ihre winzigen Ukulelen verschwinden fast im Gewabbel ihrer dicken Bäuche. Wenn sie darauf spielen, sieht es aus, als würden sie onanieren. Ich wollte lachen oder rot werden, aber als die Musik begann, vergaß ich alles. Der fließende Klang dieser echten Hawaiimusik schien das Universum zu erfüllen. Mein blödes Hirn hörte mit einmal auf zu denken und war bald ganz ausgeschaltet. Es gab nur noch die Musik, die langen Töne, die reinen Stimmen, die sich nach allen Seiten ausbreitet. Der herrliche Sonnenuntergang um uns herum – das Hotel lag auf einer Hügelkuppe – wurde Teil der Musik. Mein Geist, oder in was auch immer ich mich verwandelt hatte, verschmolz mit der unendlichen lebendigen Stille des Pazifischen Ozeans. Plötzlich dämmerte mir, daß vielleicht doch alles in Ordnung war, daß es keinen Grund dafür gab, glücklich oder traurig zu sein, daß ich mit allem identisch und gottgleich war.

An dem Abend, als Herr Huber und Jutta eintrafen, wollte ich die erstaunliche Musik noch einmal hören. Aber Herr Huber redete ununterbrochen, lachte, bestellte mit lauter Stimme Getränke und aß geräuschvoll.

Die Musik wurde zum Hintergrundgeräusch, und der Sonnenuntergang wirkte wie eine Fototapete, während Herr Huber Jutta und mich lächerlich machte. Er beschrieb mich als einen defekten Geist, den er in einer Bierflasche gefunden hatte, als seine billige Projektion, die er für wenig Geld von Ort zu

Ort schickte, um Eindrücke zu sammeln. Er erzählte Jutta, daß er alles, was ich schrieb, überarbeiten müsse, daß mein Stil, selbst nach all den Jahren, oberflächlich banal oder schwärmerisch pubertär wäre. «Schupp-ke leidet noch immer Weltschmerz, Liebling. Ganz im Gegensatz zu dir, was?» Schmerzhaft kniff er Jutta in die Wange. «Huren sind hartgesotten. Sie kennen die wahren Werte, und Wahrheit ist ziemlich billig. Nichts, was unsere Reiseführer anpreisen, ist allzuviel wert. Wir übertünchen das Produkt mit Klischees, geben es als das aus, was die reisenden Schafe sehen wollen. Wir tun nichts anderes, als die Herden in die Hotels zu treiben, wo sie für diese Saison ordentlich geschoren werden. Dann können sie heimfliegen und sich fleißig neue Geldpelze wachsen lassen.»

In gewisser Weise hatte er recht. Die Broschüren des Huber Verlags zielten auf den gemeinsamen Nenner ab, darauf, was der gewöhnliche Mittelschichtstourist mit dem geborgten Geld seiner Kreditkarte einstreichen kann. Mein Fehler war, daß ich mich oft zu tief einließ. Als Herr Huber mich fragte, was ich in den letzten Tagen gemacht hatte, erzählte ich ihm dummerweise, daß ich über Gebräuche und Sagen der großen Insel nachgeforscht hatte. Ich erzählte ihm sogar von meinem Interesse an der einschüchternden Madame Pele. Kaum hatte er begriffen, worauf ich hinauswollte, unterbrach mich Herr Huber rüde. «Tauchkurse, Sie Arschloch, dafür werden Sie bezahlt. Die fremde Küche, verdammt noch mal, billigen Fisch oder so was. Wie sicher hier alles ist. Daß den Idioten, die wir mit unseren Reisebeschreibungen anlocken, hier überhaupt nichts passieren kann. Die kostenlosen Führungen, die das Hotel bietet, haben Sie die untersucht? Haben Sie sich Notizen über die ausgezeichnete medizinische Versorgung am Ort gemacht, die mit der gesetzlichen Krankenversicherung abgedeckt wird? Solches Zeug, Schupp-ke, garniert mit ein paar Mynahvögeln, die den Touristen antworten, wenn die hallo sagen, und der einen oder anderen Palme, keine von denen, die den Dummköpfen Kokosnüsse aufs Haupt fallen lassen. Wer zum Teufel interessiert sich denn für Heinzelfrauchen oder örtliche Feen? Wollen Sie etwa unsere kostbaren Kunden verschrecken?»

Jutta hätte über meine offensichtliche Unwissenheit lachen sollen, aber sie tat es nicht. Sie bat, sich kurz entschuldigen zu dürfen, aber Herr Huber wollte seine kostspielige Begleitung noch nicht mal aufs Klo gehen lassen. Das könne Jutta in ihrer Freizeit tun, jetzt bräuchte er sie zum Vorführen von «T und A».

Jutta kannte den Ausdruck nicht.

«Titten und Arsch, Liebling.»

«Wann ist meine Freizeit?» fragte sie.

«Wenn ich im Bett bin, Liebling, du weißt, da kann ich dich nicht brauchen.» Herrn Hubers perfekte Zähne blitzten bei seinem schrägen Grinsen. «Will mir ja schließlich keine dieser widerlichen Krankheiten zuziehen, verstehst du?»

Zum Glück überschätzte Herr Huber seinen Appetit. Er bestellte Jutta ein Thunfischsandwich – ließ sie noch nicht mal in die Speisekarte schauen –, weil, wie er sagte, sie auf ihre Figur achten müßte. «Denn du lebst ja von deinem Körper, Liebling, nicht wahr?»

Ich mußte für mein Tonic selbst bezahlen, ohne Lime. Glücklicherweise waren die Kartoffelchips gratis, und es gelang mir, eine doppelte Portion zu ergattern.

Herr Huber tat sich an einem gebackenen Hummer mit vielen Beilagen gütlich. Er verputzte eine Flasche Wein für 100 Dollar, die aussah, als sei sie eben entstaubt worden. Zum Nachtisch nahm er «Let's go Bananas», das Teuerste auf der Speisekarte. Es bestand aus Eis auf Früchten in einem kleinen Silberpokal, vom Ober mit einem hawaiischen Likör aufgefüllt.

Ein doppelter Cognac gab Herrn Huber den Rest. Jutta und

ich schauten fasziniert zu, wie unser Kunde beziehungsweise Arbeitgeber plötzlich erstarrte. Er schaute unverwandt geradeaus. Er wurde bleich. Dann entleerten sich seine Nebenhöhlen schwallartig durch die Nasenlöcher.

Der Anblick dieser beiden langsam fließenden Rotzbäche, die sich auf dem Teller mit den nach dem Essen bereitgestellten Pfefferminzbonbons zu Stalaktiten formten, war ekelerregend.

Nachdem der Ober dafür gesorgt hatte, daß Herr Huber die Rechnung abzeichnete, inklusive Trinkgeld, das der Ober selbst hinzugefügt hatte, schaute er Jutta und mich an. Als er sah, daß wir beide den Kopf schüttelten, rief er einen athletischen Hilfskellner herbei, um den Stargast des Hotels zu stützen und in seine Suite zurückzubringen.

Kaum waren wir Herrn Huber los, lud ich Jutta zum Essen in die Innenstadt von Kona ein. Sie fuhr Herrn Hubers Mietwagen hinunter in die Stadt, wo wir ein Lokal mit annehmbaren Preisen fanden. Jutta bestand darauf, für die gegrillten Seezungen mit frischem Salat zu bezahlen. Ihr Einkommen sei besser als meins, sagte sie. Sie hoffe, ich hätte nichts dagegen, wie sie ihr Geld verdiene.

Ich stotterte – ich muß zugeben, ich war vom ersten Moment an hingerissen von Jutta –, daß es mir ganz egal sei, wie sie sich ihr Leben einrichtete.

Jutta war darauf trainiert, ihre Begleitung zu unterhalten, und entsann sich meines Versuchs, Herrn Huber von meinen Einblicken in die hawaiische Folklore zu berichten. Daraufhin erzählte ich Jutta die Legende von Madame Pele. Zwei Dinge versetzen die göttliche Dame in Wut: Man behauptet, die hawaiische Göttin könne es nicht leiden, wenn Frauen mißhandelt werden, und wenn Touristen Sachen von der Insel mitnehmen.

«Was für Sachen?» fragte Jutta.

«Muscheln», erwiderte ich, «Steine, Blumen, jede Art von Erinnerungsstücken.»

Laut meinen Nachforschungen gab es für letzteres auf Peles «Verbotsliste» genügend Beweise. Viele Touristen, die Teile der großen Insel mit nach Hause genommen hatten, schickten sie später per Post nach Hawaii zurück. Die Postämter von Kona und Hilo waren an den ständigen Strom ausländischer Päckchen gewöhnt, angefüllt mit Dingen, die Touristen gerne aufsammeln, abreißen oder ausbuddeln, säuberlich in Seidenpapier eingewickelt und von Geldscheinen und höflichen Briefen begleitet, in denen die Postbeamten gebeten wurden, Beiliegendes doch bitte an die Strände, auf die Felder oder in die Wälder zurückzubringen.

«Belegt Pele die Touristen mit einem Fluch?» wollte Jutta wissen. «Haben sie irgendwelche traumatischen Erlebnisse?»

Die Artikel, die ich in der Stadtbücherei von Kona gelesen hatte, erwähnten in dieser Hinsicht keine Einzelheiten. Ich hielt es für möglich, daß die Übeltäter Alpträume bekamen, daß Pele ihnen im Traum befahl, ihre Beute zurückzuschicken, oder daß sie vielleicht mit den Muscheln und Steinen in Zusammenhang stehende körperliche Beschwerden bekamen.

«Eine Allergie?» meinte Jutta.

Schon möglich. Ausschlag. Gürtelrose. Geschwüre. Wer weiß. Möglich, daß die körperlichen Symptome mit den Gefühlen zusammenhingen, die von den mitgenommenen Gegenständen ausgelöst wurden.

«Sie könnten es ja mal ausprobieren», meinte ich scherzhaft. Wir saßen auf der Terrasse des Restaurants. Ich zeigte auf ein nahebei liegendes Stückchen Treibholz. «Stecken Sie es in Ihre Handtasche, und schauen Sie, was passiert.»

«Ich denke nicht daran», lachte Jutta.

Sie wollte wissen, wie Madame Pele aussah.

Meine Informationen besagen, daß die Göttin jede Form, jedes Aussehen annehmen konnte, es aber vorzuziehen schien, entweder als uralte Polynesierin aufzutreten, gebeugt vor Alter und Krankheit, oder als junges wunderschönes Mädchen hier aus der Gegend. Ich entsann mich außerdem, daß Madame Pele, obwohl ihre Strafen hart und schmerzhaft waren, immer rechtzeitige Warnungen abgab.

Herr Huber brauchte ein paar Tage, um sich von der Entleerung seiner Stirnhöhlen zu erholen. Jutta mußte sich um ihn kümmern, und ich arbeitete in dem Dienstbotenzimmer, das mir das Hotel zugewiesen hatte, an meinem Reisebericht.

«Schupp-ke», krähte Herr Huber, als er mich wiederfand. «Wie wärs, wenn Sie mit mir und Jutta eine Fahrt machten? Inzwischen müssen Sie die Insel ja gut genug kennen. Ich fühle mich immer noch schwach. Am besten setze ich mich nach hinten und döse ein bißchen, mit dem Kopf in Juttas Schoß, und Sie wecken mich auf, wenn es etwas zu sehen gibt.»

Was meinen Sie? Wollen Sie sagen, ich hätte Herrn Huber nicht zu dem blubbernden, glühenden Krater bringen sollen? Stimmt, es gibt eine Menge anderer Attraktionen auf der großen Insel. Da ist die ausgedehnte, imposante Parker's Cattle Ranch mit hawaiischen Cowboys und einem hübschen Steaklokal, da sind die spektakulären Regenwälder an der Ostküste. Ich hätte Herrn Huber über kühle Bergstraßen fahren und ihm die amerikanischen Spezialeinheiten zeigen können, die auf den Bergwiesen mit ihren Humvee-Kriegsfahrzeugen rumkurven, diesen Dingern, die auch Arnold Schwarzenegger fährt. Aber nein, ich entschied mich für den Vulkan. Ach, vielleicht mußte ich Herrn Huber dort hinbringen, vielleicht stand ich unter einer Art Zwang. Ich kann mich nicht erinnern, daß ich den Höllentrip plante, um mich an Herrn Huber zu rächen.

Wir erreichten den Kilauea, und ich weckte Herrn Huber und schlug ihm vor, den Rest zu Fuß zu gehen und in den aktiven Vulkan zu schauen. Ich dachte, er würde ablehnen, weil er immer noch müde und krank war, aber er sprang regelrecht begeistert aus dem Auto. Es stellte sich heraus, daß es ihm die seltsam geformten weißen Lavabrocken angetan hatten, die man überall an den Hängen des Vulkans findet. Ich hätte ihm sagen sollen, daß er die Steine besser liegenließ, aber mir war nicht danach, mich wieder anbrüllen zu lassen. Jutta sagte auch nichts. Während Herr Huber einige Brocken von beachtlicher Größe aufhob und in den Kofferraum des gemieteten Cadillac hievte, näherte sich uns ein junges Mädchen. Sie sah genau wie das Bild auf der Pralinenschachtel aus, die Herr Huber zuvor gekauft und aus der er während der Fahrt ständig gefuttert hatte. Natürlich hatte er Jutta und mir nichts davon angeboten, mit der Begründung, die mit Schokolade überzogenen Macadamianüsse seien «viel zu teuer, um sie an Dienstboten und Freudenmädchen zu verschwenden». Die Ähnlichkeit zwischen dem Bild auf der Pralinenschachtel und dem Mädchen war erstaunlich. Sie schien eine reinblütige Hawaiianerin zu sein, hatte goldfarbene Haut, langes braunes Haar und ein feingeschnittenes Gesicht. Der Mund wirkte reichlich sexy und einladend für eine Zwölfjährige, aber Hawaii liegt in den Tropen, und polynesische Mädchen reifen schnell. Sie trug einen Kranz aus Blättern, dekoriert mit roten Wildbeeren. Ihre flammendrote Baumwollbluse war über die Schultern hinabgeglitten und ließ die Ansätze ihrer sprießenden Brüste erkennen. Der Rock dazu war aus grobem gefälteltem Leinen. Um den Hals trug sie eine zweireihige Korallenkette.

Obwohl die Augen des Mädchens groß und unschuldig blickten, hatte ich den Eindruck einer tiefliegenden wilden Weisheit.

Zu meinem Erstaunen sprach das Mädchen akzentfreies Deutsch. Sie lächelte uns flüchtig zu, wandte sich dann an Herrn Huber und fragte, was er mit dem Lavabrocken machen wollte, den er gerade aufgehoben hatte. Herr Huber, der sie lüstern angrinste, sagte, er bräuchte ihn als Wegmarkierung in seinem Stuttgarter Garten. «Warum hilfst du mir nicht?» schlug er vor. «Wenn du mir hinter den Büschen dort drüben ein paar hübsche Brocken zeigst, kannst du dir ein oder zwei große Scheine verdienen.» Er zog den Geldbeutel heraus, um ihr zu zeigen, wie wohlgefüllt er war.

«Gibt's denn in Ihrem Land keine Steine?» fragte sie.

Herr Huber lächelte weiter, wedelte mit seinem Geld und zeigte auf die Büsche.

Die beiden verschwanden. Jutta und ich dachten – wir besprachen das Ereignis später –, das Mädchen sei durchaus in der Lage, entweder den kränklichen Herrn Huber abzuwehren, sollte er sie belästigen, oder wegzurennen, und daß es keinen Grund gab, sie in diesem Stadium der Geschehnisse zu beschützen.

Sie könnten sagen, ich hätte zu dem Zeitpunkt bereits gewußt, daß etwas Gefährliches im Gange war, und Herrn Huber warnen sollen. Ja, gut, Sie können sagen, was Sie wollen, aber Tatsache ist, daß Jutta und ich plötzlich rasende Kopfschmerzen bekamen. Später waren wir uns einig, daß es sich angefühlt hatte, als würde eine lange heimtückische Flamme unser Hirn versengen.

Herr Huber kam allein zurück und murmelte, das Mädchen sei plötzlich verschwunden. «Ich hatte noch nicht einmal die Chance, sie zu berühren. Mein Geld wollte sie auch nicht, die blöde Kuh.» Er schüttelte den Kopf. «Die kann vielleicht rennen! Ihre Füße berührten kaum die heißen Steine.»

Zu meiner Verteidigung muß ich sagen, daß ich Herrn Huber fragte, ob ihm das akzentfreie Deutsch des Mädchens aufgefallen sei. Er knurrte mich nur an. Und er knurrte erneut, als ich ihn fragte, ob er die Kleine nach ihrem Namen gefragt hätte.

Nachdem wir in den kochenden, blubbernden Krater geschaut hatten, hielten wir in einem Dorf an, um eine Kleinigkeit zu essen. Wie in Hawaii üblich, saßen wir auf einer breiten Terrasse mit einem dicken Strohdach. Von unseren Plätzen aus hatten wir die gesamte Hauptstraße des Dorfes im Blick. Herr Huber überschlug sich fast in seinem Bemühen, Jutta zu demütigen. Da sie vermutlich keine sehr hohe Bildung hätte, meinte er, und daher wenig über Kunst wissen würde, habe er als Verleger das Gefühl, ihr etwas über moderne Literatur beibringen zu müssen. Hätte Jutta je von der preisgekrönten französischen *Geschichte der O* gehört? Nun, O sei eine ziemlich gewöhnliche Frau in Juttas Alter gewesen, habe ebenfalls lange Beine und große Brüste gehabt und sich in einen Pariser Herrn der Oberschicht verliebt. Da ihr Liebhaber meinte, es fehle ihr an Übung, reichte er sie an seine älteren Freunde weiter. Gehorsam habe sich O den perversen Wünschen dieser Männer unterworfen und sich auf jede von den Herrn gewünschte Weise erniedrigt. Dann beschrieb Herr Huber ausführlich alle Arten von Folterungen, die O zur Erregung der Männer über sich ergehen ließ. Während Jutta und ich unsere Cheeseburger aßen und Herr Huber in seiner Vorspeise aus gebratenen Wachteln stocherte, bevor er sich seinem Filet Mignon zuwandte und zwischendurch zwei doppelte Martinis runterstürzte, wurde seine Stimme immer lauter. Er sprach Englisch, damit sich die anderen Gäste an Juttas Unbehagen weiden konnten. Als der Alkohol zu wirken begann, fand er es komisch, so zu tun, als würde er Juttas Brustwarzen mit dem Steakmesser abschneiden. Gerade als ich meinte, es nicht mehr länger ertragen zu können, und erwog, Herrn Huber in sein gutaussehendes bärtiges Gesicht zu schlagen, bog ein Polizeiauto in die Dorfstraße ein.

Zwei bullige weiße Polizisten, in zu enge schwarze Uniformen gezwängt, liefen zu einem der hübschen Holzhäuschen im Schatten blühender Frangipanibäume. Kurz darauf kamen sie wieder heraus und stießen einen alten Mann vor sich her. Der Alte, ein eingeborener Hawaiianer im Kimono, sah wie ein Weiser mit einem Persönlichkeitsproblem aus. Er zuckte mit den buschigen Brauen, während er über die Schulter zurückschaute. Mit quiekender ärgerlicher Stimme beschimpfte er die beiden Polizisten. Hinter ihm stand eine kleine alte, von

Osteoporose verkrümmte Frau in der offenen Tür des Häuschens, die Arme verschränkt, und blickte lächelnd auf die Szene. Ich mußte sie immerzu anschauen. Es war das gleiche wie bei dem Mädchen am Vulkan. Ich spürte eine Aura außergewöhnlicher Stärke.

«Schupp-ke», befahl Herr Huber. «Gehen Sie rüber und finden Sie heraus, was zum Teufel da vorgeht.»

Ich ging hin, die Serviette noch in der Hand, und fragte die Polizisten, warum sie dem alten Herrn Handschellen angelegt hatten. Der größere wies mit dem Daumen auf die alte Dame in der Tür. «Die Missus hat's satt, sich von ihrem bekloppten Ehemann mißhandeln zu lassen.» Er zeigte mir ein langes Messer. «Es gab schon vorher Beschwerden. Der Kerl droht ständig, sie mit diesem Säbel in Stücke zu hauen, wenn sie sich nicht mit dem Essen beeilt. Wir haben ihn mehrfach verwarnt. Diesmal nehmen wir ihn unter dem Verdacht des versuchten Totschlags fest. Vielleicht wird das dem alten Trottel eine Lehre sein.»

«Und Sie glauben, er wird verurteilt?» Ich schaute auf den alten Mann, der mit seinen Handschellen ratterte und vor sich hin brabbelte.

«Mit Sicherheit», verkündete der andere Polizist. «Der alte Makika kommt ins Gefängnis.» Er stieß seinen Gefangenen vorwärts. «Die Gefängnisse hier sind kein Vergnügen.»

Obwohl die Unterhaltung in Hörweite von Herrn Huber stattfand, war mein Chef wenig beeindruckt. Er säbelte an seinem Steak und lachte schallend. «Geschieht dem komischen alten Nigger recht.»

Am nächsten Tag verlangte Herr Huber, daß ich die bizarr geformten Lavabrocken zusammen mit einigen Batiksarongs und anderen asiatischen Kleidungsstücken, die er gekauft hatte, in einem Karton verpackte. Jutta fuhr das Paket auf die Post in Kona und gab es per Luftfracht an Herrn Hubers Stuttgarter Adresse auf. Herr Huber selbst verbrachte den Tag am Strand, wo er eine verrostete Propangasflasche fand, wie sie zum Kochen auf Schiffen verwendet werden. Später erzählte er mir, daß die Flasche gezischt hatte, als er sie mit einem Stein bearbeitete, und daß er sich den Spaß machen wollte, das entweichende Gas anzuzünden. Zum Mittagessen hatte er wieder einige Martinis getrunken. Kichernd und seiner Sinne kaum mächtig, hatte er ein Streichholz entzündet.

Surfer, die gerade auf einer langen Welle zum Ufer ritten, erzählten mir, daß sie Herrn Huber am Strand herumrennen sahen. Er brannte lichterloh. Blind vom Feuer, rannte er vom Wasser weg. Die Surfer drehten ihn herum und löschten das Feuer im Seewasser, doch da waren schon beträchtliche Schäden entstanden. Sie wickelten ihn in eine Decke, was seine Wunden verschlimmerte, und fuhren ihn ins Krankenhaus, von wo aus er mit dem Hubschrauber nach Honolulu gebracht wurde. Jutta und ich flogen mit. Es gab Probleme mit Herrn Hubers Krankenversicherung, und nachdem das Krankenhaus in Honolulu seine Kreditkarte ausgeschöpft und sein Bargeld aufgebraucht hatte, legte man uns nahe, den Patienten per Lufthansa nach Hause zu fliegen.

Ich fand nie heraus, was das Problem mit Herrn Hubers Versicherung war, aber auch in Deutschland war er offenbar unterversichert. Als Spitzenverdiener mußte er für seine Krankenversicherung natürlich selbst aufkommen. Die Hautübertragungen und andere Operationen, denen er sich unterziehen mußte, waren außerordentlich teuer. Der Huber Verlag machte ohne seinen Verlagsleiter hohe Verluste. Herr Huber mußte sein Haus und den größten Teil der Anteile an seinem nun kränkelnden Unternehmen verkaufen. Da ich mit den Geschäften des Unternehmens gut vertraut war, zeigte sich eine Bank bereit, Juttas Übernahme zu finanzieren.

Herr Huber wurde Kleinaktionär und blieb als Angestellter im Betrieb.

Jutta hatte beträchtliche Ersparnisse, was sehr hilfreich war.

Inzwischen hatten Jutta und ich geheiratet.

Die Lavabrocken, die Herr Huber mitnahm? Wir haben sie natürlich zurückgeschickt, mit einem Scheck und der Bitte an den Postbeamten von Hilo, die Steine in die Nähe des Kilaueakraters zurückzubringen. Außerdem schrieben wir einen Entschuldigungsbrief an Madame Pele und baten den Postbeamten, ihn in den «Mund von Pele» zu werfen. Herr Huber unterzeichnete den Brief. Danach verheilten seine Wunden ein bißchen besser.

Herr Huber ist wiederhergestellt, aber das Göttinnenurteil hat sein Aussehen verändert. Damit die neue Haut gut wuchs, rieten ihm die Ärzte, viel zu essen, und jetzt ist er fettleibig. Außerdem hat er fast eine Vollglatze, da die verbrannten Haare nicht nachwuchsen. Er rasiert sich nicht mehr und sieht aus wie ein unförmiges Riesenbaby. Mit dem Laufen klappt es auch nicht so gut, daher benutzt er meist einen Rollstuhl.

Ich weiß nicht, warum Jutta ihn behält. Huber arbeitet natürlich schwer, schreibt Reiseberichte anhand der Notizen, die Jutta und ich von unseren Reisen zurückbringen. Er organisiert den Verlag, hält die Räume sogar sauber, weil er gerne den Staubsauger an seinen Rollstuhl gebunden hinter sich herzieht. Aber er ist ein so gräßlicher Anblick, daß ich befürchte, er könnte einen schlechten Eindruck auf unsere Kunden machen. Immer wieder sage ich meiner Frau, die Geschäfte liefen so gut, daß wir uns ohne weiteres besser aussehende Angestellte leisten könnten.

Mein Assistent nennt mich jetzt «Herr Schuppke», ohne den Bindestrich, der mir dieses Untermenschgefühl gab. Offenbar meint er sich überschlagen zu müssen, um «Frau Direktor» zufriedenzustellen.

Jutta beachtet ihn meist nicht, aber wenn sie ihm Anweisungen und Befehle gibt, nennt sie ihn «Hub-ke».

Deutsch von Susanne Aeckerle

Einsiedler

Wenn nicht Weihnachten gewesen wäre, hätte ich Mister Calahan nicht mit dem Klang tibetanischer Zimbeln und lauter Apachenflüche aus seinem Kanu ins Wasser fallen lassen. Aber Weihnachten ist mir immer ein Ärgernis. Einerseits, weil meine Eltern vergaßen, mich taufen zu lassen, und andererseits, weil ich etwas gegen laute Festivitäten habe.

Sie müssen wissen, daß ich im Ruhestand lebe. An meinem Lebensabend sehne ich mich ein wenig nach Stille, und ich mußte einen weiten Weg zurücklegen, um diese endlich zu finden. Bis ans Ende der Keys in Florida mußte ich reisen, zu dieser anmutigen, mit Brücken untereinander verbundenen Inselkette, wo Palmen sich im Wind wiegen und Pelikane durch die Lüfte gleiten. Hier, an der Küste der Egret Cove, fand ich schließlich diese Piratenvilla, in der ich nun mit einem großen dürren Vogel friedlich vor mich hin lebe. Parrot, mein Papagei, futtert die Nüsse aus dem Garten, ich schwelge in gebratenen oder gekochten Fischen und Meeresfrüchten aus der Bucht. Um mich fit zu halten, spiele ich ein wenig Basketball mit einem anderen zufriedenen Einsiedler auf Egret Key, dem Deputy-Sheriff Wekko. Wekko muß noch arbeiten. Er fährt Patrouille auf der A-1-A, dem einzigen Highway, den es hier gibt. Daß er sich mit schlechtn Menschen beschäftigen muß, versucht er dadurch auszugleichen, daß er Katzenfutter an zahme Waschbären verfüttert, die unter seiner auf Pfählen stehenden Hütte an der anderen Seite der kleinen Insel hausen. Auch wenn wir unterschiedliche Ansichten haben – Wekko ist zum Beispiel Voodoo-Anhänger, während ich mehr zum Tantraismus neige –, sind wir hier auf Egret Key doch ein insgesamt recht zufriedenes und glückliches Einsiedlervölkchen.

Wo dann der Haken ist?

Der Haken ist Don Pussiliano.

Don ist jetzt nämlich auch Einsiedler geworden. Früher war er Banker in Manhattan. Etwas widerwillig gibt er auch zu, daß er dabei möglicherweise ein ganz klein wenig abgerutscht ist – bei Insidergeschäften mit absoluten Schrottanleihen –, aber daß er sich nach ein paar guten Tennisspielen im Gefängnis mit dem, was von einer Milliarde noch übriggeblieben war, die Tore wieder öffnen konnte. Und was um alles in der Welt macht dieser Don Pussiliano, Fahrer eines ausländischen Sportwagens und Träger von auffälligen, grellen Klamotten – nicht zu reden von seiner geschniegelten Frisur –, was macht diese komplizierte Verkörperung von Energie, die mit diversen Persönlichkeitsstörungen zu kämpfen hat? Von allen in diesem riesigen Land möglichen Orten muß sich der einstige Beinahemilliardär Pussiliano ausgerechnet Key Egret aussuchen, muß alles noch nicht vergebene Küstengebiet aufkaufen und sich – nur einen Steinwurf entfernt von Wekkos und meiner bescheidenen Behausung – einen Palast von fast einem Hektar Größe hinstellen lassen.

Was der Don ‹seine Hütte› nennt (und was bei Wekko und mir ‹Donsville› heißt), ist ein Klotz aus Beton, dem man mittels einer Verkleidung aus Gips und Mörtel im nachhinein den modischen ‹Balearenlook› verpaßt hat: rustikal und mit künstlerisch versetzten Fenstern in pastellfarbenen Wänden. So weit, so gut. Nun wird diese mediterrane Schönheit aber noch mit einem geschwungenen ‹Himalaya-Dach› aus vielfarbenen Ziegeln gekrönt – und was haben wir dann vor uns? Pizza auf einem Haufen Scheiße? Na ja – kann sein, daß Donsville wirklich wie ein hingefurztes Pizza-Etwas ausgesehen hat, jedenfalls hat Pussiliano, um den kritischen Nachbarsblick abzulenken, noch schnell eine Terrasse aus Ziegelsteinen anlegen lassen, auf der eine afrikanische Strandhütte (rund, mit konisch hochgezogenem Strohdach, das aussieht wie die modische Haartracht von Teenagern) steht. Sieht Donsville jetzt besser aus? Was fehlt noch? Tja. Da taucht doch unter den Architekten, die Pussiliano einen nach dem anderen anheuert und wieder feuert, ein tschechischer Designer mit transsilvanischem Akzent und akademischem Grad auf und baut noch einen ‹Dracula-Turm› an: ein phallisches Marmorstück mit Goldspitze.

Sogar Wekko, der Türme liebt (und selbst in einem wohnt), war entsetzt über das Werk dieses transsilvanischen Vampirmenschen.

Zu guter Letzt endlich erschien noch ein Redneck-Trupp mit Kettensägen und holzte das zwischen Donsville und meinem Haus stehende Wäldchen australischer Kiefern ab. Seit diesem Moment war ich Pussilianos grellem Alptraum ausgeliefert.

Okay – ich weiß ja, wir leben in einer freien Welt. Ich kann ebensogut auf die andere Seite schauen. Bloß: Kann ich auch ebensogut auf die andere Seite hören? Wenn die Makaha Sons aus Ni'ihau ein ums andere Mal *He Ino No Kaiulani* singen, stundenlang und endlos? Als musikalische Untermalung, wenn Don Pussiliano sich auf seiner afrikanischen Terrasse, auf die ich, seit das Wäldchen den Kettensägen zum Opfer fiel, den Panoramablick habe, von seinen kleinen Nutten verwöhnen läßt?

Ich habe nichts gegen die hawaiischen Melodien der Makaha Sons, ich liebe sie sogar, aber der Don drückt den Repeat-Knopf an seiner Yamaguchi-Anlage, und wenn dieselbe Scheibe immer wieder durchnudelt, geht die beste Musik flöten. Ähnliches passiert mit den nackten jungen Frauen aus Key West – da kann die Auswahl noch so gut sein, und trotzdem fragt man sich, ob die Schönheiten denn gar nicht mehr in ihre Mazda Cabrios steigen und nach Hause in ihren Club am Flagler Boulevard fahren wollen …?

Ich müsse ja nicht mit nackten Frauen liebäugeln, höre ich Sie sagen.

Natürlich nicht.

Was, hochwohlgeborener Leser, glauben Sie, hat Buddha wohl unter seinem Bodhi-Baum gemacht?

Sind Sie sicher, daß ihm das gefallen hat?

Es kann gut sein, daß irgendein arbeitsloser Gott, der Probleme hat mit glücklichen Einsiedlern, sich die Unterbrechung von Wekkos und meinem Frieden durch den Don als Charakterprüfung für uns beide hat einfallen lassen.

Wie tief hinab beugt sich der Kopf eines Einsiedlers, wenn Gott ihn auf die Probe stellt?

Weihnachten wollte der Gott es wissen.

Ich hatte geglaubt, alles hinter mir und ausgestanden zu haben, als die Weihnachtszeit kam und Don Pussiliano anfing, seinem spirituellen Overdrive nachzugehen. Der Wahnsinn, dem er sich dank seinem Reichtum hingeben kann, muß etwas damit zu tun haben, daß er versuchen will, längst vergangene sorgenfreie Zeiten wiederaufleben zu lassen. Weihnachten, erzählte der Don mir mit Tränen in den Augen, nachdem er den einen oder anderen Cognac (beste Importsorte) gekippt hatte – zu jener Zeit sprachen wir noch miteinander –, mache ihn wieder zu jenem glücklichen Kind, das er in seiner Traumzeit in Little Italy, New York, einmal war. Weihnachtsbeleuchtung und Weihnachtslieder erinnerten ihn an die Liebkosungen von lieben dicken Tanten.

Also tat Pussiliano sein möglichstes, um diese schmatzenden Säugetiersituationen warm, weich und kuschelig wiederauferstehen zu lassen.

Der ehemalige Beinahemilliardär will einen Traum wahr machen.

Das hervorragend funktionierende amerikanische Mail-Order-Netzwerk liefert unverzüglich die Kulissen dazu.

Weihnachten ist für Don Pussiliano das Inbild des Himmels. Und für die glücklichen Einsiedler Wekko und Jannie die totale Hölle.

Aber man soll nie verzweifeln.

«Glaubst du wirklich, daß uns das jenseits von Gut und Böse bringen soll?» fragte Wekko.

Ich erklärte ihm, auf diese Weise wolle Gott uns helfen, zu größerer Gelassenheit zu finden.

Klar doch.

Theoretisch ist Einsiedelei einfach, in der Praxis aber tut sie so weh, daß man schreien möchte.

Jeder erlebt sie anders. Pussiliano träumte von Weihnachtstanten mit dicken Brüsten. Wekko wurde von Alpträumen geplagt, er müsse in einem kirchlichen Heim für verlassene Kinder Lieder ohne festen Rhythmus singen. Und für mich war der Anblick eines geschmückten Tannenbaums mit der Erinnerung verbunden, daß mir aus dem Radio winterwunderlich wimmernde Weihnachtslieder um die Ohren gehauen wurden, ich mit nur schlecht funktionierendem Spielzeug zu spielen versuchte, der Weihnachtsmann mir in die Wange kniff und ich dann auch noch in den von Ratten wimmelnden Keller gesperrt wurde, weil ich aus Versehen den Christbaum in Flammen hatte aufgehen lassen.

All diese Schreckvorstellungen holten mich wieder ein, als ich sah, wie mein Nachbar seinen Märchenpark aufbaute. Ich erschauderte, als Pussiliano Palmen, Norwegische Kiefern, Schlangenbäume und sogar große Kakteen mit bunten, wild blinkenden Lämpchen behängte. Ich fuhr richtiggehend zusammen, als unter Flutlichtbeleuchtung ein Stall voller Plastikfiguren sichtbar wurde, Ochs und Esel, lächelnde Hirten und blökende Schafe, alle, auch die Tiere, in Lebensgröße in unechten gestellten Posen erstarrt. Sogar die drei Weisen aus dem Morgenland ließ Don Pussiliano auf Kamelen heranreiten, gejagt von einem fetten Herrn in roter Uniform, der mit Hü und Hott auf ein Rentier einpeitschte, das vor einen mit bunten Päckchen beladenen Schlitten gespannt war. Und auf dem Rand von Pussilianos schwimmendem Anlegesteg standen Weihnachtsbäume aus Plastik, deren Lichter im Takt der Wellen in der Bucht auf und ab schaukelten. Ich wollte also auf die andere Seite schauen, aber immerhin sind wir hier am Wasser, und die Bucht wirkt wie ein Spiegel. Deshalb wird das Schauspiel über eine ziemlich große Entfernung reflektiert.

Sollte ich mir die Augen verbinden?

Mich nur nach dem Gehör auf meinem Grundstück bewegen? Nur: Es gibt auch so etwas wie Klangverschmutzung, oder etwa nicht?

Pussiliano spielte immer wieder seine einzige der Jahreszeit gemäße Lieblingsplatte ab: *Crescent City* von Wynton Marsalis. Aus strategisch optimal aufgestellten Stereolautsprechern ertönte – etwas laut und durchdringend, aber nichtsdestoweniger glockenrein sauber – *Jingle Bells*. Ein Hoch auf sämtliche rein und durchdringend klingelnden Glöckchen.

Verjazzte Kirchenmusik auf einer High Quality CD und dank Repeat-Knopf immer noch einmal und noch einmal von vorn. *Stille Nacht, heilige Nacht.* Stille Nacht.

Also Ohrenstöpsel.

Ich versuchte es mit Wattepfropfen. Aber man bewegt sich nicht gut, wenn man blind und taub ist, weil man die Augen verbunden und die Ohren verstopft hat. Ich versuchte, im Bett zu bleiben, doch körperliche Bedürfnisse trieben mich um – trotz Wynton Marsalis absolut überzeugender Version von *God Rest Ye Merry Gentleman*.

Und am Piano Marcus Roberts, der wirklich gut und einfühlsam spielt. Die ersten zwanzig Male, als ich *Winter Wonderland* von ihm hörte, war ich echt gerührt, aber danach mußte ich mir dann ganz fest auf die Lippen beißen, um nicht laut loszuheulen.

Kurz gesagt, wenn Pussiliano also seine Weihnachtsmaschinerie laufen läßt, was im allgemeinen von Sonnenuntergang bis in die frühen Morgenstunden der Fall ist, pflege ich ein klein wenig wunderlich zu reagieren, wie ich es auch tat, als der Parrot glaubte, er habe am frühen Abend des 23. Dezember einen Hummerdieb entdeckt.

Egret Cove ist Naturschutzgebiet, und ich habe mich freiwillig bereit erklärt, es zu bewachen. Ich tue gern Gutes, weil ich damit frühere Untaten wieder wettmachen will.

Ich gestehe nämlich, daß ich oben in New England Sumpfgebiete in teure Bauplätze umgewandelt und dabei reichlich Geld verdient habe.

Macht den Norden kaputt, schützt den Süden.

Hier bin ich also und füttere kranke Pelikane. Wenn ich in der Bay herumgerudert bin und mich um die geflügelten Freunde gekümmert habe, treffe ich mich mit meinem Einsiedlerfreund, dem Deputy-Sheriff Wekko, der ein schwarzer Skinhead ist und in einer Pagode aus Treibholz wohnt, die er mit meiner Hilfe gebaut hat. Wekkos Frau konnte sie nicht ausstehen und setzte sich ins vergnüglichere Miami ab. Meine Frau hat sich für die himmlischen Freuden entschieden und mir Parrot, diesen großen dürren Papagei, zurückgelassen. Fido, der verstorbene Hund meiner verstorbenen Frau, ein großer, lieber, ungeheuer lauter Kerl, ist mit seiner Stimme immer noch um mich herum, weil Parrot, wenn ihn etwas aufschreckt, sein Bellen imitiert.

Er sitzt mir gern auf der Schulter.

«Wuff, wuff», bellte er mir ins Ohr.

O Gott, nein – nebenan gab es schon die Superstereoversion von *Hark! The Herald Angel Sings*, und jetzt hatte ich hier auch noch den lautesten Hund von ganz Florida auf der Schulter sitzen?

Ich rannte ins Haus und packte meine Zimbeln.

Mein Haus hat einmal einem englischen Piraten, Captain Death, gehört, der ursprünglich von den nahe gelegenen Bahamas aus sein Unwesen trieb. Weil die Royal Navy immer hinter ihm her war, verlegte er seinen Sitz an die amerikanische Küste. Sein Haus brachte er mit, indem er es von seiner Mannschaft abbrechen und hierher verschiffen und dann wieder aufbauen ließ. Seine Seeleute waren offensichtlich begnadete Künstler.

Zu ihren Kunstwerken gehörte eine Brettereinfassung, die sich am Haus um die Westseite des ersten Stockwerks zieht. Mit der Laubsäge waren Umrisse, abwechselnd von nackten Frauen und von bauchigen Steinkrügen, hineingesägt worden. Das Haus steht so, daß die untergehende Sonne diese Silhouetten an die weißgetünchten Wände meines Schlafzimmers wirft. Die sich sachte bewegenden Figuren erscheinen dann wie gutgebaute nackte Frauen, die irgendwelchen alkoholisierten Freuden nachgehen. Da ich mich jetzt als meditierender, betender und nach Erleuchtung strebender Einsiedler ausgebe, hätte ich dieses heidnische Werk eigentlich längst abnehmen sollen, noch dazu, da sowieso schon ein gut Teil davon verwittert war, aber statt dessen habe ich mir lieber von Wekko helfen lassen, es wieder zu restaurieren.

Ich stelle mich gern selbst auf die Probe.

Man soll die Vergangenheit ehren. Das Haus ist ein Denkmal. Und diese kitschige Gingerbread-Kunst aus viktorianischer Zeit ist inzwischen ausgesprochen selten geworden. Ein guter Einsiedler scheut nicht vor der Versuchung zurück.

Solche und andere Rationalisierungen zogen mir durch den Kopf.

Captain Death ließ sich von seinen Günstlingen auch Deiche und Stufen aus Stein bauen. Von hier aus füttern Wekko und ich die in der Bucht lebende Tierwelt. Sobald wir ihnen Essensreste zuwerfen, gleiten Möwen und Pelikane heran, springen Fische in die Luft und krabbeln Hummer hervor. In den durch den ständigen Wellengang von unten her ausgehöhlten Steinstufen hausen nämlich riesige Hummer. Hummer sind in Florida selten geworden und kosten deshalb entsprechend viel. Was ich hier an frischen Hummerschwänzen hüte, ist ein Vermögen wert. Wilderer in Schlauchbooten kreuzen vor meinem Ufergrundstück herum, und ich höre richtig, wie ihnen das Wasser im Mund zusammenläuft, wenn sie sehen, wie meine Krustentiere ihre meterlangen Fühler hin und her schwenken. Parrot hält Wache. Sobald er mit seinem Papageienradar irgend etwas Verdächtiges ausmacht, bellt er mir ins Ohr, und ich greife nach meinen – ursprünglich zauberischen, aus dem präbuddhistischen Bon-Kloster in Shing Lap Ch'a stammenden – Zimbeln (ich sammle seltsame Dinge) und schlage die beiden Kupferschalen aneinander. Parrot, von den Donnerklängen der Zimbeln in die Luft getrieben, schreit schrill und verliert flatternd ein paar Federn.

Ich schreie auch. Für Hummerdiebe benutze ich gern Apachenzauberformeln. Apachen lebten von Raubzügen und erfanden spezielle Flüche, die ihre Gegner lahmlegen sollten. Ich war einmal mit einer Apachin befreundet. Eine ausgezeichnete Lehrerin.

Mit dieser urplötzlich hereinbrechenden Kakophonie schlägt man garantiert sämtliche Hummerdiebe in die Flucht.

Normalerweise sehe ich erst nach, wer da bei den Steintreppen herumpaddelt, aber dank Pussilianos Weihnachtsmusical war meine Geduld etwas begrenzt.

Krach, kreisch, tschi-i-i-i-i-i-i-i-ngngngng!

Ich erwartete das Geräusch von durchs Wasser zischenden Rudern oder von einem startenden Außenbordmotor, hörte statt dessen jedoch einen Körper ins Wasser platschen. Jemand schrie um Hilfe. Dann gurgelte und spritzte es.

Seit wann fallen Hummerdiebe aus ihrem Boot? Seit wann können Hummerdiebe nicht schwimmen?

Die Strömung fiel mir ein.

Was hatte ich angestellt?

Hatte ich etwa einen die Keys fördernden Touristen gefährdet?

Egret Cove ist mit der Karibik nur durch einen einzigen, engen, durch Mangrovensümpfe führenden Kanal verbunden.

Zweimal täglich müssen ungeheure Wassermengen mit den Gezeiten ein- und ausfluten. An meinem Dock zischt und saust die Strömung mit einiger Macht. Zu jenem Zeitpunkt war sie jedoch draußen und floß auf das gefürchtete kubanische Imperium zu. Für den Fall, daß mein Opfer des Schwimmens nicht kundig war, würde seine nächste Anlegestelle wohl oder übel Havanna sein.

Der Papagei und ich hasteten hinunter zum Steg. Wir sahen ein teures Kanu, das schnell von den größer und größer werdenden konzentrischen Kreisen, die die Stelle bezeichneten, an denen sein Eigentümer über Bord gegangen sein mußte, weggetrieben wurde.

An meinem Steg habe ich ein kleines Motorboot liegen, das zum Glück gleich ansprang. Wie ich an den Luftblasen feststellte, war das Opfer noch nicht allzu weit abgetrieben worden, so daß ich mit dem Bootshaken seiner habhaft werden konnte.

Er reagierte ziemlich positiv auf meine Lebensrettungstechniken. Auch sein Kanu konnte ich noch rechtzeitig einfangen.

Wieder zurück an der Anlegestelle, zog ich dem Opfer seine hellgelben Seidenshorts und sein orangefarbenes besticktes Cowboyhemd aus und wickelte es in Handtücher ein. Dann torkelte der Mann mit mir ins Haus.

«Alles in Ordnung, Sir?»

Ein kleiner weißer Mann mittleren Alters mit mehrmals gebrochenem und wieder geradegerichtetem Nasenbein. Was ihm noch an Haaren geblieben war, war lang. Am Handgelenk trug er eine Rolex und dicke Goldreifen.

Während er darauf wartete, seine Kleider wieder aus dem Trockner nehmen zu können, holte ich ihm ein Bier. Er erklärte, die Piratenvilla gefalle ihm sehr. Ich wollte wissen, was er in der Dunkelheit in seinem teuren Boot in dem gefährlichen Kanal vorgehabt habe.

Er stellte sich mir als Mr. Calahan aus Chicago vor und

sagte, er sei Vogelkundler. Er hatte eine große Schar schillernder Ibisse beobachtet, die sich für die Nacht auf den der Bucht vorgelagerten kleinen Inseln niedergelassen hatten. Es war so plötzlich dunkel geworden (wie das in den Tropen der Fall ist), und er hatte sich nicht mehr ausgekannt. Er war gerade hilfesuchend auf meine Steinstufen zugesteuert, als ich meine Zimbeln zu schlagen und meine Verfluchungen auszustoßen begann. Da war er aus dem Boot gefallen. Daß ich ihn gerettet hatte, fand er gut. Weniger gut fand er, daß dabei seine wasserdichte Tasche mit ihrem wertvollen Inhalt verlorengegangen war.

«Haben Sie sie irgendwo gesehen, guter Mann?»

«Nein, Sir.»

Der Mond stand am Himmel. Mister Calahan deutete auf einen Pelikan, der nur einen Flügel hatte und durchs Wasser auf seine Inselbehausung paddelte. Die kranken oder verletzten Pelikane des Egret-Cove-Schutzgebiets vergessen des öfteren, daß sie nicht fliegen können, und kehren deshalb abends oft erst spät auf ihre weiter draußen an der Bucht liegenden Mangroveninselchen zurück.

«Sehen Sie doch, diesen schillernden Ibis, guter Mann!»

Ich nickte höflich. Es gibt wirklich schöne Vögel hier.

«Schillernde Ibisse sind so selten», sagte Mister Calahan. «Weil ich gehört habe, daß es hier in dieser Bucht noch ein paar geben soll, bin ich hergekommen. Es macht mich richtig glücklich, wenn ich Vögel beobachten kann, die es schon fast nirgends mehr gibt.» Auf den kleinen Inselchen, erzählt er, habe er noch Dutzende dieser fast ausgestorbenen Vogelart gesehen.

Ich habe in den fünfzehn Jahren, die ich auf Egret Key lebe, kein einziges Mal einen schillernden Ibis zu Gesicht bekommen.

Aber mit Gästen streitet man nicht.

«Ibisse, guter Mann», seufzte Mister Calahan glücklich.

Was macht es mir schon aus? Erst kürzlich habe ich in Key West gehört, wie ein Tourist von ein paar Hühnergeiern behauptete, sie seien Reiher.

«Sie sind sicher der Aufpasser hier», sagte Mister Calahan. Ich bestätigte, daß ich tatsächlich jede Menge Aufpasserarbeiten hier zu verrichten hätte.

Er lächelte, weil er glaubte, ich hätte einen Witz gemacht. «Wohl ein Conch?» wollte er wissen.

Die Leute, die auf den Keys geboren sind, bezeichnen sich selbst stolz als Conchs. Conchs sind gewieft. Touristen gegenüber tun sie so, als seien sie einfältig. Auf diese Weise schlagen sie mehr Geld heraus.

Ich sagte, daß ich gern ein Conch wäre, aber aus den Niederlanden käme.

«Noch schlimmer!» Mister Calahan lachte. Er meinte, er wisse genau, was es mit den Niederländern auf sich habe. Aus Holland seien sie, nicht wahr? Niederländer würden kleine Mädchen befummeln, sprächen ein unverständliches Kauderwelsch, und außerdem seien sie geizig: Sie führten ihre Gäste aus und ließen sie selbst bezahlen. Eine Einladung und dann getrennte Kasse – na ja, es heiße ja nicht umsonst, Niederländer seien nicht nur dumm, sondern auch dreist.

Diese amüsanten Auslassungen, die Mister Calahan für den Möchtegern-Conch-Aufpasser extra langsam zum besten gab, damit der nur ja mitbekam, was gemeint war, brachten mich, der ich noch viel simpler als ein Conch strukturiert bin, herzlich zum Lachen. Ich konnte es Calahan nicht einmal übelnehmen, daß er von meinem Aussehen auf meine Persönlichkeit schloß. Ich trage jetzt eben keine Brokes-Brothers'-Anzüge mehr, sondern nur noch Jeans, auf die ich selbst Flicken setze, wenn nötig, und dann wieder Flicken auf die Flicken. Mein verschossenes Leinenhemd macht nur selten Bekanntschaft mit einem Bügeleisen, und was ich als Sandalen an den Füßen trage, habe ich mir aus Autoreifen, die ich am Straßenrand fand, zurechtgeschnitten. Den Bart kämme ich mir sowieso nicht, und das Haar schneide ich mir selbst. Wekko sagt immer, ich sähe aus, als hätte ich mich zum Schlafen unter einen Schulbus gelegt und die Auspuffgase umnebelten noch meinen Kopf. Unzählige Geschäftsessen mit unzähligen Martinis in Boston (damals, damals) sind schuld daran, daß meine Augen jetzt blutunterlaufen sind. Und nun hält mich zwar mein Speiseplan, der aus gebratenem Fisch und meiner Spezialsoße auf Basilikumbasis besteht, einigermaßen schlank, aber dank der hier üblichen Lime-Pies (iß ihn mäßig, aber regelmäßig, und du bleibst gesund) steht mein Bauch ziemlich vor.

«Wem gehört dieses historische Gebäude?» wollte Mister Calahan wissen.

Ich erklärte ihm, ich arbeitete für den hier ansässigen bekannten exzentrischen Pelikanologen Jannie Stevens. Der sammle Pelikane, die durch Schüsse von Wilddieben einen Flügel verloren oder sich mit ihren Schwimmhäuten in einer Angelschnur verheddert hätten. Solche Vögel könnten vielleicht nicht mehr fliegen oder schwimmen, aber sehr wohl noch in den Mangroven herumflattern und auch dort brüten. Die Jungen seien normal und gesund. Um die Vogelwelt der Keys von Florida zu erhalten, müsse man nur die verkrüppelten Alten füttern.

Wekko, der gehört hatte, daß ich mit den Zimbeln in Alvin Batistes jazzige Klarinettenballade *Twas the Night before Christmas* hineingefahren war, kam herüber, um nachzusehen, was passiert war. Ich bemerkte ihn gerade noch rechtzeitig, um ihn und sein rostiges Fahrrad am Gartentor zu stoppen. Auch er trat, weil er heute keinen Dienst hatte, wie ein richtiger Einsiedler auf: barfuß und nur mit einer ausgebleichten und zerschlissenen Latzhose und einem ausgefransten Strohhut bekleidet. Schnell erzählte ich ihm, was geschehen war.

«Möchte wissen, warum er lügt», sagte er. «Was hatte er wohl in dieser Tasche?» Wir waren uns einig, daß wir versuchen sollten, es herauszufinden. «Er hält mich für den Aufpasser hier.»

Wekko wollte sich als Gärtner ausgeben.

Mittlerweile waren Mister Calahans Anziehsachen getrocknet. Ich brachte ihn zurück zu seinem Boot. Wekko kniete neben meinem Rasenmäher, der im dichten Kikkuyugras steckte, das ich versucht hatte zu schneiden, als es noch etwas weniger dicht war, und zog seinen Strohhut.

Beim Licht einer Taschenlampe war er dabei, das Innere des Rasenmähers zu begutachten.

«Mein Assistent», stellte ich ihn Mister Calahan vor.

«Können Sie schwimmen?» wandte der sich an ihn.

Wekko meinte, es gebe nichts, was er lieber täte.

«Wie eine Wasserratte», bestätigte ich.

Mister Calahan erklärte ausführlich, wie es dazu gekommen war, daß er seine Tasche verloren hatte. Er meinte, es sei meine Schuld. Er sei ein erfahrener Ruderer, aber niemand rechne schließlich damit, daß plötzlich in der Dunkelheit riesige Kupferzimbeln herumzulärmen anfingen und dann auch noch ein unsichtbarer Verrückter zu schreien beginne.

Wekko bediente sich seiner, wie er es nannte, ‹höheren Südstaaten-Niggersprache› und sagte: «Reicht, wenn Masta Tourist anzeigen Masta Aufpassa, dann Masta Aufpassa ganz schnell kriegen Handschellen um zartes weißes Handgelenk und dürfen ein Jahr lang Müll sammeln auf Highway A-1-A.» Das sei nicht nötig, erklärte Mister Calahan. Ihm genüge es, wenn er, Wekko, ihm für fünfhundert Dollar seine Tasche wiederbringe. Er wohne im Egret Inn. Es wäre nett, wenn er irgendwann demnächst fündig würde. Noch netter wäre es, wenn es schon gleich heute abend der Fall sein könnte. Ich brachte meinen alten Ford Pickup zum Laufen und lud Mister Calahan samt seinem Boot auf.

Das Egret Inn ist ganz in der Nähe.

Bis ich zurückkam, hatte Wekko seine starke Unterwasserlampe geholt. Wir legten unsere Schnorchelausrüstungen an und tauchten ins Wasser. Die Tasche war mit der Strömung etwa eine halbe Meile weit in Richtung Kanal hinausgetrieben und dann zwischen den Korallen steckengeblieben. Zum Glück war sie grell orangefarben und reflektierte beim Strahl unserer Lampe. Wekko paddelte sanft mit seinen großen Schwimmflossen durchs dunkle Wasser und fischte sie heraus.

Während wir den Inhalt der Tasche untersuchten, spielte Pussiliano *Sleigh Ride*. Die schönen Saxophonphrasierungen von Todd Williams trugen weit über die Bucht hinaus. Es war der 23. Dezember. Seit dem 5. spielte der Don diese Platte. Gesungen wird die Melodie von John Hendricks, einem meiner Lieblingssänger. Er nennt die Namen der Zugtiere, bevor er sie auffordert loszulaufen. Auch ich kannte sie mittlerweile alle. *«Dasher und Dancer und Prancer und Vixen ...»*

«Manchmal höre ich lieber *O Tannenbaum*», sagte Wekko. Seine Hütte ist zwar eine halbe Meile von Donsville entfernt, aber auch er hört die Musik von Marsalis ganz deutlich.

In Mister Calahans wasserdichter Tasche befand sich ein billiges Fernglas, eine bebilderte Taschenbuchausgabe von ‹Wasservögel in Florida›, ein professionell wirkender radioähnlicher Apparat mit Knöpfen und Teleskopantenne, eine Tüte Äpfel, auf der ein Schildchen mit der Aufschrift «Sonderpreis» klebte, und eine Packung Monarch-Filterzigaretten. Als ich die Tasche ausschüttelte, fiel noch eine New Yorker U-Bahn-Münze heraus.

«Hoppla», sagte Wekko.

«Hoppla», stimmte ich ihm zu.

Trotzdem verstanden wir es nicht ganz. Wir verstanden einfach nicht, daß die U-Bahn-Münze aus New York bestätigte, daß der Akzent von Mister Calahan wirklich ein New Yorker Akzent war. Hatte er nicht erzählt, er sei aus Chicago? Wollte er seine wahre Identität verbergen?

Das Vogelbuch erklärte, warum er etwas von schillernden

Ibissen wußte, auch wenn er keine Pelikane erkannte. Warum kaufte jemand Kochäpfel im Sonderangebot, wenn doch auf den Keys jede Menge exotischer Früchte erhältlich waren? Und Monarch ist eine Billigzigarette aus dem Supermarkt, die etwa fünfzig Cents weniger kostet als eine Markenzigarette.

Warum bot ein Mann, der mit dem Pfennig rechnen mußte, fünfhundert Dollar dafür, daß man ihm ein fünfzig Dollar teures Fernglas und einen undefinierbaren elektronischen Apparat zurückbrachte?

Irgendwie haben wir nicht richtig nachgedacht.

Ich schaltete die Gartenbeleuchtung ein, damit wir vor dem Abendessen noch Basketball spielen konnten, und zwar extralange Würfe, die wir beide nicht so gut können. Wenn wir danebengeworfen haben, müssen wir herumgehen, und wenn wir herumgehen, können wir miteinander reden.

«Was, glaubst du, ist das für ein Radio?» fragte Wekko.

Ich sagte, es könnte ein Kurzwellen-Wetterradio sein. Touristen, die schillernde Ibisse beobachten wollen, interessieren sich vielleicht dafür, wie das Wetter am nächsten Tag sein wird. Weil die Vögel vielleicht in den Wolken sind und man sie dann nicht so gut sehen kann – oder?

Wekko lachte: «Bloß, daß um diese Jahreszeit das Wetter immer gleich ist.»

Ja, natürlich. Aber was wissen schon Touristen?

Wir waren uns einig, daß Touristen keine Ahnung haben. Weder hier noch dort, wo sie herkommen.

Da, wo sie herkommen, weiß niemand etwas, das heißt, sie können sich auch gegenseitig nicht besonders beeindrucken, aber wenn sie hier sind und mit ihren Kreditkarten wedeln und seltsame Wetterberichtradios und teure Kanus kaufen, können sie die Conchs beeindrucken.

«Moment mal, Deputy-Sheriff Wekko», sagte ich, «woher weißt du eigentlich, daß er dieses Kanu wirklich gekauft hat? Er hätte es doch auch nur mieten können, oder?»

Wekko wußte es daher, daß keiner der Läden hier, der Boote vermietete, diese Art Kanu führte. Deputy-Sheriffs müssen nämlich, sobald bei den Verleihern irgend etwas verlorengeht, in der Gegend herumfahren und versuchen, es wieder aufzutreiben. Wekko wußte außerdem, daß das Sportgeschäft im nahe gelegenen Key West solche Kanus aus Kunststoff verkaufte. Runde tausend Dollar kosteten sie.

Wir hätten diesen Teil des Rätsels lösen können, aber wir taten nichts dergleichen.

Wieso hatte Mister Calahan nicht einfach für zwanzig Dollar am Tag ein ganz normales Ruderboot gemietet? Warum mußte er tausend Dollar für ein Kunststoffboot ausgeben?

Vielleicht, weil Leihfirmen nur mit Kreditkarten arbeiten? Kreditkarten können zur Identifizierung einer Person dienen. Für den Fall, daß das Boot verschwindet, weiß die Firma immerhin, wo sie den, der es ausgeliehen hat, finden kann. Aber an der Identität eines Kunden, der in bar bezahlt, hat sie kein Interesse. Mister Calahan konnte erledigen, was er zu erledigen hatte, und dann das Boot einfach nach Kuba hinübertreiben lassen. Was er in Erfüllung seines Auftrags erhielt, war vermutlich das Vielfache dessen, was Boot und Sendegerät gekostet hatten.

Vielleicht waren Wekko und ich einfach verwirrt. Vielleicht wollten wir auch verwirrt sein.

Pussiliano ließ seine Geräuschmaschinerie wieder neu an.

«Jannie», brüllte Wekko mich an, «hast du nicht erzählt, daß Pussiliano fast eine Milliarde verdient hat, weil er Investoren in New York reingelegt hat?»

Der weihnachtliche Krach von nebenan war einfach zu laut, als daß ich hätte antworten können, aber ich mußte an die Schrottanleihen denken. Und daß Pussiliano sie verkauft und billig wieder zurückgekauft hatte, wenn er wußte, wie er sie ganz plötzlich wieder im Wert steigen lassen konnte, indem er Kunden mit erfundenen Insidergerüchten durcheinanderbrachte und immer hin und her kaufte und verkaufte, steigende und fallende Kurse, Leerkäufe und -verkäufe, gleichgültig, was, aber immer mit gutem Profit für die eigene Tasche.

Es wäre ein anderes Teilchen in unserem Puzzle gewesen, aber auch das wollten wir irgendwie nicht einfügen. Die Tatsache, daß er andere Leute einen Haufen Geld verlieren ließ, den er, Pussiliano, dann für sich einstrich, hatte ihm Feinde geschaffen. Feinde, die ihn in Egret Key natürlich aufspürten, noch dazu, wo er in seinem Balearen-Himalaya-Transsilvanien-Afrika-Palast hier so unübersehbar war.

Verärgerte, auf Rache sinnende Kunden, die Pussiliano Angebote unterbreiteten, die er nicht ablehnen konnte, aber eigentlich besser ablehnen sollte.

Wie sollte der Don aus seiner Beinahemilliarde, die er vielleicht einmal besessen haben mochte, Millionen zurückerstatten? Oh, mein Gott.

Wenn Pussilianos Mülleimer vor dem Haus standen, hatte ich gesehen, daß sie vollgestopft waren mit Finanzbroschüren, Prospekten, Formularen und Zeitschriften, die ein Investment-Freak für seine täglichen Geschäfte braucht. Aufgefallen waren mir dabei auch die Computerausdrucke, auf denen dicke Linien nach unten liefen, abwärts, abwärts und immer noch weiter abwärts. All dies zerknüllte und in Fetzen gerissene Papierzeug war mit leeren Bourbonflaschen und Bierdosen dekoriert. Pussiliano, der ehemalige Senkrechtstarter von Wall Street, spielte also wieder, diesmal allerdings in sicherer Entfernung vom brodelnden Zentrum in Manhattan. Der Don, jetzt freier Broker, schrieb große Verluste an. Ich sah es aus dem, was der Müllwagen Woche für Woche abholte. Er konnte es selbst sehen, während seine Lautsprecher *Stille Nacht* dröhnten.

Und durch diese stille Nacht paddelte also Mister Calahan, in der Hand eine Fernbedienung, um Bomben zu zünden.

Wir hätten es uns zusammenreimen können.

Hätten wir Pussiliano warnen können?

Wie Wekko später erklärte, wäre uns dies ziemlich schwergefallen.

Als die *Jingle Bells* mir auf die Nerven gegangen waren, hatte ich versucht, meinen lauten Nachbarn ans Telefon zu bekommen. Jedesmal erzählte mir seine Tonbandstimme, daß sie nicht gestört zu werden wünsche und man nach keinem Signalton keine Nachricht hinterlassen könne.

An jenem Tag hatte ich ihn auf seiner Terrasse herumhängen sehen. Weihnachten oder nicht, Don Pussiliano wirkte depressiv. In seinen depressiven Phasen pflegte er vormittags im Bett zu bleiben, nachmittags Sport zu machen und abends zu trinken. Aber diese strenge Einteilung half nichts. Wenn er lange im Bett blieb, wurde er nur noch schwermütiger. Vom Gewichtheben, mit dem er seinen Brustkorb auf ein Frauen beeindruckendes Maß anschwellen ließ, bekam er Rückenschmerzen. Und der Alkohol verführte ihn dazu, sich den Lauf seines Revolvers in den Mund zu stecken und mit dem Abzugshahn zu spielen.

Unsere nachbarschaftlichen Beziehungen waren in gewissem Sinne beeinträchtigt. Ursprünglich hatten Pussiliano und ich uns noch Grüße zugewinkt, aber dann hatte sich eines stürmischen Abends mein Anlegesteg losgerissen. Der Wind trieb ihn hinüber zu ihm, wo er ständig gegen seinen Steg schlug. Pussiliano ärgerte sich über den Lärm, aber anstatt mir Bescheid zu sagen oder den Steg selbst festzubinden, schüttete er Benzin über den Angreifer und hielt ein brennendes Streichholz daran. Geteerte Planken brennen gut. Der Feuerschein weckte mich auf, doch Pussiliano wollte nicht, daß ich mit meinem Feuerlöscher bei ihm auftauchte. Als ich dennoch zu ihm hinüberkam, jagte er mir ein paar Schüsse aus seiner Schrotflinte knapp über den Kopf hinweg. Dann hatte er mit seinem Maserati in betrunkenem Zustand meinen Holzzaun niedergemäht.

Dann wurde mein alter Parrot mit Steinen beworfen.

Alles Geduldsproben, die die Götter sich für den Einsiedler ausgedacht hatten.

«Fünfhundert Dollar», sagte Wekko. «Was hältst du davon, wenn ich zum Inn hinüberfahre und unsere Belohnung abholen gehe?»

Wekko wußte sehr genau, daß Geld kein Thema für uns war. Ihm ist es gleichgültig, und ich habe genug. Er fragte nur, weil ich schon länger als er hier als glücklicher Einsiedler lebe und jeden Morgen vor Sonnenaufgang meine tantrischen buddhistischen Mantras vor mich hin murmle.

Wekko wollte erst meine Erlaubnis, bevor er mit seiner nächsten Handlung Ruhe und Frieden bei uns wieder einkehren lassen würde.

Stille Nacht, Heilige Nacht dröhnte es aus den Lautsprechern.

Wekko, die Tasche in der Hand und bereit, auf sein rostiges Fahrrad zu steigen, schaute mich an, während Mr. Marsalis seine Musiker eine Wiederholung von *Carol of the Bells* anstimmen ließ. Pussiliano drehte an einem Knopf, woraufhin die schöne Musik lauter wurde und Vergnügen sich in Schmerz verwandelte. Etwas weiter draußen, auf den kleinen Inseln des Pelikanschutzgebiets, fielen hundertprozentig die aufgeregten Pelikanbabys aus den Nestern. Pelikaneltern holen ihre Jungen nicht wieder zurück, wenn sie einmal draußen sind.

Ich seufzte.

Ich mußte an die Gräte denken, an der Wekko beinahe erstickt wäre, als wir zu Abend essen wollten, während John Hendricks die Namen der Rentiere heruntersang. *«Dasher und Dancer und Prancer und Vixen ...»*

«Ich würde jetzt wirklich gern Mister Calahan seinen Radioapparat zurückgeben», sagte Wekko.

Ich griff nach dem Telefon und wählte Pussilianos Nummer. Der unfreundliche Anrufbeantworter war immer noch eingeschaltet.

Ich schaute über den Lattenzaun, der mein Grundstück von Donsville trennt. Es war erst ein paar Tage her, daß ich, völlig verrückt gemacht durch diese ewige Aufzählung von Rentiernamen, nach Don Pussiliano gerufen hatte. Daraufhin war im Palast drüben ein Fenster geöffnet worden, der Lauf einer automatischen Browning-Schrotflinte wurde sichtbar, und ich brachte mich schnellstens in Sicherheit, da Pussiliano ein ums andere Mal abzog und die Schrotkugeln die Blätter an meinen Bananenbäumen zerfetzten.

Wekko war damals zwar bei mir und somit Zeuge dieses Vorfalls, konnte jedoch als Nachbar und damit selbst Betroffener der Sache nicht nachgehen und schlug vor, Kollegen zu holen. Wir beschlossen aber, davon Abstand zu nehmen. Ein ehemaliger Beinahemilliardär weiß sehr gut, wie er vor Gericht zu erklären hat, warum er Warnschüsse auf einen Verrückten abgeben mußte. Außerdem würde Pussiliano sich sowieso schnellstens aus allem herausreden und dann seine Weihnachtslieder schon aus Rache um so lauter wieder abspielen.

Ich nahm letztlich die Verantwortung ganz bewußt auf mich, wie ich es auch getan hatte, als ein Stachelschwein sich an meiner Zitterpappel vergriff und den zierlichen Baum kaputtmachte und Wekko seinen Dienstrevolver zog und mich ansah und ich nur traurig nicken und «nun denn» sagen konnte. Dann war es vorbei mit dem Stachelschwein.

Und dann war es vorbei mit Don Pussiliano, beziehungsweise wie auch immer es vor sich ging, es geschah am nächsten Abend, am 24. Dezember, dem Weihnachtsabend.

Nach meinem schicksalhaften «nun denn» radelte Wekko fort. Barfuß, in Latzhosen, einen Strohhalm hinter dem Ohr. Ein einfacher Gartenarbeiter, der ansonsten Gras mäht und sich nun auf den Weg zum Egret Inn gemacht hat, um dort eine Tasche abzugeben, in der sich nach seiner einfachen Handwerkermeinung die verlorenen und nun wiedergefundenen Hilfsmittel eines Vogelbeobachters befanden. Und um sich von Mister Calahan, einem reichen Herrn aus Chicago, fünf dicke Hunderter dafür auszahlen zu lassen.

Mister Calahan griff nach der Tasche und bezahlte.

«Wie heißen Sie, guter Mann?» fragte er.

Wekko lüftete die Überreste seines Strohhuts. «Malcolm XI, Sir.»

Das war am Dreiundzwanzigsten.

Am 24. Dezember, kurz nach Sonnenuntergang, wurde Don Pussilianos Körper zur Melodie von *God Rest Ye Merry Gentleman* von herumfliegenden Hartplastikobjekten zerfetzt. Die Objekte waren Teile von explodierten Weihnachtsfiguren. Die Köpfe von Dancer und Prancer, Äste von künstlichen Bäumen, die Füße des Weihnachtsmanns, der Schwanz des Kamels eines der Weisen aus dem Morgenland und der Körper des Christkinds rissen sich los und töteten ihren Sammler.

Nachdem die großen Sony-Lautsprecher in Flammen aufgegangen waren, fand der *Merry Gentleman* ewige Ruhe.

Später brannte auch ganz Donsville noch nieder, weil feurige Stücke von Maria und Joseph durch die Fenster ins Innere geflogen und in Vorhängen und Tapeten steckengeblieben waren.

Die Feuerwehr kam wegen des Weihnachtsverkehrs auf der A-1-A zu spät an, um das Gebäude noch retten zu können.

Die Polizei kam auch.

Was sollte ich viel dazu sagen? Zu dem Zeitpunkt, als die Plastikfiguren Pussiliano töteten, befand ich mich in meinem Zimmer. Ich hatte eine Binde vor den Augen und Stöpsel in den Ohren.

Plötzlich erzitterte die Erde.

War das ein Weihnachtsbeben? Ich riß mir Augenbinde herunter und Ohrenstöpsel heraus, rannte nach draußen, sah das

Chaos nebenan, griff mir ein Telefon und wählte die Notrufnummer. «Gut so», sagte der Detektiv der Staatspolizei.

«Aber was ist eigentlich passiert?»

«Jemand, der wahrscheinlich per Boot eingedrungen ist, hat ein paar computergesteuerte Bomben gelegt», sagte der Detektiv. «Und dann hat er sie vermutlich von der Bucht aus gezündet und zugesehen, wie alles in Flammen aufgegangen ist.» Computer, sagte er, könne er nicht ausstehen, und alles, was damit zusammenhänge, auch nicht. Er habe nicht gern damit zu tun. Und falls Täter sich gegenseitig mit Computern, die man kaum finden könne, aus dem Weg schaffen wollten, dann sollten sie es, bitte schön, tun.

«Wissen Sie», sagte ich zu ihm, «gestern abend habe ich hier einen Vogelkundler getroffen, der eigentlich gar nicht über Vögel Bescheid wußte. Vielleicht hat er ja die Bomben in Pussilianos Weihnachtsdekoration versteckt? Er sagte, er wohne im Egret Inn.»

Der Detektiv machte sich auf den Weg zum Inn. Nach ein paar Minuten war er wieder zurück.

«Scheint so, als hätten wir da einen Spezialisten», meinte er. Solche Subjekte seien ihm relativ gleichgültig. «Das sind Profis. Hinterlassen nichts. Zahlen bar. Das Kanu, das der Täter benutzt hat, ist noch im Inn. Einen Wagen hat er nicht gemietet, sondern sich im Taxi herumfahren lassen. Eines hat ihn heute abend zum Flughafen gebracht.» Er wies mit der Hand in Richtung Miami. «Ist nur eine halbe Stunde Flug dahin. Der ist auf und davon.» Er habe nichts übrig für Täter, die sich per Flugzeug absetzten.

Damit verabschiedete sich der Detektiv.

Wekko kam, weil er ein wenig Basketball spielen und fragen wollte, was es zum Abendessen gebe.

«Wekko», sagte ich, «hör zu. Ich glaube, wir sollten mit unserer Einsiedelei Schluß machen. Wir haben die Prüfung nicht bestanden. Wir haben überhaupt keine heitere Gelassenheit bewiesen. Wir haben einen Mann umgebracht, nur weil er ein bißchen Weihnachtsmusik gemacht hat.»

Wekko zuckte die Schultern. «Nööh –»

«Nööh was?»

«*Wir* haben Don Pussiliano nicht umgebracht. Das war ich allein. Weil ich diesem Spezialisten seinen Sender wiedergebracht habe, so daß er noch mal mit dem Boot zurück zu Donsville rudern und alles in die Luft gehen lassen konnte.»

«Du hast mich um Erlaubnis gebeten», sagte ich. Wekko fand das komisch. Immerhin sei er doch erwachsen, sagte er, und könne als zufriedener Einsiedler seine eigenen Entscheidungen treffen.

Warum aber hatte er mich, den in diesem Sinne Dienstälteren, gefragt?

Er habe nicht unhöflich sein wollen, erklärte Wekko. Aber worüber zerbrächen wir uns eigentlich den Kopf? Hätte er die Tasche nicht zurückgebracht, hätte der Täter immer noch genügend Zeit gehabt, sich bei Radio Shack in Key West einen neuen Sender zu besorgen oder zumindest die Einzelteile, mit denen er einen neuen zusammensetzen konnte. Wir sind doch in Amerika. Amerika ist für solche Dinge ein äußerst hilfreiches Land. Es hätte Pussilianos Leben auch nicht gerettet, wenn der Apparat nicht zurückgegeben worden wäre. Ich kam mir ziemlich kleinlich vor, aber ich fragte: «Warum sollte ein Mann, der Discountzigaretten raucht, fünfhundert hartverdiente Dollars ausgeben, um einen Apparat im Wert von fünfzig Dollar, der jederzeit ersetzbar wäre, wiederzuerhalten?»

«Um ein Beweisstück aus dem Weg zu schaffen, Jannie.»

Dann spielten wir Basketball. Ich warf häufig vorbei, weil ich nachdenken mußte. Irgendwie war ich nicht mehr so glücklich und zufrieden wie früher. Nein, Pussiliano würde wohl niemandem fehlen. Und ich wollte schon dafür sorgen, daß das, was von Donsville übrig war, in das Pelikanschutzgebiet integriert wurde, so daß wir nie mehr wieder Weihnachtsglöckchen würden hören müssen. Aber was war mit Mister Calahan? Dadurch, daß wir ihm die Tasche mit dem Sender wieder hatten zukommen lassen, gab es keine Beweisstücke mehr. Jetzt war es um so schwerer, diesen Mann, der ein gemeingefährlicher professioneller Killer war, festzunehmen. Mußten zufriedene Einsiedler nicht Gutes tun? Zum Beispiel mit dazu beitragen, daß böse Mordspezialisten ausgeschaltet wurden?

«Nööh», sagte Wekko.

Ich briet einen frisch geangelten Fisch und richtete ihn mit meiner geheimen Kräutersoße an, aber er schmeckte nicht, wie er hätte schmecken können.

«Willst du die Welt besser machen, als sie ist?» fragte Wekko. «Was für ein abgehobener Einsiedler bist du eigentlich?»

Wir hatten früher bereits über dieses Thema gesprochen. Wekko behauptete, Einsiedler sähen über Unrecht hinweg und würden nicht versuchen, es abzuschaffen.

«Aber wir haben es hier mit einem professionellen Killer zu tun, Wekko. Warum haben wir Mister Calahan nicht festgenommen? Wir hatten alle Beweise in der Hand, wir hätten ihn mit der Pelikan-Ibis-Verwechslung, mit der New-York-Chicago-Lüge und mit dem Wetterradio-Sender-Ding festnageln können.»

«Wollten wir das?»

«Es ist nie zu spät, Wekko.»

«Freust du dich nicht, daß es Donsville nicht mehr gibt?» fragte er.

Selbstverständlich freute ich mich.

«Na also, dann freu dich doch.»

Aber schließlich bekam er doch Mitleid mit mir. Wenn ich nun mal schlechte Menschen nicht mochte und einen sadistischen Killer, der Bomben in Weihnachtsfiguren legte, nicht um mich herum haben wollte, dann –

«Na, dann machen wir doch unser Zeug», schlug er vor.

Voodoo macht mir angst. Wekko kann zwar das eine oder andere, aber für eine ernste Angelegenheit, wie wir sie vorhatten, brauchte er Unterstützung. Was passiert, wenn ein schwarzer nihilistischer Skinhead aus Afrika und ein weißer begeisterter Wahrheitssucher aus Europa ihre todbringenden Ausstrahlungen vereinigen? Wekko hat seine zauberischen Kräfte, und ich selbst praktiziere seit Jahren tantrische Übungen, allerdings ursprünglich aus idealistischen Vorstellungen heraus, weil ich mich befreien und mein Ego überwinden wollte, und ich hatte natürlich bislang nie den Versuch gemacht, irgendwelche bösen Typen damit aus der Welt zu schaffen.

Trotzdem würde ich es nicht zulassen, daß einer meiner Einsiedlerfreunde sich allein zu Tode schuften muß.

Beide können wir nähen, und ein wenig künstlerisch begabt sind Wekko und ich außerdem. Wir bauten also eine Puppe, zogen ihr gelbe Hosen und ein orangefarbenes Hemd an und gaben ihr eine krumme Nase und lange, fettige Haarsträhnen.

«Sieht doch gut aus, oder?»

«Sieht gut aus.»

Dann verbrannten wir rund um den kleinen Mister Calahan herum Schlechtes bewirkendes Räucherwerk, und ich schlug wieder – dieses Mal aber nur ganz zart – meine Zimbeln aneinander und flüsterte die Apachenverfluchungen und tanzte und konzentrierte mich. Für den Fall, daß Mister Calahan eigene dunkle Kräfte besaß, machte Wekko seinen Zauber diese Nacht lieber draußen. Wenn er Voodoosprüche singt, klappert mir nämlich das Gebiß.

Als die Zeremonie beendet war, warf Wekko die Puppe in meine Mülltonne. Der Zufall wollte es, daß sie dabei die Arme auf eine Art ausgestreckt hatte, die wirkte, als würde sie ins Wasser springen. «Hast du das gesehen?» fragte er mich.

Ich ahmte die Geste nach.

«Dann ist es dir also auch aufgefallen», nickte Wekko.

«Und was bedeutet das, Zauberer Wekko?»

Es bedeutete, daß auch Mister Calahan ins Wasser springen würde.

Und was bedeutete dieses Piepsen, das aus der Mülltonne kam?

«Vielleicht Mäuse?» fragte Wekko.

Richtig. Aber in Voodoo?

Wekko meinte, das würden wir demnächst herausfinden.

Ich habe von Voodoo wirklich absolut keine Ahnung. Kann sein, daß es mir deshalb angst macht.

Was mich neuerdings besonders daran schreckt, ist, daß es sogar die Zeit zurückdrehen kann. Wir hielten unsere Zeremonie gegen elf Uhr abends ab, Mister Calahan starb aber, wie wir am nächsten Tag, am Morgen des 25. Dezember, über Kanal 5 erfuhren, schon gegen zehn Uhr.

«Eines seltsamen Todes» – so unsere kluge schöne Fernsehnachrichtensprecherin – «starb ein noch nicht identifizierter Tourist gestern abend östlich neben der A-1-A bei Meilenstein 11.»

Die genaueren Umstände brachte Wekko später in Erfahrung, indem er den Polizeibericht im Büro des Sheriffs las und eigene private Nachforschungen draußen in Key West damit verglich.

Mister Calahan – der in Wahrheit Victor Irk Russo hieß und vermutlich Profikiller war, ohne daß man ihn bisher jemals erwischt oder gar festgenommen hatte – versäumte sein Flugzeug, weil das Taxi, mit dem er von Egret Key zum nahe gelegenen Flughafen von Key West unterwegs war, eine Reifenpanne hatte. An diesem Abend gab es keinen anderen Flug mehr. Weil er jedoch so schnell wie möglich von den Inseln aufs Festland hinüberwollte, mußte Mister Calahan selbst irgendeine Transportmöglichkeit auftun. Einen Wagen mieten konnte er nicht, da er keine Ausweispapiere bei sich trug. Und ein Taxi, das am Heiligen Abend bereit gewesen wäre, ihn noch die 124 Meilen nach Miami zu fahren, war praktisch nicht aufzutreiben.

Aber es ist nicht schwer, einem Betrunkenen seinen Wagen zu stehlen. So begab Mister Calahan sich in den Red Parrot, eine Oben-ohne-Bar in der Nähe der Duval Street in Key West. Dort gab er ein paar Runden aus, versuchte dabei zwar selbst nur Limonade zu trinken, aber die Mädchen sorgten dafür, daß er zusammen mit den anderen Gästen auch Alkohol bekam.

Jeder Mensch hat irgendeine Schwäche. Mister Calahan trank gern. Nach der Spannung der letzten Tage und von attraktiven Begleiterinnen zum Trinken angehalten, mußte der Alkoholiker in ihm klein beigeben. Trotzdem schaffte er es noch, einem anderen Betrunkenen die Wagenschlüssel zu entwenden. Sie paßten ins Schloß eines neuen Toyota Pickup, der hinter dem Red Parrot abgestellt war.

Key West kann man nur auf einer einzigen Straße verlassen. An einer zweispurigen Stelle der A-1-A kurvte plötzlich ein Radfahrer vor dem Toyota auf der Fahrbahn herum. In Überreaktion warf Mister Calahan das Steuer herum und setzte den Wagen seitlich des Highway in den Mangrovensumpf.

Jetzt überfiel ihn die Panik. Er mußte befürchten, daß der Aufpasser und der Gärtner im Haus neben Donsville nach dem Brand und dem tödlichen Unglück Verdacht geschöpft und der Polizei eine Beschreibung des vorgeblichen Vogelkundlers gegeben hatten. Außer daß er mit einer Mordanklage rechnen mußte, war er nun auch noch unstreitig betrunken am Steuer eines gestohlenen Autos.

«Also sprang er in den Sumpf hinein», sagte Wekko.

Na gut, etwas naß und verstochen würde er werden, aber eventuell würde jemand zwischen den Luftwurzeln der Mangroven diesen fliehenden Fisch entdecken, und dann würden die Cops ihn herausholen. Tot war er jedenfalls noch nicht. Aber bei Voodoo weiß man nie, was noch kommt.

Riesenkrokodile gehören zu den vom Aussterben bedrohten Tierarten. In unseren Sümpfen gibt es wahrscheinlich nur noch wenige, aber auf jeden Fall beförderten Wekkos und meine vereinten spirituellen Bemühungen eines davon wieder ans Tageslicht.

Die hübsche Nachrichtensprecherin zeigte ein Foto davon: Das Tier war mit Weihnachtsdekorationsgirlanden behängt, die der Druck der Explosionen in Donsville aufs Wasser hinausgetragen hatte.

Augenzeugen auf der A-1-A berichteten, Mister Calahan habe erst aufgehört zu schreien, als das riesige Krokodil ihm den Kopf abgebissen hatte.

Deutsch von Elfi Hartenstein

Wo immer ich bin, bin ich nicht zu Hause

Tom Waits habe ich ‹auf die gute Art und Weise› kennengelernt, auch wenn ich das damals noch nicht wußte, denn das Gute erkennt man meistens erst später. Ich saß auf einem kaputten Plastikhocker in einem Trailer am Rande von Boston, der zu einem Restaurant umgebaut war, und rührte in der achten Tasse Kaffee an diesem Abend. Dazu aß ich ein nicht gerade appetitanregendes Stück Kuchen. Neben mir saß ein schmuddeliger Typ mit Bart. Er roch nach Benzin und hatte schmutzige Hände. Er hatte gerade mein Auto vollgetankt, das an der Tankstelle neben dem Trailer stand, und jetzt machte er eine kurze Pause.

Am Nummernschild meines Wagens hatte er gesehen, daß ich in Maine wohnte, und er wollte wissen, wie es dort sei, ob dort wirklich so wenige Menschen wohnten und ob die Natur tatsächlich so beeindruckend sei.

Er wollte einfach mit jemandem reden. Es entwickelte sich eines jener unzusammenhängenden Gespräche, die nur dazu dienen, sich gegenseitig zu versichern, daß man nicht allein ist. Beim Abschied gab ich ihm meine Adresse. Wahrscheinlich hatte ich ihn auch eingeladen, aber daran erinnerte ich mich nicht mehr, als mich Monate später, mitten im Hochsommer, in meinem Garten ein Unbekannter begrüßte. Es war jener junge Mann aus dem Trailer, doch dauerte es Stunden, bis ich ihn wiedererkannte. Er wollte eine Woche bei mir bleiben.

Es war eine gute Woche. Er half mir beim Holzhacken und beim Umgraben des Gartens, ging spazieren, wenn ich arbeiten wollte, und abends gingen wir zusammen essen, manchmal in teuren Restaurants und manchmal in vergammelten *Dinners* oder *Speakeasys*, von denen es sogar in dieser Einöde ein paar gibt.

Als die Woche um war, setzte ich ihn auf der Hauptstraße in Richtung Süden ab und erwartete nicht, noch jemals etwas von ihm zu hören. Doch es kam anders. Ich erhielt mit der Post eine Schallplatte – «als Dank für die angenehme Verschnaufpause». Zunächst ließ ich die Platte eine Weile liegen, bis schließlich der geeignete Abend gekommen war, an dem ich mich in aller Ruhe in die Dachkammer zurückziehen konnte. Die Musik auf der Platte stammt von Tom Waits, und obwohl er mir nicht zu einer plötzlichen umfassenden Einsicht in die amerikanische Lebensart verholfen hat, hat er doch eindeutig mein Verständnis derselben vertieft.

Minstrels gibt es in Amerika im Überfluß, und meist singen sie immer das gleiche Lied, begleitet von den langgezogenen Klängen elektrischer Gitarren und von monotonem Rock-Gestampfe – für das der beschleunigte Herzschlag des Milchviehs unserer Landstriche, das ja auch hier zu Millionen herumläuft, Pate gestanden haben muß. Die Minstrels singen von Liebe, meist von unerwiderter, und ähnliches Gejammere. Dann gibt es noch diejenigen, die eine Botschaft vermitteln wollen – die sind noch schlimmer. Das Radio stellt ihnen sechs Kanäle gleichzeitig zur Verfügung, und ihr Geheul wird zu allem Überfluß auch noch durch das Gequassel der Werbespots unterbrochen. Ziemlich unrhythmisches Geleiere, das das Trommelfell erbeben läßt und in den Eingeweiden nachzittert. Musik, die zwar kaum anzuhören ist, der man sich aber nur schwer entziehen kann, weil man von ihr an jeder Ecke und an jedem Arbeitsplatz verfolgt wird.

Tom Waits beteiligt sich nicht an diesen Dingen. Er macht es anders: Er schreibt seine Texte selbst, und in seiner Stimme schwingt Jazz, kein Rock – ein äußerst empfindsam gespieltes Piano, ein präzises Saxophon, ein Baß und eine kaum hörbare Snare-Drum. Schwarze Musik, gespielt von Straßenkids, die

Tom in den Cafés der Elendsviertel von Los Angeles entdeckt und die sich bisher jeglicher Kommerzialisierung haben entziehen können. Waits bevorzugt jenen Sprechgesang, den auch Ella Fitzgerald manchmal eingesetzt hat, und er erzählt von der Schönheit Amerikas, so wie er sie in entlegenen Winkeln erlebt, in die sich kein anständiger Mensch vorwagt.

Nein, nicht die unberührte Stille hoch in den Rockys, nichts Spektakuläres. Nur Gewöhnliches, ganz gewöhnliche Dinge. Die Schönheit einer unsäglich häßlichen Reklametafel, die schreiend geschmacklos am Rande eines verstopften Speedways steht. Die feinsinnige Melancholie einer einsamen Nacht auf der eingesackten Terrasse eines heruntergekommenen Hotels, in einem Korbstuhl, der von unzähligen Bierdosen umstellt ist. Es gibt hier in Amerika ein Antibrechmittel, das Pepto-Bismol heißt und eine so aufdringliche rosa Farbe hat, wie es sich jemand, dem übel ist, nur vorstellen kann. Waits singt über den Himmel am Morgen nach einer durchzechten Nacht, der von genau *dieser* Farbe und deshalb so schön ist.

Er geht noch viel weiter. *«It was just about that time that the sun came crawling out of a manhole at the foot of twenty-third street.»* Und nicht einfach die Sonne, *«a yellow biscuit of a buttery cue ball»*. Das ist nicht der übliche Wortschwall, den das Radio uns ins Gesicht spuckt, von dem Mädchen, das von dem Herrn sitzengelassen worden ist und für das die Sonne nie mehr aufgehen wird. Waits spuckt nie, selbst dann nicht, wenn er seinen «sss'lang» durchkommen läßt, dessen reines Silber vom Ticktack schläfriger Trommelstöcke unterstrichen wird. Ich spürte, wie Schauer durch meinen Körper liefen, als ich dies auf meinem kahlen Speicher hörte. Also doch. Ich hatte nicht gewagt, auf so etwas zu hoffen.

Ich habe schon erwähnt, daß er den Sprechgesang benutzt, und wahrscheinlich denken Sie jetzt, er würde einfach so daherreden, poetisch, mit musikalischer Untermalung. Kaufen Sie sich einmal eine Platte von ihm. Was er tut, ist viel mehr, als «einfach so daherzureden», ich schwöre es. Er kichert und lacht, er schlingt seine Stimme um die Instrumente. Manchmal seufzt er und setzt kurz aus, um sich eine Zigarette anzuzünden. Und manchmal, wenn bei seinen Zuhörern die letzte Zeile angekommen ist und er das Gefühl hat, noch weitergehen zu können, singt er *Scat*. *Scat* ist das Schönste, was es gibt, wenn es im richtigen Augenblick eingesetzt wird. Ella hat diese Technik benutzt, und Louis Armstrong beherrschte sie auch. Silben ohne klare Bedeutung, dem Stöhnen von Liebenden ähnlich, die – aus ihren Käfigen ausgebrochen – jede Definition hinter sich gelassen haben.

Dreiunddreißig Jahre ist unser Freund alt. Er stammt aus gutem Hause und aus dem gesegnetsten aller amerikanischen Staaten, Kalifornien, wo er schon als Kind Reißaus nahm und sich so dem Einfluß rigider Erzieher entzog. Er hat das gemacht, was man tut, wenn man sich nicht anpassen kann: Benzin und Brauselimonade ausgeschenkt, den Boden gefegt, den Apparat bedient, der Hamburger und heiße Hündchen auswirft. Und um nicht vorzeitig und endgültig verrückt zu werden, hat er währenddessen gesungen. Weil er ein Piano fand, auf dem nur noch die schwarzen Tasten bespielbar waren, komponierte er «in Sharp». Wenn er so für sich selbst spielte und sang, kamen die vom Wege Abgekommenen und hörten ihm zu. Diejenigen, die sich aus allem herausgelöst hatten, hörten seine Stimme und wußten, wovon er sang.

Auch Elton John hörte ihn. «Sehr schön, was du da machst», sagte er. Tom Waits trat auf, ohne Gage, gewann einen Preis und wurde engagiert. Wie so etwas möglich ist? Wenn man gut ist, geht so etwas hier schnell. Tom Waits ging also auf Tournee und tat, was er immer getan hatte, gegen eine Mauer gelehnt, eine normale Mauer, die sich leicht aufbauen läßt. Er trank auf der Bühne genauso viel Bier wie sonst auch. Seine vier schwarzen Freunde grinsen über seine Wortwahl –

«I'm so goddam horny, the crack of dawn better be careful around me» –, und wenn Tom kurz die Bühne verläßt, um sich zu unterhalten oder Zigaretten zu holen, sorgen sie für genau kalkulierte Hinter- und Vordergrundmusik.

Wie sieht er aus? Wie immer, nach den Worten eines Journalisten, «in einem Anzug, der ihm gleichzeitig zu groß und zu klein ist, mit einem Hut auf dem Kopf, den er irgendwo gefunden hat, einer lockeren Krawatte, manchmal mehr, manchmal weniger unrasiert, schlank, jung, mit weisen Augen». «Wo ich auch bin, gehör ich nicht hin, und wohin ich jetzt geh, das taugt überhaupt nichts.» Denn er wird bekannt. Seine Platten verkaufen sich gut, er spielt in den großen Städten und ist schon in England und Frankreich auf Tournee gewesen. «Das Geld, das ich verdiene, gebe ich aus, aber es wird zuviel, viel zuviel.» Deshalb verschwindet er immer wieder und wird in der Umgebung wiedergefunden, die ihn prägte: in sechstklassigen Hotels, wo er auf verstaubten und beschädigten Pianos seine Lieder ausprobiert, bis in den Mittag hinein auf zerknautschten und von Flöhen gezeichneten Bettlaken schläft, in der dunklen, warmen, narkotischen amerikanischen Nacht spazierengeht, der Mutter seiner Kunst, die ihn unparteiisch umhegt.

Was liest er? Kerouac und *Playboy Magazine*. Was für ein Auto fährt er? Einen Cadillac ohne Automatik. Auf was stützt er sich? Auf einen Parkautomaten.

Sie müssen ihn sich einmal anhören. Er spricht uns an – diejenigen unter uns, die das geregelte Leben ab und zu hinter sich lassen, um in jener Einsamkeit umherzuirren, die man manchmal mit dem ebenfalls Fragenden, der neben einem auf dem Hocker sitzt, teilen kann.

Deutsch von Hildegard Höhr

Meine stille Liebe

Einer Frau, in die Sie wahrhaftig und dauerhaft verliebt sein wollen, dürfen Sie nie begegnen. Dasselbe gilt vielleicht auch für Männer, aber darüber kann ich nichts sagen, da es außerhalb meines Erfahrungsbereichs liegt. Der erste Film, den ich sah, war *Schneewittchen.* Ich fand sie schön und nett, allerdings mit den Äpfeln ziemlich ungeschickt, und es beruhigte mich, daß ich sie nie auf der Straße treffen würde. Verliebt war ich nicht in sie. Das kam erst später, bei Cathérine Deneuve. Sie war schöner als Schneewittchen, auch wenn sie sich ebenso hölzern bewegte wie die Zwergenhüterin. Ich starrte Cathérine aus der sicheren Dunkelheit des Kinosaals mit offenem Mund an. Ich blieb auch noch in der nächsten Vorstellung sitzen und fand mich am nächsten Tag wieder rechtzeitig zu Beginn der Vorstellung ein. Das ging drei Tage lang so, bis der Film in die Provinz verschwand – und ich mit ihm.

Ich habe die Provinz gut kennengelernt. Die Niederlande sind größer, als man meinen möchte. Ich reiste von Zundert nach Oude Pekela und verdiente meinen Lebensunterhalt damit, auf der Straße zu betteln – oder besser gesagt: nicht den Lebensunterhalt, sondern das Geld für die Kinokarten. Zu essen brauchte ich nicht, denn ich war ja verliebt. In diesem Film, einem sehr schlechten übrigens, überquert Cathérine eine Straße. Sie hat eine lange Seidenhose an und schaut sich beim Überqueren der Straße – wobei sie auch noch fast von einem Bus überfahren wird – kurz um und lächelt. Ein ganz besonderer Augenblick, den ich an die hundertmale erlebt habe. Trotz meiner Gerührtheit, des Kloßes in der Kehle und meinem verkrampften Oberkörpers mußte ich dann immer kurz lachen.

Die Szene erinnerte mich an ein Filmlokal in Rotterdam, das ich in meiner frühen Jugend besucht hatte. Dort wurde immer der gleiche Film gezeigt, ein Heldenfilm, in dem der Held ein Hund war. Dieser Hund überquerte ebenfalls eine Straße und schaute sich auf halbem Wege um. Jeder im Publikum wußte das. Kurz bevor sich der Hund umschaute, pfiffen wir. Der Hund, treuer Vierbeiner, der er war, schaute sich dann um. Daraufhin bewarfen wir den Pianisten mit Tomaten. Der Pianist wußte auch schon vorher, daß dies passieren würde; er hatte uns sogar am Anfang der Vorstellung die Tomaten verkauft. Es waren immer sehr weiche Tomaten.

Bei Cathérine warf ich natürlich nicht mit Obst. Ich seufzte. *Was für eine Frau!* dachte ich jedesmal wieder.

Ich habe alle Filme gesehen, in denen Cathérine auftritt. Allerdings kann ich mich an keine der Geschichten mehr erinnern. Ebensowenig weiß ich, wer sonst noch in diesen Filmen mitspielte. Die Szenen, in denen sie nicht zu sehen war, schaute ich mir nicht an. Daß sie sich so oft auszieht oder sich aus intimen Perspektiven heraus fotografieren läßt, ist mir auch nicht wichtig. Von mir aus kann sie alle Kleider anbehalten. Das vermag meine Wollust nicht zu schmälern.

Weil ich seit einigen Jahren in den Vereinigten Staaten lebe, in einem ziemlich abgelegenen Winkel, ein paar Stunden vom nächsten Kino entfernt, und weil in diesem Kino nur Thriller und Muppet-Filme gezeigt werden, sehe ich Cathérine nicht mehr in ihrer vollen Glorie. Ich behelfe mich mit meiner Sammlung von Fotoalben, die in Regalen im Keller oder auf dem Speicher stehen. Auch Wohn- und Schlafzimmer sind damit vollgestopft. Doch das Schicksal, das hin und wieder Mitleid mit mir hat, hat mir einen Ausweg aus meinem Dilemma gezeigt. Cathérine ist auch in der Werbung tätig. Sie macht Reklame für Buicks und für ein unbekanntes Parfüm. Bei der Reklame für die Buicks (oder für eine andere Automarke, darauf achte ich nicht so genau) dreht sie das Fenster herunter und *knurrt*. Das versetzt mich jedesmal in eine leichte Erregung.

Ich habe meine Tochter und die Haustiere so abgerichtet, daß sie mir rechtzeitig Bescheid geben, bevor Cathérine zu knurren anfängt. Dann lasse ich alles stehen und liegen und eile schnellstens in den Fernsehraum. Cathérine knurrt, und ich lausche ihr. Danach mache ich weiter mit dem, was ich vorher getan habe, gestärkt durch ein Gefühl des Glücks.

Deutsch von Hildegard Höhr

Quellennachweise

Der Beitrag «Dadas Daddy» erschien unter dem Titel «Dadas Daddy» am 9. 5. 1997 in der *Haagse Post.*

Die Story «Eine alleinstehende Frau» erschien unter dem Titel «Een Vrouw alleen» am 7. 12. 1997 in der *Haagse Post.*

Die Story «Der grünhaarige Engel» erschien 1989 unter dem Titel «The Green-Haired Suspect» in der Anthologie «So etwas passiert doch nicht» (rororo thriller Nr. 2915).

Die Story «Jacob Sanders' Erkenntnis» erschien 1989 unter dem Titel «Jacob Sanders' Final Solution» in der Anthologie «So etwas passiert doch nicht».

Die Story «Der neue Schüler» erschien 1989 unter dem Titel «The New Disciple» in der Anthologie «So etwas passiert doch nicht».

Die Story «Totenkopf und Kimono» erschien 1992 unter dem Titel «Skull and Kimono»; in der Anthologie «Totenkopf und Kimono» (rororo thriller Nr. 3062).

Die Story «Holiday Patrol» erschien 1989 unter dem Titel «Holiday Patrol» in der Anthologie «Urlaub vor dem Tod» (rororo thriller Nr. 3170).

Die Story «Die T-Zone» erschien 1991 unter dem Titel «The T-Zone» im thriller-Magazin 6 «Schwarze Beute».

Die Story «Saito und die Füchsin» erschien 1986 unter dem Titel «Saito and the Female Fox» in der Anthologie «Inspektor Saitos kleine Erleuchtung» (rororo thriller Nr. 2766).

Die Story «Die Harley und die Nachbarin von oben» erschien 1991 unter dem Titel «De Harley Davidson en de bovenbuurvrouw» in der Anthologie «Kuh fängt Hase» (rororo thriller Nr. 3017).

Die Story «Eine Frau von sieben Fuß» erschien 1991 unter dem Titel «Een vrouw van zeven voet» in der Anthologie «Kuh fängt Hase».
Die Story «Mangrove-Mama» erschien 1991 unter dem Titel «Mangrove-Mama» in der Anthologie «Kuh fängt Hase».
Die Story «Let's go Bananas!» erschien 1995 unter dem Titel «Let's go Bananas!» im thriller-Magazin 10 «Schwarze Beute».
Die Story «Einsiedler» erschien 1994 unter dem Titel «Happy Hermits» in der Anthologie «Bloody Christmas 2» (rororo thriller Nr. 3180).
Der Beitrag «Wo immer ich bin, bin ich nicht zu Hause» erschien unter dem Titel «Waar ik ook ben, hoor ik niet» am 2. 5. 1980 im *NRC Handelsblad.*
Der Beitrag «Meine stille Liebe» erschien unter dem Titel «Mijn stille liefde» im April 1980 in *Scoop*.

Janwillem van de Wetering

«Seine Helden sind eigensinnig wie Maigret, verrückt wie die Marx Brothers und grenzenlos melancholisch: Der holländische Krimiautor **Janwillem van de Wetering**, der mitten in den einsamen Wäldern des US-Bundesstaats Maine lebt, schreibt mörderische Romane als philosophische Traktate.»
Die Zeit

Eine Auswahl der thriller von Janwillem van de Wetering:

Ketchup, Karate und die Folgen
(thriller 2601)
«... ein hochkarätiger Cocktail aus Spannung und Witz, aus einfühlsamen Charakterstudien und dreisten Persiflagen.»
Norddeutscher Rundfunk

Massaker in Maine
(thriller 2503)

Der Schmetterlingsjäger
(thriller 2646)

So etwas passiert doch nicht!
Stories
(thriller 2915)

Ticket nach Tokio
(thriller 2483)
«Dieses Taschenbuch macht süchtig: nach weiteren Krimis von Janwillem van de Wetering und nach Japan.»
Südwestfunk

Sonne, Sand und coole Killer
Erzählungen aus dem Reisetagebuch eines Schriftstellers
(thriller 3129)

rororo thriller

Janwillem van de Wetering (Hg.):
Drachen und tote Gesichter
Japanische Kriminalstories 1
(thriller 3036)

Totenkopf und Kimono
Japanische Kriminalstories 2
(thriller 3062)

Blut in der Morgenröte
Japanische Kriminalstories 3
(thriller 3075)

Janwillem van de Wetering u. a.
Eine Leiche zum Geburtstag
Stories für blutrünstige Leser
(thriller 43273)

rororo thriller werden herausgegeben von Bernd Jost. Ein Gesamtverzeichnis der Reihe und aller lieferbaren Titel von *Janwillem van de Wetering* finden Sie in der *Rowohlt Revue*. Vierteljährlich neu. Kostenlos in Ihrer Buchhandlung.

Philip Kerr

Philip Kerr wurde 1956 in Edinburgh geboren und lebt heute in London. Er hat den Ruf, einer der ideenreichsten und intelligentesten Thrillerautoren der Gegenwart zu sein. Für seinen Roman **Das Wittgensteinprogramm** wurde er 1994 mit dem Deutschen Krimi-Preis für den besten ausländischen Kriminalroman ausgezeichnet.

Das Wittgensteinprogramm
Ein Thriller
Deutsch von Peter Weber-Schäfer
416 Seiten. Gebunden
(Wunderlich Verlag und als rororo thriller 43229)

Gesetze der Gier
(rororo thriller 43133)
«Die überaus authentische Geschichte entwickelt sich zu einer Chandler-Version von Turgenjew: witzig, grimmig, kenntnisreich und präzise.»
Ruth Rendell

Feuer in Berlin
(rororo thriller 43164)

Alte Freunde - neue Feinde *Ein Fall für Bernhard Gunther*
(rororo thriller 3163)

Im Sog der dunklen Mächte *Ein Fall für Bernhard Gunther*
(rororo thriller 43165)
«Ein kantiger, subversiver Held vor einem kraftvoll gestalteten geschichtlichen Hintergrund: Kerr liefert das Beste.» *Literary Review*

rororo thriller

Game over *Thriller*
Deutsch von
Peter Weber-Schäfer
496 Seiten. Gebunden
(Wunderlich Verlag und als rororo thriller 22400)
Ein High-Tech-Hochhaus in Los Angeles wird zur tödlichen Falle, als der Zentralcomputer plötzlich verrückt spielt. Mit dem ersten Toten beginnt für die Yu Corporation ein Alptraum.
«Brillant und sargschwarz.»
Wiener

Esau *Thriller*
Deutsch von
Peter Weber-Schäfer
512 Seiten. Gebunden
(Wunderlich Verlag und als Wunderlich Taschenbuch 26083)

Der Plan *Thriller*
Deutsch von Cornelia Holfelder- von der Tann
416 Seiten. Gebunden
(Oktober 1998)